Félicité de Choise

Julie, ou J'ai sauvé ma rose

roman

 Le code de la propriété intellectuelle du 1er juillet 1992 interdit en effet expressément la photocopie à usage collectif sans autorisation des ayants droit. Or, cette pratique s'est généralisée dans les établissements d'enseignement supérieur, provoquant une baisse brutale des achats de livres et de revues, au point que la possibilité même pour les auteurs de créer des œuvres nouvelles et de les faire éditer correctement est aujourd'hui menacée. En application de la loi du 11 mars 1957, il est interdit de reproduire intégralement ou partiellement le présent ouvrage, sur quelque support que ce soir, sans autorisation de l'Éditeur ou du Centre Français d'Exploitation du Droit de Copie , 20, rue Grands Augustins, 75006 Paris.

ISBN : 978-3-98881-099-1

10 9 8 7 6 5 4 3 2 1

Félicité de Choiseul-Meuse

Julie, ou J'ai sauvé ma rose

roman

Table de Matières

Partie I   7

Partie II   82

« La mère en défendra la lecture à sa fille. »

Partie I

À mon Armand.

Qu'exigez-vous, mon cher Armand ? Quoi ! vous voulez que j'écrive ma vie ! Songez que, malgré les droits que l'amour vous a donnés sur moi, vous n'avez pas celui de me demander un pareil sacrifice : vous savez, mon ami, qu'il est mille choses pardonnables, lorsqu'on les couvre du voile du mystère ; mais paraissent-elles au grand jour, on vous blâme, on vous décrie, et ce sont souvent les plus criminels qui se déchaînent avec le plus de violence.

Vous me dites que vous ne savez, de mon histoire, que ce qu'il en faut pour exciter la curiosité ; ne vous étonnez pas de ma réserve, mon cher Armand ; l'amour ne m'a jamais rendue communicative ; et, si ce sentiment subsistait encore entre nous, en vain me supplieriez-vous de contenter votre curiosité, mon intérêt ne me le permettrait pas. L'amitié qui nous lie depuis plusieurs années vous servira mieux que l'amour ; quoi qu'il puisse m'en coûter, vos désirs seront satisfaits ; je ne dois pas moins à mon dernier vainqueur.

Tout autre, en commençant son histoire, vous dirait que vous allez renouveler des douleurs profondes, rouvrir des blessures mal cicatrisées ; car y a-t-il dans la nature un être qui ne se croie pas malheureux ? Chaque mortel imagine avoir à lui seul épuisé tous les traits du sort. Si j'avais de pareilles plaintes à faire, mon cher Armand, je pourrais espérer du moins exciter votre pitié, et je ne manquerais pas de vous prévenir que vous allez verser tant de larmes, que vous serez plus d'un an sans pouvoir pleurer ; mais, hélas ! cette ressource me manque ; je n'ai jamais excité que le désir ou l'envie, et s'il vous faut du pathétique, je vous conseille de me faire grâce du sacrifice que mon extrême amitié me dispose à vous faire.

Ô mon ami ! à quoi me suis-je engagée ! Vous ne pouvez prévoir l'excès du danger auquel ma condescendance m'expose ; malgré tous les attraits que le monde avait pour moi, j'ai su le quitter avant que d'en être abandonnée. À trente ans je me suis retirée de ce monde plein de charmes, où j'étais encore désirée, fêtée ; j'ai renoncé aux plaisirs enchanteurs qui jusqu'alors avaient été mes compagnons fidèles ; je vis maintenant dans la solitude ; mais j'ai l'art de l'embellir : j'ai des amis, je fais des heureux, je m'occupe de choses sérieuses. Vous savez, Armand, que j'ai toujours allié l'utile et l'agréable ; j'y réussis mieux que jamais, et, malgré ma philosophie, les ris folâtres viennent souvent encore se mêler parmi nous.

Vous verrez qu'en bonne épicurienne, j'ai su me ménager des jouissances pour un âge où mon sexe commence à gémir de perdre sa fraîcheur et la beauté : si les femmes connaissaient mieux leurs intérêts, elles se garderaient bien de se désespérer d'un mal inévitable, et, loin de se livrer à cette humeur maussade qui éloigne leurs meilleurs amis, elles emploieraient toutes les ressources de leur esprit, doubleraient leur amabilité, abandonneraient des prétentions ridicules, et, se parant de l'aimable indulgence, elles se verraient encore aimées, accueillies ; elles n'inspireraient plus de ces passions vives, brûlantes, que la jeunesse seule a droit de faire éprouver, et dont cependant la vieillesse n'est pas à l'abri ; mais on aurait pour elles ces égards, cette amitié sincère qui peut encore nous faire goûter un bonheur durable, et qui n'est dédaigné que des femmes qui n'ont pas assez de délicatesse pour en sentir le prix.

Je vous entends, Armand, me demander quel danger je cours en me rappelant des plaisirs délicieux ? N'avez-vous jamais éprouvé l'effet qu'un rêve enchanteur produit sur les sens ? Il enflamme, il transporte ; on croit jouir de la félicité suprême ; et, lorsque l'illusion du sommeil se dissipe, on soupire après la réalité ; tel est l'effet de l'imagination : lorsqu'elle n'est pas retenue, elle cause les plus grands maux, ainsi que les plus grands plaisirs ; je crains la mienne, cher Armand ; vous savez combien elle est vive ; ce n'est pas sans de pénibles combats que j'ai triomphé de mon penchant à l'amour ; souvent une flamme secrète me tourmente, et je tremble de la rallumer par un récit trop fidèle, de délices qui ne sont plus faites pour moi. Je ne puis supporter l'idée du ridicule dont je me couvrirais, si je cessais de réprimer ces restes de passion qui me dévorent encore. Je vois les femmes dont j'ai fait la critique, rire à leur tour de ma philosophie, se récrier sur cette amitié que je vantais avec tant d'enthousiasme, et convenir, d'un air moqueur, que je prêchais à merveille. Mais je ne donnerai pas de telles armes contre moi ; je prétens prouver par mon exemple la bonté de mes principes ; oui, mon ami, je me sens le courage de résister à tout, d'autant plus aisément que vous m'avez promis, si je consentais à vous faire une entière confession (il m'est bien permis de nommer ainsi mes Mémoires), de venir en personne m'en remercier au fond de ma Provence. Je vous vois sourire, méchant Armand ! Vous imaginez qu'il serait peu dangereux pour moi de réveiller des désirs que vous savez si bien éteindre ! Détrompez-vous, monsieur, je suis sage de bonne foi, et vous compteriez vainement sur de nouvelles condescendances. De l'amitié, cher Armand, de la bien tendre amitié ; mais rien de plus : arrangez-vous en conséquence.

Mais je crains que cette vive amitié ne me fasse entreprendre au-dessus de mes forces. Comment décrire un nombre infini de petits événemens qui n'ont d'intérêt que pour ceux qu'ils concernent, et qui cesseraient même d'en avoir sans l'attrait du mystère qui sait rendre tout agréable ? Peindrai-je, d'une plume hardie, des plaisirs que désire la femme la plus délicate, mais dont le tableau fait rougir celle qui se pique le moins de vertu ? Non sans doute ; on doit toujours respecter la décence ; la volupté même, en se parant de son voile, en devient plus enivrante. Quoique d'une morale peu sévère, je n'ai jamais cessé de rendre hommage à cette vertu ; et, lorsque je m'oubliais moi-même, je n'oubliais pas la pudeur. Je vois déjà mon Armand m'accuser de n'avoir été modeste que par un raffinement de coquetterie. Quand vous auriez deviné juste, qu'en résulterait-il ? Croyez-moi, mon ami ; c'est une grande folie que de vouloir pénétrer dans les replis du cœur humain, pour connaître les motifs qui le font agir ; contentons-nous des résultats, et surtout, lorsqu'ils sont bons, profitons-en sans nous embarrasser du reste.

Vous savez, mon cher Armand, que je suis née dans un climat où les femmes résistent rarement à leurs passions ; de toutes celles qui embrasent le cœur d'une Italienne, une seule m'a fait ressentir son pouvoir. La jalousie, la perfidie et mille autres auxquelles on pourrait plus justement donner le nom de vice, n'ont jamais souillé l'âme de votre Julie ; l'Amour, il est vrai, m'a soumise à son empire ; mais y a-t-il un être dans l'univers qui lui ait résisté ? S'il en est un, croyez-moi, mon ami, cet être inconcevable, unique en son espèce, doit être étranger à tous les sentimens de la nature ; son âme n'a jamais éprouvé la moindre émotion ; la piété filiale, qui réchauffe tous les cœurs, ne lui est point connue ; il ignore tout, jusqu'à son existence. Quant à moi, je le révoque en doute, et j'imaginerais plutôt que c'est quelque automate bien perfectionné. Mais quelle folie ! Et pourquoi me fâcher contre une chimère que je viens de forger moi-même !

C'est à Naples que je reçus le jour. J'aurais plus qu'une autre à me plaindre du sort, si j'avais éprouvé dans un âge moins tendre les malheurs qui me sont arrivés dans cette ville ; mais j'étais trop jeune alors pour en connaître l'étendue. Mon père, M. d'Irini, était d'une famille noble et ancienne ; à l'âge de vingt-cinq ans il désira se marier ; et, comme la fortune était la seule qualité qu'il recherchât dans une femme, son choix tomba sur mademoiselle de Rosalba, dont les richesses, quoique immenses, pouvaient à peine compenser la laideur. M. d'Irini ne chercha pas même à savoir si le caractère de la femme à laquelle il allait unir son sort, était aussi désagréable que sa personne ; content des revenus qu'elle lui apportait, il ne demanda même pas à la voir ; ce ne fut que la veille de la célébration de leur mariage que l'on fit sortir du couvent mademoiselle de Rosalba, à qui l'on présenta pour époux M. d'Irini, l'un des plus beaux cavaliers de l'Italie.

Ce ne fut pas sans verser bien des larmes que mademoiselle de Rosalba s'arracha de son couvent ; élevée depuis son enfance dans cette retraite chérie, elle ne demandait pour toute grâce que de pouvoir y terminer ses jours. Elle aimait la vie sédentaire par goût et par habitude, et le monde ne lui causait que de l'effroi ; malheureusement elle était fille unique ; sa famille, sans avoir égard à ses inclinations, la força d'obéir ; on imagina d'ailleurs que les grâces du jeune d'Irini la feraient bientôt changer de sentimens ; j'ignore si l'on eut raison ; mais l'événement ne justifia que trop l'éloignement que ma mère avait pour le mariage, puisqu'il lui en coûta la vie à la fleur de ses ans.

Au bout d'un an, madame d'Irini mit au monde un fils qui ne vécut que vingt-quatre heures ; cette couche la rendit si malade, que les médecins assurèrent qu'elle ne résisterait pas à une seconde grossesse ; leur prédiction ne fut que trop véritable : dix-huit mois après ce malheur, ma mère perdit le jour en me le donnant.

M. d'Irini avait une sœur dont il ne s'était jamais séparé ; Rosa, c'était son nom, était mariée depuis plusieurs années, et vivait avec son époux dans l'union la plus parfaite ; ils venaient de perdre un enfant chéri que ma tante nourrissait encore. Rosa était douée d'autant de sensibilité que son frère en avait peu ; elle oublia sa propre douleur pour ne s'occuper que de moi : Pauvre petite ! dit-elle, en me pressant dans ses bras, combien ton sort me fait pitié ! Tu perds en naissant un être qui t'aurait chérie et prodigué les soins les plus tendres ; tu ne sauras jamais ce que c'est qu'une mère, et combien il est doux de l'aimer ! Mais, non, tu ne passeras pas en des mains mercenaires ; je viens de perdre ma fille, tu remplaceras pour moi cet objet adoré ; tu seras ma petite Rosa, je serai ta tendre mère. Ah ! si je prends soin de toi, si je te nourris de mon lait, ne me devras-tu pas autant qu'à celle qui t'a donné le jour ?

Transportée de cette idée, l'excellente Rosa me présente son sein ; je le saisis avec avidité. Son époux entra dans ce moment ; Mon ami, s'écria-t-elle ; ta Rosa n'est plus sans enfant, Julie n'est plus orpheline ; si tu veux la regarder comme ta fille, tu combleras tous mes désirs. La sensible Rosa était baignée de larmes ; son époux, presque aussi touché qu'elle, ne put lui répondre qu'en nous embrassant toutes deux ; mais son silence éloquent montrait combien il approuvait cette bonne action.

Ma tante se chargea d'obtenir de son frère la permission de me garder près d'elle. M. d'Irini céda, sans se faire presser, tous les droits qu'il avait sur sa fille ; je ne pouvais être pour lui qu'un sujet d'embarras ; il ne dissimula pas la joie que lui causait la proposition de sa sœur ; et, dès ce moment, il oublia qu'il était père.

Ce jour décida du reste de ma vie ; je venais de perdre ma mère ; mon père cessait d'en être un pour moi ; mais je retrouvais dans Rosa tout ce que la tendresse maternelle a de plus doux. Grâce à ses soins généreux, je ne me suis jamais aperçue du malheur d'être orpheline. Je n'ai pas besoin de vous faire le portrait de ma tante ; vous connaissez, aussi bien que moi, ses bonnes qualités ; je l'aime comme une mère, et je crois lui devoir davantage. Je ne l'ai jamais quittée, et celle de nous deux qui mourra la première, aura la consolation d'avoir les yeux fermés par son amie.

Quelques années après, mon père se remaria ; mais heureusement pour moi, il se sépara de ma tante, avec laquelle, depuis quelque temps, il avait cessé de vivre en bonne intelligence. Il alla habiter un hôtel magnifique à l'autre extrémité de Naples, et laissa sa sœur goûter en paix le bonheur d'être unie au meilleur des hommes.

Mais la félicité dont jouissait ce couple généreux ne devait plus être de longue durée. J'atteignais mon second lustre, lorsque mon oncle tomba malade ; les médecins les plus habiles firent de vains efforts pour le sauver ; tout ce qu'ils purent fut de prolonger son existence pendant près d'une année ; mais ce spectacle d'un homme luttant contre la mort était si douloureux, que son trépas coûta moins de larmes que sa maladie n'en avait fait verser.

Vous vous représentez aisément quelle fut l'affliction de ma tante, après la perte d'un époux qu'elle aimait aussi tendrement. Elle en conçut un tel chagrin, qu'elle résolut de quitter des lieux qui ne lui offraient plus que des souvenirs déchirans. Son intention n'était d'abord que de faire un voyage en France ; mais, n'envisageant qu'avec effroi le moment de son retour, elle se décida bientôt à s'y fixer.

M. d'Irini, en se séparant de sa sœur, avait entièrement cessé de la voir. Lorsque le jour de notre départ fut fixé, Rosa m'envoya lui faire mes adieux. Je n'oublierai jamais cette terrible visite ; je n'avais jamais été chez M. d'Irini, je ne le connaissais pas ; on avait toujours évité d'en parler devant moi ; cette réserve même me faisait mal juger de lui ; d'ailleurs je ne pouvais concevoir qu'un père ne désirât pas voir sa fille. Il m'arrivait souvent d'exprimer dans des termes assez peu ménagés la surprise que me causait une telle conduite. Ma tante alors me reprenait avec bonté, disant qu'on ne devait jamais mal penser de son père, et que M. d'Irini pouvait avoir des motifs particuliers qu'il lui plaisait de nous laisser ignorer ; c'était avec de semblables raisons que sans cesse ma tante me fermait la bouche, sans jamais parvenir à me persuader.

Je vis enfin arriver le jour où je devais aller prendre congé de mon père. Malgré mon assurance naturelle, je tremblais en entrant chez lui. On annonça mademoiselle d'Irini ; les domestiques me regardaient avec étonnement et avec curiosité ; ils semblaient croire que je m'arrogeais un titre qui ne m'appartenait pas. Enfin l'on me fit entrer dans un salon où tout respirait le luxe le plus grand. La première personne que j'aperçus fut une femme extrêmement belle, étendue sur un sopha. Je m'en approchais pour lui adresser la parole, lorsqu'elle jeta sur moi un regard si dédaigneux, que j'en fus entièrement décontenancée. J'allais me retirer, quand j'aperçus, de l'autre côté du salon, un homme qui lisait. Je ne sais quel secret sentiment me dit que c'était mon père ; oubliant à l'instant même tout ce que j'avais à lui reprocher, je courus vers lui, et j'étais à ses genoux, que j'embrassais avec ardeur, sans savoir encore ce que je faisais. Y pensez-vous, mademoiselle ? s'écria mon père en me relevant avec la plus extrême froideur ; aviez-vous ainsi l'habitude de presser les genoux de votre oncle ? Ma sœur en vérité, vous donne une plaisante éducation ; si je l'avais su plutôt, on vous aurait mise au couvent. Mais peut-on savoir, mademoiselle, le sujet qui vous amène ? car nous ne sommes pas accoutumés à l'honneur de vont recevoir.

Le discours de mon père, et l'air dont il l'accompagna, me remplirent d'abord de confusion ; mais recouvrant aussitôt ma fierté naturelle, je lui répondis avec vivacité : Vous me pardonnerez, monsieur, un mouvement involontaire ; tous les cœurs ne sont pas également froids : d'après le mien j'avais jugé le vôtre, et quoique des années d'indifférence m'aient donné lieu de croire que je n'avais plus de père, un seul moment me l'avait fait oublier.

Si cette petite était moins impertinente, s'écria la dame en me fixant de nouveau, de manière à me faire rougir, je la croirais spirituelle. Mais, dites-moi mon enfant, pour quelle raison venez-vous nous interrompre ? Je gagerais que cette petite sotte s'est brouillée avec sa tante, et qu'elle vient ici réclamer votre protection.

Non, non, m'écriai-je vivement, ne vous alarmez pas, madame ; je ne viens point ici réclamer de protection ; j'espère n'en avoir jamais besoin. Je quitte Naples dans huit jours, et je viens, par l'ordre de ma tante, faire mes adieux à M. d'Irini. Je respire, reprit tout haut la dame ; allez, ma belle amie, embrasser votre père ; et vous, monsieur, ne sauriez-vous la mieux recevoir, lorsqu'elle vient vous faire des adieux ? Regardez comme elle est bien faite ! comme elle est grande ! on lui donnerait quatorze ans ! C'est en vain, je vous assure, que vous raillez votre sœur : je suis persuadée qu'elle est précisément ce qu'il faut être pour élever une jeune personne ; et le mieux que vous puissiez faire, c'est de la lui laisser toujours.

Mon père l'écouta tranquillement, et, quand elle eut cessé de parler, il me souhaita un heureux voyage, sans me demander en quel lieu je devais aller ; il ajouta, toujours avec le même sang-froid, qu'une affaire indispensable le forçait de sortir, mais qu'il ne croyait pas avoir d'excuse à me demander, puisqu'il me laissait avec madame d'Irini. Effectivement il s'en alla, sans même m'avoir embrassée, et sans avoir éprouvé la moindre émotion. Grand Dieu ! quel homme ! s'écria madame d'Irini. Grand Dieu ! quel père ! m'écriai-je à mon tour.

Le but de ma visite étant rempli, et n'ayant aucun désir de la prolonger, je saluai madame d'Irini, et je me retirai pleine de ressentiment d'une aussi cruelle réception.

Ma fierté m'avait soutenue pendant cette scène étrange ; mais, dès que je me vis seule, mes larmes s'ouvrirent un passage ; j'en étais baignée, lorsque j'arrivai chez ma tante. Je la trouvai qui m'attendait ; l'état dans lequel elle me vit, lui fit deviner une partie de ce qui s'était passé. Je courus me jeter dans ses bras. Ah ! ma bonne amie ! m'écriai-je, quel frère vous avez ! Est-il bien possible que cet homme soit le frère de ma chère Rosa ? Et de plus, il est votre père, répondit-elle, en me pressant contre son sein ; ce titre, ma chère enfant, doit nous fermer la bouche à toutes deux ; d'ailleurs chaque personne naît avec un caractère différent ; on a plus ou moins de sensibilité. Plus ou moins, c'est en admettre, interrompis-je vivement ; mais M. d'Irini n'en a point du tout. Cessons ce sujet, reprit ma tante avec un ton fâché ; pour vous, Julie, vous péchez par l'excès contraire ; cela n'est pas moins dangereux ; mais vous êtes trop agitée maintenant pour entendre la voix de la raison ; allez faire quelques tours de jardin ; demain, si vous êtes raisonnable, je vous promettrai de m'entretenir de ce qui vient de vous arriver.

Forcée de concentrer mon ressentiment, il n'en devint que plus vif ; chaque fois que je pensais à M. d'Irini, je regrettais amèrement d'avoir un aussi mauvais père. Huit jours après, nous quittâmes Naples sans avoir entendu parler du frère de Rosa, auquel je rendis bientôt indifférence pour indifférence. Après avoir traversé une partie des contrées délicieuses de l'Italie, nous nous embarquâmes pour la France. Arrivées à Marseille, cette ville parut si agréable à ma tante, qu'elle résolut de s'y établir. Une des plus belles maisons de Marseille se trouvant à vendre, Rosa l'acheta, et peu de temps après, elle fit l'acquisition d'une terre charmante, où depuis nous avons passé presque tous les étés. C'est dans cette même terre que

Partie I

votre Julie vit maintenant retirée du monde, mais non pas entièrement sevrée de ses plaisirs.

Ma tante refusa de contracter de nouveaux liens, dans la crainte que je ne souffrisse du partage de sa tendresse. Elle se livra toute entière à mon éducation ; sa fortune la mettait à même de me donner les meilleurs maîtres dans tous les genres. Aussi rien ne fut épargné pour mon instruction. J'apprenais tout avec la plus grande facilité, et j'y mettais une assiduité que l'on n'attendait pas de mon âge. Rosa, en me donnant tous les talens possibles, ne négligea pas de me former le cœur ; elle cherchait, par mille moyens, à me faire aimer la vertu ; son exemple me persuadait encore mieux que ses paroles ; j'écoutais ses leçons avec docilité ; elle se gravèrent si fortement dans mon esprit, que depuis elles ont servi sinon à réprimer mes passions, du moins à m'empêcher de m'y livrer entièrement.

Mes progrès dans tous les arts furent extrêmement rapides ; à quatorze ans, je peignais agréablement, j'étais bonne musicienne, et j'excellais surtout dans la danse. J'étais vive, agaçante, enjouée ; mon âme était le siége des vertus ; et mon cœur, que mille passions naissantes commençaient à troubler, était celui de la plus parfaite innocence. Hélas ! si Rosa, à mille autres qualités précieuses, eût joint plus de prudence, j'aurais conservé cette pureté angélique qui brillait en moi dans tout son éclat ! Mais à quoi bon ce soupir ; quel bien m'en serait-il revenu ? et de combien de plaisirs aurais-je été privée ? Tout est ici-bas pour le mieux ; j'aime à le croire ainsi ; d'ailleurs, malgré mes nombreuses folies, je me suis toujours conduite de manière à m'éviter le repentir ; et maintenant que je suis arrivée à l'heure où l'on pleure ses fautes, ma sage politique me sauve les peines cuisantes du remords.

De jour en jour, le cercle de mes connaissances s'agrandissait ; déjà les femmes commençaient à me craindre et les hommes à me courtiser. Ma peau éblouissait par sa blancheur ; mes longs cheveux bouclés avaient l'éclat du jais ; mes grands yeux noirs peignaient, avec une mobilité surprenante, les diverses émotions de mon âme ; ma bouche, petite et vermeille, était ornée de deux rangées d'émail ; mes joues avaient la fraîcheur de la rose, et je joignais à tout cela un certain *je ne sais quoi*, qui seul aurait suffi pour faire tourner toutes les têtes ; enfin, après s'être demandé si j'étais belle ou jolie, on convenait que j'étais l'une et l'autre. J'étais gracieuse et caressante à l'excès ; mes familiarités amusaient beaucoup ma tante, et surtout ceux qui en étaient l'objet. On trouvait fort drôle qu'une petite personne qui excitait déjà les désirs, et qui souvent, par les attitudes les plus voluptueuses, semblait les partager, vînt se mettre sur les genoux d'un homme, l'embrassât, lui fît mille caresses, et tout cela avec un air de si bonne foi, qu'on ne pouvait douter que ce ne fut mon innocence même qui me faisait manquer aux règles de la bienséance.

Telle j'étais à quatorze ans ; mais je touchais au moment où toutes les passions que je renfermais dans mon sein devaient éclore. Mon penchant à l'amour se trahissait de mille manières ; mes yeux étaient animés, souvent même remplis d'ivresse. Tout annonçait en moi ce que je devais être un jour.

Je dansais très-souvent avec un jeune homme que l'on nommait Adolphe ; j'éprouvais, lorsque j'étais avec lui, un plaisir que je ne cherchais pas à dissimuler. Il fut présenté chez ma tante ; bientôt il devint notre chevalier ; je le voyais tous les jours ; mais Rosa ne nous quittait pas, et je désirais souvent, sans en deviner la cause, qu'elle ne fût pas présente à nos jeux.

La belle saison approchait, les bals étaient finis, et pour la première fois je craignais de voir arriver l'instant où nous devions partir pour la campagne ; il me semblait que, me séparer d'Adolphe, était renoncer au plaisir. Il était l'âme de mes jeux ; sa gaîté, son enfantillage presqu'égal au mien, me le faisaient idolâtrer. Je soupirais toujours après le moment où je devais le voir ; je soupirais encore quand il me quittait. Enfin, le jour de notre départ fut fixé, et, malgré mes instances, ma tante ne voulut pas emmener Adolphe. Il fallut bien s'en consoler. J'espérai que je trouverais assez de sujets de distraction pour pouvoir m'amuser sans lui. Je ne fus pas trompée dans mon attente ; bientôt les plaisirs de la campagne me firent oublier ceux que je goûtais près d'Adolphe.

J'ai souvent remarqué, depuis que je raisonne, que j'avais un des caractères les plus rares et les plus heureux du monde. Toutes les sensations agréables m'affectent avec excès, et j'ai toujours eu pour les sentimens pénibles une espèce de philosophie, ou, si vous l'aimez mieux, d'insensibilité qui en diminuait l'amertume, et qui m'a souvent préservée de mille chagrins qui seraient venus troubler le bonheur dont j'ai joui presque sans interruption.

Un de mes grands plaisirs, lorsque j'étais à la campagne, était la chasse aux papillons. Je jouissais d'une entière liberté ; j'avais même la permission de me promener seule dans les environs ; mais les dépendances du château étaient si considérables, et tout ce qu'elles renfermaient si délicieux, que je ne m'en éloignais jamais. Tout s'y trouvait réuni ; des tapis de verdure, des bois solitaires, des ruisseaux, des bosquets ; cette demeure est vraiment un paradis terrestre. Il y avait un mois que nous avions quitté Marseille ; déjà j'avais tout oublié, tout, jusqu'à mon cher Adolphe, lorsqu'un beau matin, vêtue d'une robe légère, armée de tout ce qu'il fallait pour faire bien des captifs, je sortis, dans l'intention de faire une chasse complète. Un beau papillon bleu de ciel me fit courir un temps infini ; il se posait sur chaque fleur, mais aucune ne pouvait le fixer ; enfin ma constance triompha de sa légèreté ; le beau papillon, pris sous la gaze, se débattait en vain ; il était en ma puissance, et jamais volontairement je n'ai rendu la liberté. Glorieuse de ma victoire, j'allai me reposer sous un berceau charmant auquel j'allais souvent rendre visite. Je me couchai sur l'herbe, où bientôt je tombai dans un profond sommeil. Je ne sais si je dormis longtemps ; mais il est impossible de décrire quel fut l'excès de ma surprise, lorsque j'ouvris les yeux. Deux bras amoureux me servaient de ceinture, et mon sein était couvert de baisers que me prodiguait une bouche brûlante. Toute autre, à ma place, se serait effrayée ; mais, dans le premier moment, ma conquête fut le seul objet de mon inquiétude. Grand Dieu ! où est mon papillon ? m'écriai-je avec un effroi vraiment comique ; vous l'aurez sûrement écrasé ! Un papillon, répondit d'un air surpris celui qui me tenait embrassée, je n'ai point vu de papillon ! Non, non, je l'aperçois, m'écriai-je ; heureusement vous n'y avez pas touché. Mais, vous, mon cher Adolphe, quel hasard vous amène ici, ajoutai-je en lui sautant au cou ? quel plaisir j'éprouve à vous revoir ! Par quelle raison ai-je été privée si long-temps de ce bonheur ? Cela serait trop long à vous dire, me répondit Adolphe en reprenant sa première attitude ; vous le saurez une autre fois. Dormez encore : si vous saviez combien cela vous rend jolie, vous ne vous seriez pas réveillée si mal à propos. Je n'en ai plus envie, mon cher Adolphe. Mais que faites-vous donc là ? J'admire la plus jolie gorge du monde, me répondit-il en me donnant un baiser. Eh ! quel baiser ! Je ne l'oublierai de ma vie !

Ce fut le premier baiser d'amour, ce fut le plus délicieux ! Il m'enivra de volupté ; jamais baiser ne procura pareille ivresse. Adolphe s'aperçut de mon émotion, et s'efforça de l'accroître encore, en répétant mille fois ce qui l'avait causée. Ses baisers, à chaque instant, devenaient plus ardens ; ceux que je lui rendais n'étaient pas moins amoureux, et je crois que j'aurais accordé, dès la première fois, ce que depuis mille amans passionnés n'ont pu obtenir, ni par leur amour, ni par leur constance, si, à l'instant même où mon Adolphe allait devenir tout-à-fait téméraire, le nom de Julie, que répétaient plusieurs voix, n'eût frappé notre oreille. Aussitôt Adolphe se releva, et, sans nulle pitié de l'état où il m'avait mise, il se débarrassa de moi, malgré les efforts que je faisais pour le retenir ; et le poltron chercha son salut dans la fuite, en me recommandant bien bas de ne pas dire que je l'avais vu. Je restai couchée sur l'herbe, privée de toutes mes facultés, et brûlante de mille désirs. La seule de mes idées qui ne fût pas confuse, était le regret d'être séparée d'Adolphe, et le désir de le revoir encore ; enfin, peu à peu je recouvrai mes esprits. En réfléchissant sur les dernières paroles de mon jeune ami, je m'étonnai du secret qu'il m'avait recommandé ; mais, n'y voyant aucun inconvénient, je résolus de garder le silence. Adolphe m'avait plu d'abord par cet instinct naturel qui rapproche les deux sexes. Le plaisir qu'il venait de me faire éprouver, me le rendait mille fois plus cher que jamais. Je ne sais quand j'aurais fini de m'occuper de lui, si ma tante, qui me cherchait depuis une heure, ne m'eût enfin aperçue. Julie, me dit-elle d'un ton fâché, que faites-vous donc là ? Je vous appelle depuis une heure. Assurément vous m'avez entendue ; tout le monde vous cherche, on ne sait ce que vous êtes devenue.

Ces paroles achevèrent de dissiper mon trouble. Je répondis à ma tante, sans me déconcerter, que, m'étant fatiguée en courant après des papillons, j'étais venue me reposer dans l'endroit où elle me voyait ; que le sommeil dans lequel j'étais plongée m'avait empêché de l'entendre, et que j'étais fâchée de l'avoir mise dans l'inquiétude. En achevant ces mots, je courus embrasser ma tante ; l'air naturel avec lequel je m'étais disculpée, ne permettant pas de concevoir le moindre soupçon, Rosa me sourit affectueusement, se repentant, au fond du cœur, de son mouvement d'impatience.

Dès cet instant, je ne fus plus la même. Je venais pour la première fois de déguiser la vérité ; cette faute me paraissait si grande, que je fus tentée vingt fois de me jeter aux genoux de ma tante, et de lui demander un pardon que j'étais sûre d'obtenir en lui faisant un aveu sincère. Une seule chose m'arrêtait, c'était la crainte de ne plus voir Adolphe ; une voix secrète me disait que ces baisers délicieux étaient défendus, je n'en pouvais deviner la raison ; mais il me semblait que si cette manière d'embrasser n'avait pas été condamnable, on n'en aurait jamais eu d'autres ; le silence qu'Adolphe m'avait recommandé ne me fortifiait que trop dans ce soupçon. J'aurais bien désiré l'explication de ce mystère, et de mille autres qui commençaient à piquer vivement ma curiosité. J'ouvris vingt fois la bouche, sans avoir le courage de faire une seule question ; enfin il me vint à l'esprit qu'Adolphe, mieux que tout autre, pourrait m'apprendre ce que je désirais savoir. Cette idée me parut lumineuse, d'autant plus que je craignais que ma tante ne fût pas en état d'aplanir toutes les difficultés qui se présentaient en foule à mon imagination. Ce qui me le faisait croire, c'est que, malgré le soin extrême qu'elle prenait de m'instruire, elle ne m'avait jamais parlé de ce qui causait mon embarras ; d'où je concluais tout naturellement qu'elle-même n'y connaissait rien.

Je passai une partie de la nuit à penser à mon Adolphe, et l'autre à rêver de lui. Je me levai avec l'aurore ; et, donnant pour prétexte de ma promenade, mon amour pour les papillons, je sortis dans le dessein de me rendre sous le berceau où j'avais vu la veille celui que j'espérais y revoir encore.

Mais ce fut vainement que je passai plusieurs heures à l'attendre. Adolphe ne vint pas, et je fus obligée de retourner tristement au château. C'est ainsi que, trois jours de suite, j'allai me désespérer sous le même berceau ; enfin, lasse d'attendre, je prenais la résolution de n'y plus revenir et d'oublier Adolphe et ses baisers, lorsque je l'aperçus accourant vers moi, d'un air satisfait qui semblait dire : je suis sûr du plaisir que je vais causer ! Je ne sais pourquoi cet air me déplut, et, déjà coquette avant que de connaître l'étendue de ce mot, je résolus sur-le-champ de le faire repentir de cet excès d'assurance.

Au lieu de répondre à ses caresses comme je l'avais fait la première fois, je m'éloignai de lui d'un air froid et dédaigneux, et je jouai si bien l'indifférence, qu'Adolphe en fut la dupe. Ne pouvant deviner la cause d'un changement aussi peu naturel, il me demanda d'un air modeste s'il avait eu le malheur de me déplaire. Contente de lui en avoir si bien imposé, et trouvant que je perdais beaucoup à cet air respectueux, je le regardai en riant, et je posai mes lèvres sur son front, n'osant pas en faire davantage. Je fus entendue ; la crainte fit place aux transports les plus vifs, et, avant d'avoir pu opposer la moindre résistance, je fus couverte de baisers. C'était beaucoup plus que je n'en voulais permettre. Malgré mon extrême innocence, je savais que la vertu défendait sévèrement de certaines libertés que j'étais bien résolue à n'accorder jamais. Adolphe, m'écriai-je en l'arrêtant, il faut que vous ayez perdu la raison, et je ne vous pardonnerai de la vie ce que vous venez de faire. Hé quoi ! s'écria-t-il étonné de ma résistance ; qu'ai-je fait pour exciter tant de colère ? Faite comme Vénus, tu dois lui ressembler en tout, et, si je parais criminel, c'est que je ne suis pas aimé ! Ah ! mon Adolphe, lui dis-je en lui donnant le baiser le plus tendre, ne profère pas un pareil blasphême. Je fais plus que t'aimer, je t'adore ; mais tu ne sais sûrement pas que de semblables libertés nous rendraient tous les deux également coupables. Voilà pourquoi je me fâchais, mon ami ; mais je ne t'en veux plus, car tu l'ignorais sans doute : songe seulement qu'à présent tu ne seras plus excusable.

Je ne sais si mon Adolphe conçut quelques scrupules de détruire autant d'innocence, ou s'il crut que le temps et mes propres désirs le serviraient mieux que son audace ; mais il parut se rendre à mes raisons avec toute la bonne foi du monde, et se contenta, sans faire le moindre effort pour en obtenir davantage, de caresser une gorge arrondie par la main des Grâces, d'admirer un petit pied, le bas d'une jambe charmante, et de se reposer sur ma bouche, où il semblait prêt à mourir d'amour.

Ce n'est pas à vous, cher Armand, que j'oserai dire n'en avoir jamais accordé davantage ; mais une triste vérité qui vous étonnera peut-être, c'est que je n'ai jamais éprouvé autant d'ivresse, de délices, que dans les bras de cet Adolphe, qui, par une bizarrerie que je ne comprends pas encore, n'a jamais tenté de me séduire, quoique alors mon inexpérience et l'amour violent que j'avais pour lui, rendissent la chose extrêmement facile. Sa simplicité, dites-moi, ne surpassait-elle pas la mienne ? S'il m'eût fait un peu de violence, s'il eût seulement profité de ces momens d'abandon où je ne me connaissais plus, alors j'aurais goûté ce qu'il y a de plus enivrant sur la terre ; je me serais livrée, sans crainte, aux désirs qui mille fois m'ont dévorée, sans pouvoir triompher de moi. Adolphe ! cher Adolphe ! que de momens délicieux tu m'as fait perdre ! J'ai passé l'âge des plaisirs, et j'en ignore les plus vifs ! j'ai mis de côté préjugés et vertus, sans avoir connu les jouissances qui sont le partage et l'excuse de ceux qui s'abandonnent à leurs passions ! Mais loin de moi ces regrets inutiles, le temps vole toujours et ne revient jamais sur ses pas. À quoi bon se repentir des choses auxquelles on ne peut rien changer ! Mais, quand il serait en mon pouvoir de parcourir une nouvelle carrière, je suis persuadée que je tiendrais encore la même conduite. En me privant de ces plaisirs, que peut-être on exagère, je me suis préservée de mille craintes, et j'ai mis à l'abri ma réputation ; et d'ailleurs, de quoi ne me dédommage pas la gloire d'être aujourd'hui la seule femme qui puisse se vanter d'avoir goûté mille fois les plaisirs d'une défaite, et de n'avoir jamais été vaincue ! J'aurais pu connaître de plus grandes jouissances ; mais elles eussent été plus courtes et moins variées ; j'aurais pu, d'ailleurs, perdre ma réputation, j'aurais été tourmentée par des craintes continuelles.

Ma liaison avec Adolphe dura pendant une partie de l'été. Chaque fois qu'il me voyait il semblait m'aimer davantage. Pour moi, le plaisir que j'éprouvais, en me trouvant avec lui, ne pouvait être comparé qu'à la peine que je ressentais en le quittant. Jamais fille de quinze ans n'eut plus de goût pour la chasse aux papillons, et surtout ne fut plus maladroite, car je revenais toujours sans en avoir attrapé. Toute autre que ma tante aurait conçu quelques soupçons de ces longues et fréquentes promenades ; mais, comme je vous l'ai déjà dit, la surveillance n'a jamais été du nombre des vertus qui brillaient en elle. Adolphe, dans la crainte de nous trahir, venait très-rarement au château depuis qu'il me voyait en secret, de sorte que personne ne s'aperçut de notre intelligence.

Ma tante, vers la fin de l'été, annonça qu'elle irait passer l'hiver à Paris, afin de me perfectionner dans la peinture et dans la musique : ce projet m'aurait enchantée, s'il n'avait pas fallu renoncer à mon Adolphe. Mais, malgré l'idée délicieuse que je me formais de Paris et de ses plaisirs, ceux que je goûtais avec mon bien-aimé me paraissaient, avec raison, devoir surpasser tous les autres.

Dans la crainte d'affliger Adolphe, je ne lui parlai du projet de Rosa qu'au moment de partir. Le chagrin de le quitter était alors tellement balancé par le plaisir que je me promettais à Paris, que je lui appris cette nouvelle sans beaucoup d'émotion. Les sentimens d'Adolphe furent bien différens ; il ne put retenir ses larmes à l'idée de notre séparation, quoique je l'assurasse qu'elle ne durerait que peu de mois. Ah ! ma Julie, me dit-il d'une voix entrecoupée, comment pourrai-je vivre sans toi ? tu me regretteras, ma douce amie ; le premier objet que nous aimons se grave dans notre cœur en traits ineffaçables ; tu pourras me faire mille infidélités, mais tu ne m'oublieras jamais. Oh ! mon amie, lorsque tu seras dans les bras d'un autre qui ne t'aimera pas assez pour respecter ton innocence ; lorsque tu seras initiée à tous les secrets de la volupté, et que tu connaîtras le pouvoir qu'elle a sur nos sens, alors ressouviens-toi d'Adolphe, et songe au sacrifice qu'il t'a fait en renonçant par un excès d'amour au plus grand de tous les plaisirs.

Je ne compris pas alors le sens de ce discours, je crus seulement qu'Adolphe était jaloux, et je tâchai de le rassurer par tous les moyens possibles ; je lui protestai que, malgré notre éloignement, je l'aimerais toujours avec la même constance, et que je reviendrais au printemps lui redemander un cœur que je regardais comme mon bien. Ma chère Julie, me dit Adolphe, ne me fais pas de sermens, et souviens-toi de n'en jamais faire ; dès que la voix des passions se fait entendre, on oublie les promesses les plus sacrées : et souvent les remords que cause le parjure viennent empoisonner les plus doux plaisirs ; ainsi tu vois que les sermens sont toujours inutiles et quelquefois dangereux. Si par un hasard impossible tu me conservais ton cœur au milieu des écueils qui vont t'environner, alors il doublerait de prix pour moi ; mais je te connais trop bien, Julie, pour me livrer à ce fol espoir : tout ce que j'exige de toi, c'est que, lorsque je te reverrai, tu me dises avec candeur le nombre de ceux que tu auras aimés ; car, je te le prédis, ta jeunesse, tes grâces, et surtout ton esprit, attireront mille amans sur tes traces, et ton penchant pour l'amour, joint à la force de tes passions, t'en feront distinguer un grand nombre. Puisses-tu choisir assez bien pour ne jamais te repentir de tes bontés : à peine maintenant peux-tu me comprendre ; mais dans peu tu seras en état d'apprécier mes conseils. Je vais t'en donner un dernier ; c'est le plus essentiel de tous ; si tu le suis, tu t'épargneras la douleur la plus insupportable, celle des remords. Écoute-moi bien, Julie, et n'oublie jamais ce que je vais te dire : De toutes les passions, l'amour est, sans aucun doute, celle qui nous procure les jouissances les plus réelles et les plus vives ; mais, par un préjugé bizarre, les hommes seuls ont le privilége de s'y livrer sans perdre leur réputation. Et lorsqu'une femme nous aime assez pour nous sacrifier ce qu'elle a de plus précieux, pour nous combler de faveurs et nous enivrer de volupté, au lieu de la regarder comme un être divin, digne de l'adoration la plus pure, après en avoir tout obtenu, nous la traitons avec mépris, et nous la livrons à la honte en publiant sa défaite. Tels sont les hommes, ma chère Julie, ils passent leur vie à feindre des passions qu'ils ne sentent pas, et à tendre des piéges à des êtres qu'ils devraient protéger ! Mais ce n'est pas assez que de faire connaître le danger que tu cours, je veux te donner le moyen de t'en garantir. Ta mère te dirait qu'il n'y en a qu'un seul : que ce n'est qu'en s'armant d'une vertu sévère, que l'on peut éviter les maux que l'amour entraîne après lui ; mais on t'ordonnerait en vain de renoncer à ses plaisirs, ton penchant triompherait de tous tes efforts, et ton destin est d'être une de ses prêtresses les plus zélées. Livre-toi donc à l'amour sans chercher à lui opposer une résistance inutile, goûtes-en tous les plaisirs ; perfectionne, si tu le peux, l'art d'en prolonger les jouissances, de les rendre plus vives, plus enivrantes. Nage dans une mer de délices, mais aie le courage de conserver assez de sang-froid, au sein même de la volupté, pour refuser la dernière faveur : peu de femmes, je crois, seraient assez maîtresses d'elles-mêmes pour faire un pareil sacrifice : celle qui aurait cédé une première fois, tenterait vainement de résister la seconde ; mais je ne crois pas cet effort impossible pour celle qui n'a jamais joui de ce dernier plaisir. Songe Julie, qu'en suivant cet excellent conseil, tu prendras, si tu veux, mille amans, sans qu'aucun d'eux puisse se vanter d'avoir triomphé de toi. Nous sommes esclaves jusqu'à ce que nous ayons obtenu cette précieuse faveur ; mais votre empire finit avec votre résistance, et nous régnons à notre tour : non contens de devenir tyrans, n'ayant plus rien à désirer, le dégoût remplace l'amour, et nous abandonnons sans pitié celle à qui nous devons le bonheur, et dont l'attachement s'est accru en proportion de ses bienfaits ; en vain nous donne-t-on les noms de perfide, d'infidèle ; nous nous glorifions de les mériter.

Tu vois donc, ma chère Julie, qu'en refusant la dernière faveur, tu éviteras une foule de maux ; les désirs de tes amans, n'étant jamais satisfaits entièrement, renaîtront sans cesse avec plus de vivacité : tu seras toujours l'arbitre de leur sort, et tu goûteras mille plaisirs sans renoncer à la vertu. Mais une chose qui n'est pas moins nécessaire, ni peut-être moins difficile, c'est de mettre assez d'art dans ta conduite, pour ne pas laisser pénétrer ton secret ; la certitude de n'être jamais heureux produit sur nous le même effet que la satiété. Il faut employer toute l'adresse dont les femmes sont capables, pour persuader à ton amant que tu es toujours à l'instant de te rendre. Tant qu'il aura l'espoir de parvenir à son but, il conservera son ardeur : mais si malheureusement il s'apercevait que sa constance est inutile, et que ton parti est pris, alors il se croirait joué, et ne conserverait de cette intrigue qu'un vif ressentiment. Fais croire à chacun de ceux qui te plairont, qu'il est le premier qui ait fait impression sur ton cœur : notre amour-propre est toujours flatté de cette préférence, et l'on ne pourra douter de ta sagesse tant que tu conserveras le cachet de la vertu. Joue l'Agnès tant que ta jeunesse te le permettra ; rien de si plaisant et de si commode que ce rôle, on est dispensée de rougir, et l'on peut tout dire, parce qu'on est censée ne rien entendre. N'attends pas, pour changer de ton, qu'il te rende ridicule ; sans être prude, deviens réservée, la pudeur a sa coquetterie.

Je viens de te donner, ma chère Julie, les leçons d'un véritable épicurien ; si tu les mets en pratique, tu seras la plus heureuse des femmes, sois sûre que ce secret est infaillible. Je sais que maintenant tu ne peux pas en connaître tout le prix ; mais bientôt tu seras en état de l'apprécier, et je ne demande pour récompense que la promesse de me dire sincèrement, lorsqu'il me plaira de te le demander, si tu as profité de mes conseils.

Le discours d'Adolphe me fit une telle impression, quoique je ne le comprisse pas entièrement, et je l'écoutais avec tant d'avidité, qu'il ne sortit jamais de ma mémoire ; il confirma bientôt la bonté de sa théorie en me faisant goûter mille plaisirs sans s'éloigner de sa réserve accoutumée. Enfin il fallut se dire adieu. Je l'aimais toujours davantage ; à l'instant de le quitter, ce fut à mon tour à répandre des larmes ; les délices de Paris perdirent tout le prix qu'ils avaient pour moi quelques heures auparavant ; mon imagination exaltée ne s'occupa plus que de ceux dont je venais de jouir avec Adolphe et du regret de m'en séparer.

Ce fut lui qui le premier s'arracha du berceau où nous avions passé des heures si délicieuses ; pour moi, loin d'avoir ce pénible courage, j'avais à peine celui de prononcer un triste adieu : semblait-il vouloir s'éloigner, je faisais mille efforts pour le retenir, et, dans les termes les plus tendres, je le suppliais de rester encore un moment ; c'en était trop pour le cœur sensible d'Adolphe, qui déjà se faisait la plus grande violence pour s'arracher de mes bras ; enfin il me représenta si vivement le danger que nous courions d'être surpris, que je me déterminai à le laisser partir, après lui avoir fait promettre de revenir le lendemain. Cette entrevue devait être la dernière ; Adolphe se défia sans doute de ses forces, car pour la première fois il manqua au rendez-vous : je passai sous le berceau plusieurs heures à me désespérer vainement, Adolphe était perdu pour moi ! Le chagrin que je conçus de ne plus voir Adolphe fut si vif que j'en tombai malade ; ma tante s'inquiéta beaucoup du dérangement de ma santé, elle parla même de remettre son voyage à l'année suivante ; mais le médecin l'ayant assurée que la cause de ma maladie ne provenait que d'une mélancolie profonde, chose ordinaire aux personnes de mon âge, et que le plus sûr moyen de me guérir était de me distraire, Rosa reprit sa première résolution, et le jour de notre départ fut fixé.

Je sens tout plus vivement qu'une autre, et pourtant rien de si léger que moi : jamais un sujet pénible n'a pu me faire une impression durable, bientôt je m'accoutumai à l'absence de ce que j'aimais le mieux, et dès que j'eus perdu l'espérance de le voir, il s'effaça de ma pensée.

Peu de jours après ma dernière entrevue avec Adolphe, nous retournâmes à Marseille ; nos amis s'empressèrent de venir nous voir ; tout le monde me félicitait sur notre voyage ; mes jeunes compagnes enviaient mon bonheur ; Que tu es heureuse d'aller à Paris, me disaient-elles, que je voudrais être à ta place ! Ces discours étaient bien faits pour me guérir de ma tristesse, il est si doux d'exciter l'envie ! Je m'étonnais d'avoir craint ce voyage qui devenait l'objet de tous mes désirs ; j'allais enfin briller sur un théâtre digne de moi. On admirerait mon esprit et mes grâces ; je serais entourée de mille amans, Adolphe me l'avait prédit et m'avait donné le secret d'en être toujours aimée ! Combien mon orgueil allait être satisfait ! Adorée des hommes, redoutée des femmes, les uns ne conserveraient leur liberté, et les autres leurs amans, qu'autant qu'il me plairait de les en laisser jouir !

Telles étaient les idées qui fermentaient dans une tête de quinze ans ; déjà coquette à l'excès, il ne me manquait que l'occasion pour développer mes talens, et j'imaginais avec raison que Paris était le lieu le plus propre pour donner l'essor à toutes mes passions.

En vain prêche-t-on contre la coquetterie, je soutiens qu'après l'amour, c'est la passion qui procure le plus de jouissances ; quel plaisir peut égaler celui dont jouit une femme, lorsque dans un cercle nombreux elle se voit préférer à toutes les autres ! Une coquette est toujours aimée avec plus d'ardeur ; combien elle triomphe en voyant un homme qui la chérit, essayer vainement de se détacher de ses liens ! Elle peut à son gré désespérer et rendre heureux ; un de ses sourires fait oublier tous ses caprices, et l'on vient à ses genoux s'accuser des efforts qu'on a faits pour ne plus l'aimer, et se convaincre que c'est une chose impossible.

Nous quittâmes bientôt Marseille ; jamais voyage ne fut entrepris plus gaîment ; ma santé s'était rétablie, et je ne m'occupais plus que des fêtes et des plaisirs auxquels j'allais participer. Nous étions au commencement de l'automne ; le temps était parfaitement beau, et nous n'allions qu'à petites journées. Nous nous arrêtions dans tous les endroits où il y avait quelque chose de remarquable. Arrivées à Paris, nous descendîmes chez un M. de Saint-Albin, que ma tante avait beaucoup connu à Naples, où il avait passé plusieurs années. Depuis qu'il avait quitté cette ville, il s'était établi une correspondance entr'eux, et Rosa l'avait chargé dans cette occasion de lui louer un hôtel, et de faire tous les préparatifs nécessaires à notre arrivée.

M. de Saint-Albin avait environ quarante ans ; il était grand, bien fait, d'une figure très-agréable, et la recherche de sa parure ajoutait encore à ses agrémens personnels ; son esprit était si séduisant et si enjoué, qu'il pouvait passer pour un des cavaliers les plus aimables de Paris. Madame de Saint-Albin paraissait avoir été très-belle ; cette dame était la douceur même, et, quoiqu'elle fut plus âgée que lui, jamais mari ne fut plus attentif et n'eut plus d'égards pour sa femme, que n'en avait M. de Saint-Albin.

Dès le jour même, M. de Saint-Albin nous conduisit dans notre nouveau domicile ; je fus surprise et charmée d'apprendre que j'aurais un appartement particulier. Celui de ma tante était très-vaste, et meublé avec la plus grande magnificence ; le mien, beaucoup plus modeste, était décoré avec tant de goût, qu'il ne laissait rien à désirer. Ce qu'il y avait de plus délicieux, c'était un petit boudoir qui terminait mon appartement. La tenture était rose parsemée de fleurs noires et veloutées. Le fond de la pièce était garni de glaces. Sur une estrade, était un lit de repos en velours noir, relevé par des draperies, de satin rose. Sur le plafond étaient représentés des traits de mythologie, analogues à ce lieu charmant, où tout semblait inviter à la volupté. L'adroit Saint-Albin, qui craignait avec raison que Rosa ne fut mécontente de me voir maîtresse de ce délicieux réduit, avait eu soin d'y faire placer mes instrumens de musique, des livres, des pinceaux ; de sorte qu'il nous l'annonça comme un joli cabinet d'étude, où je pouvais travailler sans courir le risque d'être interrompue. Cette précaution ne fut pas inutile ; il fut aisé de s'apercevoir que ma tante était loin de partager l'enthousiasme que me causait ce cabinet charmant. Vous devez rendre grâces à monsieur du plaisir que vous éprouvez, me dit-elle avec un sourire ironique, car, malgré l'empressement que je mets à satisfaire vos moindres désirs, j'avoue que mes soins ne se seraient pas étendus jusque-Là. Un coup-d'œil significatif fit entendre à M. de Saint-Albin combien j'étais reconnaissante de cet excès d'attention. Je ne demande pour récompense, me dit-il à l'oreille, que la permission d'y venir quelquefois répéter des duos avec vous. Volontiers, lui répondis-je ingénûment, et j'espère que nous en exécuterons souvent de votre composition. M. de Saint-Albin ne put s'empêcher de sourire de cette naïveté, et nous sortîmes de mon boudoir pour aller visiter le jardin, que je trouvai comme tout le reste, extrêmement agréable.

La plus grande intimité s'établit bientôt entre nos deux maisons. Ma tante ne pouvait plus se passer de madame de Saint-Albin, et celle-ci nous recevait toujours avec des grâces nouvelles. M. de Saint-Albin me traitait, devant ces dames, à peu près comme un enfant : il parlait sans cesse de ses quarante ans, et disait qu'il pouvait être mon papa. Mais, était-il seul avec moi, aussitôt il changeait de ton : il ne songeait plus à la différence de nos âges, et je m'apercevais qu'il n'épargnait rien pour me faire partager son oubli. Il était rempli de soins délicats ; il n'essayait plus de me faire rire, mais il cherchait à m'intéresser. Cette conduite ne m'échappa pas, et je lui sus gré, non-seulement du désir qu'il avait de me plaire, mais de la manière fine qu'il employait pour y réussir.

Ma tante le chargea de me procurer les maîtres dont j'avais besoin : j'en eus bientôt dans tous les genres. M. de Saint-Albin les choisit remplis de talens ; mais, par un hasard, qui peut-être n'en était pas un, ils étaient tous extrêmement laids : je ne pus m'empêcher un jour de lui en faire la remarque, et je m'aperçus qu'il s'était fait un mérite auprès de ma tante de ce qui servait si bien les projets qu'il avait sur moi.

On donnait souvent des fêtes chez M. de Saint-Albin ; il était excellent musicien est très-bon compositeur ; il aimait surtout la musique italienne, et semblait hors de lui-même en m'entendant chanter. Lorsqu'il y avait concert chez lui je me chargeais toujours des morceaux les plus difficiles, et chaque fois j'étais comblée de nouveaux éloges. Quoique je fusse la plus jeune, on assurait que j'étais la plus habile. Quel triomphe pour mon amour-propre !

La saison des bals allait bientôt arriver, c'était-là que je me promettais de déployer toutes mes grâces. En attendant, nous visitions les spectacles : M. de Saint-Albin nous accompagnait partout, il avait l'art de se rendre nécessaire et d'embellir jusqu'au plaisir même. Lorsque nous allions aux Français, il me faisait remarquer avec discernement les beautés et les défauts des pièces que l'on représentait, et ses réflexions étaient toujours aussi piquantes qu'instructives. Le spectacle que j'avais grande envie de voir, était l'Opéra : aussi le garda-t-on pour le dernier. Je vis enfin arriver le jour après lequel j'avais soupiré avec tant d'impatience, je me promettais de passer une soirée délicieuse ; mais quel fut mon désespoir, lorsqu'au lieu du plaisir auquel je m'attendais, j'éprouvai le plus mortel ennui. L'opéra me parut mauvais, les voix détestables. J'étais honteuse d'avoir désiré si vivement une chose qui me paraissait d'autant plus maussade, que je m'en étais fait un tableau plus séduisant. Je ne pus cacher mon dépit, et je témoignai le désir de m'en aller. Ayez un peu de patience, me dit M. de Saint-Albin, je me doutais que cet opéra ne vous plairait guère ; mais j'espère que le ballet qui va le suivre vous dédommagera. Je ne répondis que par un geste qui montrait combien j'étais incrédule, et je pris la sage résolution de finir la soirée comme je l'avais commencée, c'est-à-dire, de m'ennuyer au ballet, même lorsque je serais privée du plaisir de la critique : cependant, en dépit de moi, je fus forcée de m'amuser et d'applaudir ; j'étais dans l'enchantement, dans l'extase. Je n'avais jamais rien vu qui égalât les grâces des danseuses : chacune d'elles me paraissait la déesse de la Volupté. Comment un homme peut-il aller à l'Opéra, et revenir chez lui dormir tranquillement ? voilà ce qui m'a toujours étonnée. Pour moi, si j'eusse été d'un autre sexe, ces femmes-là m'eussent fait faire les plus grandes folies. Je vis avec peine arriver la fin du ballet, et je convins ingénûment de tout le plaisir qu'il m'avait causé. Hélas ! disais-je en revenant, combien l'on avait tort à Marseille de vanter la manière dont je dansais : que je suis loin d'une pareille perfection, et combien la distance qui m'en sépare fait souffrir mon amour-propre ! Vos regrets sont mal fondés, me dit M. de Saint-Albin, ce qui nous enchante sur le théâtre, nous choquerait dans un salon, et nous aurions la plus mauvaise opinion d'une femme qui prendrait de telles attitudes ; d'ailleurs, si vous me promettez de ne pas vous fâcher, ajouta-t-il en souriant, je vous dirai ma petite Julie, que vous péchez plutôt par l'excès qui vous charme tant que par le défaut contraire. La réflexion de monsieur est extrêmement juste, répliqua ma tante, et je l'ai faite bien des fois ; j'en ai même souvent conçu de l'inquiétude, tant la chose était remarquable ; mais l'extrême jeunesse de Julie ne permettant pas de croire qu'elle y mît la moindre intention, je ne lui en ai jamais parlé. Cependant, puisque l'occasion se présente, je vous conseille, ma bonne amie, de prendre garde à votre manière d'être : loin de chercher à imiter les grâces dangereuses, qui font le sujet de votre admiration, faites tous vos efforts pour acquérir cette réserve, qui est le plus grand ornement de notre sexe, et que vos quinze ans et demi commencent à rendre très-nécessaire. La voiture qui s'arrêta mit fin à la conversation. Saint-Albin, en me donnant la main pour descendre, pressa tendrement la mienne, et m'exprima, par un soupir, le regret de me quitter.

Chaque jour l'adroit Saint-Albin inspirait plus de confiance à Rosa : elle admirait son excellente morale ; et la manière avantageuse dont il parlait toujours de sa femme, lui faisait croire que ses mœurs n'étaient pas moins pures ; enfin, il parvint à lui faire croire qu'elle pouvait en toute sûreté me confier à lui, n'imaginant pas pouvoir me trouver un meilleur Mentor.

C'était afin d'obtenir ce privilége que Saint-Albin s'était donné tant de peine. Malgré toute son adresse, il n'avait jamais pu faire naître l'occasion de se trouver seul avec moi ; et, lorsque le hasard éloignait nos surveillans, c'était pour un temps si court, ou ils étaient si près de nous, qu'il était toujours sur le qui-vive. Un jour que Saint-Albin était chez ma tante, je la tourmentais pour sortir. Rosa ne s'en souciait guère ; mais elle ne savait jamais comment me refuser. Après avoir résisté quelque temps, voyant que je montrais toujours le même désir, elle s'adressa à M. de Saint-Albin : Si j'osais vous prier, lui dit-elle, de vous charger d'un enfant gâté, je le ferais avec grand plaisir ; mais je crains de mettre votre complaisance à une trop rude épreuve. Vous ne pouvez jamais trop exiger de moi, répondit-il d'un air indifférent ; je mènerai Julie voir des marionnettes, c'est un plaisir de son âge. Fort bien, répondit Rosa, elle m'en avait déjà parlé ; vous me rendrez un double service en lui faisant passer cette nouvelle fantaisie.

M. de Saint-Albin ayant atteint son but, il résolut de ne pas laisser échapper une occasion aussi favorable. Il n'imaginait pas pouvoir trouver d'obstacles à ses désirs, après avoir eu l'adresse d'en surmonter d'aussi grands. Notre tête-à-tête fut d'abord assez froid ; Saint-Albin affectait une réserve que je ne lui avais jamais vue. Mais quelle fut ma surprise, lorsqu'à quelque distance de l'hôtel, je l'entendis ordonner de nous conduire aux Champs-Élysées. N'irons-nous pas voir les marionnettes ? lui demandai-je naïvement. — Oui, vraiment nous les irons voir, me répondit-il ; mais il vaut mieux nous promener auparavant ; car j'ai mille choses à vous dire, et vous savez que l'on ne cause pas commodément dans un lieu public ; d'ailleurs je crains que les marionnettes elles-mêmes ne captivent votre attention à mon préjudice. Saint-Albin, en me répondant, avait baissé les stores ; ensuite il s'approcha de moi, me prit les mains dans une des siennes, et, passant l'autre bras autour de ma taille, il se mit à causer de l'air le plus familier. — Dites-moi, charmante Julie, s'écria-t-il en m'embrassant sur la bouche à l'instant où je m'y attendais le moins, combien d'heureux mortels ont-ils déjà respiré cette haleine de rose ? — Cette manière, répondis-je en rougissant, n'est pas en usage à Marseille, et c'est la première fois que je vois embrasser ainsi. J'aime à vous croire, me dit-il. Il est si doux d'être le premier qui donne un pareil baiser. Que de fois, ma chère Julie, je me suis vu prêt à poser mes lèvres sur cette bouche délicieuse, lorsque vous veniez d'un air enfantin me prodiguer d'aimables caresses. Ô Julie ! si tu savais dans quel état me mettent ces douces libertés ! Quel feu tu fais couler dans mes veines, lorsque tu viens sans y penser, me prendre la main, et la poser sur ton sein, pour me faire sentir le battement de ton cœur ! À peine la présence de ma femme, de ta tante peut-elle me retenir. Je ne vois plus que toi dans l'univers ; mes genoux fléchissent, et je suis prêt à me jeter à tes pieds pour te jurer un éternel amour. Ah ! ma Julie ! un seul moment peut me dédommager de cette contrainte cruelle. Je vais oublier dans tes bras tout ce que tu m'as fait souffrir : j'y vais mourir de volupté !

L'entreprenant Saint-Albin mettait autant de feu dans ses gestes que dans ses paroles. Plus prompt que l'éclair, plus avide que l'oiseau de proie qui fond sur la tendre fauvette, il semblait me dévorer en me couvrant de baisers ; et sa main téméraire profanait le secret asile des plaisirs les plus doux. Il ne fut pas long-temps possesseur du terrain qu'il avait si brusquement usurpé : la voix de la persuasion l'aurait peut-être conduit à la victoire ; mais il était impossible de m'emporter d'assaut, et, par mille efforts qui l'étonnèrent, je parvins à me débarrasser entièrement de lui. Comment peut-on avoir autant de force avec des membres si délicats ? s'écria-t-il. Quel petit lutin ! Qui l'aurait jamais cru ? Mais, que vois-je ? vous pleurez ! vous vous fâchez d'une simple plaisanterie ! À tant d'esprit pouvez-vous joindre un tel enfantillage ! Mais, de grâce, répondez-moi donc ; que puis-je faire pour vous appaiser ? Rien, répondis-je d'un air boudeur, car je ne vous aime plus. Mais, puisqu'au lieu d'avouer vos torts, vous prétendez avoir raison, je prendrai ma tante pour juge, et nous verrons ce qu'elle dira de mon enfantillage. Ah ! maligne petite personne, me dit Saint-Albin, en me reprenant dans ses bras, cette menace me montre assez que votre colère était feinte ; car celui qui menace d'une punition impossible, n'a l'intention d'en infliger aucune ; mais si, pour vous plaire, il ne faut que s'avouer coupable, je vous demanderai bien humblement pardon de vous trouver si séduisante, de ne savoir pas réprimer mes transports en me voyant seul avec vous, et d'avoir osé vous manquer de respect. — Si vous aviez la moindre délicatesse, repris-je d'un ton piqué, vous ne joindriez pas le sarcasme à l'insulte ; ma tante, dites-moi, m'aurait-elle laissé venir avec vous, si elle vous avait cru capable d'abuser à ce point de la confiance que vous êtes parvenu à lui inspirer à force d'hypocrisie ? Et n'est-ce pas une chose horrible que de profiter de cette confiance aveugle, pour essayer de séduire sa nièce ? — Dieu me pardonne, s'écria Saint-Albin, je ne sais plus où j'en suis ; je croyais que vous plaisantiez ; mais vous le prenez maintenant sur un ton si sérieux, que vous me forcez d'y croire. Qu'ai-je donc fait pour exciter cet excès de colère ? N'êtes-vous pas, Julie, aussi pure, aussi chaste que lorsque je vous ai prise sous ma protection. Quel mal vous ai-je fait, et comment ai-je abusé de la confiance de votre tante ? — Et, si je vous eusse laissé faire, m'écriai-je ingénûment, m'auriez-vous remise entre les mains de Rosa telle que vous m'en avez prise ? — Ah ! ma Julie sait donc ce que je voulais lui faire ? Cette candeur, cette innocence extrême que chacun admire, et surtout dont chacun s'étonne, n'existent qu'en apparence ; c'est une ruse, un raffinement de coquetterie. Je suis bien aise de savoir à quoi m'en tenir, et, si vous voulez, Julie, que je vous confesse la vérité, en me conduisant ainsi je n'avais que l'intention d'éclaircir un mystère que je ne pouvais concevoir. J'étais bien sûr que, malgré toute votre finesse, vous ne pourriez éviter ce piége, si, comme je le soupçonnais fort, vous n'étiez pas aussi Agnès que vous vous efforcez de le paraître. Maintenant, Julie, avouez à votre tour la vérité de ma découverte ; et si vous me donnez le moindre encouragement, je vous promets de vous garder fidèlement le secret.

Vous m'accusez d'une affectation dont je ne me suis jamais rendu coupable, répondis-je toujours sur le même ton. Je sais, il est vrai, qu'une femme peut accorder mille faveurs à celui qu'elle aime ; je sais de plus que ces faveurs rendent criminels, non-seulement ceux qui les sollicitent, mais celles qui n'ont pas assez de force pour les refuser ; mais quel est le genre de ces faveurs ? voilà ce que j'ignore, et mon savoir se réduit à peu près à connaître mon ignorance. Assurément, reprit Saint-Albin, jamais on ne se tira d'un pas aussi délicat avec autant d'esprit ; mais cependant, Julie, vous ne me persuadez pas. Comment ces faveurs pourraient-elles rendre criminelles deux personnes qui s'aimeraient tendrement ? Si vous me le prouvez, dès cet instant je renonce à tous les plaisirs de l'amour ; car, bien que vous ayez paru douter de ma délicatesse, rien au monde ne pourrait me porter à faire une action condamnable. — Vous cherchez à m'embarrasser, St.-Albin ; j'avoue qu'il me serait bien difficile d'expliquer pourquoi telle caresse est plus répréhensible que telle autre ; mais il me suffit de savoir que la vertu la défend, pour ne jamais m'y prêter. — La vertu défendre d'être heureux ! quelle idée fausse, ma chère Julie, vous avez de la vertu ! vous la confondez avec le préjugé, et c'est à lui que vous sacrifiez les plus beaux jours de votre vie. La vertu consiste à faire le bien, à faire des heureux, mais non pas à imposer les privations les plus insupportables. Celui qui nous donne un cœur pour aimer, serait-il assez injuste pour nous défendre l'amour ? Et si la conséquence de cette passion est de nous faire goûter les plaisirs les plus suaves, quel être assez ennemi de lui-même pourrait s'y refuser ? Le Tout-Puissant n'aurait-il créé ces jouissances délicieuses, et ne les aurait-il mises en notre pouvoir, que pour nous livrer à des tentations irrésistibles ; se serait-il plu à donner au vice des dehors si séduisans, afin d'avoir le plaisir de nous rendre criminels ? Non, Julie, ce ne sont là que des erreurs que la saine raison dément et condamne ; mais on avait besoin d'un semblable préjugé pour prévenir une trop grande licence, et remédier aux désordres que les passions ardentes de votre sexe auraient occasionnés dans la société ; afin de mettre un frein à votre inconstance naturelle, on convint d'attacher un grand prix au titre de femme vertueuse, et d'honorer d'une manière particulière celle qui s'en rendrait la plus digne ; mais, quoiqu'on puisse nous taxer de quelqu'injustice, en ne voulant pas partager le joug auquel nous vous soumettons, cependant il faut avouer que nous ne fûmes pas exigeans, puisque nous ne faisons

Consister la sagesse qu'à éviter tout cet éclat. Une femme peut être galante à l'excès, sans s'exposer à perdre le titre auquel vous attachez tant de prix, pourvu qu'elle mette assez d'art dans sa conduite pour ne pas blesser les convenances. Vous voyez donc, ma chère Julie, que cette vertu n'est qu'une chimère que nous avons eu l'adresse de forger pour servir notre jalousie ; mais, comme les meilleures choses ont toujours leurs inconvéniens, il arrive que des personnes de votre âge, ignorant l'origine de cette vertu qu'on a soin de leur prêcher dès leur enfance, s'en font un monstre si redoutable, qu'elles lui sacrifient et leur jeunesse et leurs plaisirs. Ces femmes aveugles, étouffant leurs désirs et s'offensant des nôtres, se refusent à notre amour, et nous nous trouvons pris dans nos propres piéges. On en voit même qui, méconnaissant la cause d'un feu dont elles se sentent embraser, imaginent que Dieu les appelle, et vont s'ensevelir au fond d'un cloître, afin de lui sacrifier un bien qu'elles n'ont reçu que pour leur bonheur et celui des autres. Ce sacrifice est toujours suivi de longues années de repentir ; car à peine est-il consommé, que ces malheureuses victimes s'aperçoivent de leur erreur, et désirent, mais en vain, pouvoir rétracter des sermens qui les condamnent à des privations éternelles.

C'est ainsi que Saint-Albin, avec un artifice sans égal, essayait de me séduire ; il y aurait réussi sans doute, si je n'eusse eu l'amour de la vertu, et des principes que le temps seul pouvait affaiblir. Espérant que sa force le servirait mieux que son éloquence, il fit plusieurs tentatives ; mais elles furent toutes également infructueuses : sa violence ne servit qu'à m'irriter, et détruisit les impressions favorables que ses sophismes avaient fait sur mon esprit ; il vit enfin que tous ses efforts ne tendaient qu'à l'éloigner de son but, et qu'il fallait renoncer à la victoire, ou l'acheter par mille soins et mille complaisances nouvelles. Saint-Albin n'était pas de caractère à se laisser effrayer par les obstacles, il prit la résolution de s'armer de patience, changea ses batteries et se promit un entier succès.

Il commença par se jeter à mes genoux, et à solliciter son pardon dans les termes les plus humbles et les plus touchans ; mais, loin de me laisser fléchir, je lui répétais avec un sang-froid qui le mettait au désespoir, que, décidée à ne lui pardonner de ma vie l'insulte que j'en avais reçue, je ne m'exposerais jamais à une seconde ; lorsqu'il vit l'inutilité de ses prières, il fut saisi d'une si forte douleur, ou plutôt il sut si bien feindre, qu'il parvint à me toucher ; non-seulement j'accordai son pardon, mais je mis tout en usage pour lui rendre le calme qu'il semblait avoir perdu ; enfin la paix fut rétablie, un baiser bien tendre en fut le gage ; je l'appelai mon cher Saint-Albin, et je lui promis de ne jamais éviter les occasions de me trouver seule avec lui. Ces douces assurances le calmèrent et l'entreprenant Saint-Albin, devenu modeste et timide, demanda mille fois pardon d'une faute qu'on ne lui reprochait plus.

Nous allâmes enfin voir les marionnettes, car il fallait pouvoir rendre compte de ma soirée ; elles m'occupèrent bien faiblement, l'aimable Saint-Albin se surpassait lui-même et captivait seul toute mon attention ; nous redoutions également l'instant de nous séparer, il fallut enfin s'y résoudre. Rosa le remercia mille fois de sa complaisance, et dès qu'il eut pris congé de nous, je me retirai dans mon appartement, où son image me suivit.

Pour la première fois, St.-Albin éloigna le sommeil de ma paupière, je m'occupai toute la nuit des scènes de la soirée, et plus j'y réfléchissais, moins je trouvais Saint-Albin coupable ; l'amour n'était-il pas la cause de son crime, et peut-on s'offenser d'un excès d'amour ! D'ailleurs je pouvais m'aveugler moi-même, et ma sévérité était peut-être déplacée : tout ce qu'il m'avait dit me semblait sans réplique ; je désirais être convaincue, mon bonheur en dépendait. Saint-Albin pouvait-il avoir l'envie de me séduire ? je ne l'en croyais pas capable ; il ne voulait que détruire un préjugé fatal à mon bonheur, à mes plaisirs ; je devais l'écouter et me livrer sans scrupule à tout ce qu'il exigerait de moi. Rosa elle-même assurait qu'il était le plus sage des hommes, et me recommandait sans cesse d'écouter ses conseils et de les suivre. D'où provenaient donc mes scrupules ? Le souvenir d'Adolphe acheva d'enflammer mon imagination. Je me rappelai la félicité dont j'avais joui dans ses bras, et je savais qu'il en était une mille fois plus grande encore. Ce fut alors que les derniers conseils de mon Adolphe me revinrent à l'esprit ; il m'avait donné le secret d'être heureuse sans être coupable. Je pouvais tout accorder, excepté la dernière faveur ; pourquoi donc me refuser à des délices dont mon âme était avide ?

Je désirais que Saint-Albin pût connaître ma pensée, voler dans mes bras, me faire jouir de cette volupté qu'il m'avait peinte avec des couleurs si vives, et que je brillais de connaître ; mais où m'arrêter, me demandai-je ? quelle est cette dernière faveur si enivrante et si dangereuse ? qui m'avertira du moment où je dois éteindre le feu dont je serai dévorée, et arrêter ce torrent de plaisirs qui peut-être m'entraînera malgré moi ? Avant de me rendre aux désirs de Saint-Albin, il faut qu'il détruise mon ignorance. Je veux savoir jusqu'où s'étend mon pouvoir, ce que je peux accorder et refuser, comment je puis récompenser ou punir ; enfin il faut qu'il déchire ce voile qui vient sans cesse obscurcir mes idées, et qui m'empêche d'user des droits que mon sexe et mon âge me donnent sur tous les hommes.

Je passai la nuit à faire de semblables réflexions : les argumens de Saint-Albin, qui d'abord avaient glissés légèrement sur mon esprit, commençaient à me paraître convaincans. Je m'accusais d'obstination ; j'allai même jusqu'à craindre de l'avoir rebuté par mes reproches et les termes injurieux dont je m'étais servie, et je finis par me promettre d'employer ce que je connaissais de plus séduisant pour le ramener à moi, dans le cas où il se croirait offensé.

On avait projeté pour le lendemain une partie charmante ; nous devions aller dîner au bois de Vincennes en nombreuse société. Saint-Albin avait arrangé cette partie pour me plaire : j'avais paru le désirer quelques jours avant ; le lendemain j'appris qu'elle aurait lieu.

C'était toujours ainsi que Saint-Albin prévenait ou satisfaisait mes désirs. Comment ne pas aimer un pareil homme ? Quand on est aussi séduisant, combien l'on est dangereux ! Parmi les personnes que Saint-Albin avait invitées, une seule m'était étrangère, c'était une demoiselle de dix-huit à vingt ans, qu'on nommait Céline. À peine l'eus-je vue, que je désirai lui plaire ; ses manières agréables inspiraient ce désir à tous ceux qui l'approchaient, et son air gracieux leur persuadait bientôt qu'ils avaient réussi. Céline était d'une taille moyenne et bien proportionnée. Elle avait l'air à la fois décent et voluptueux ; elle connaissait toutes les ressources de la coquetterie ; enfin elle possédait l'art de plaire au suprême degré, et lorsqu'elle voulait gagner les bonnes grâces, même d'une femme, elle était sûre d'y réussir.

Mes manières caressantes et naïves parurent fixer son attention ; elle y répondit avec un charme qui acheva de me captiver entièrement. L'espèce d'analogie qu'il y avait entre nos caractères, ne contribua pas peu à former cette liaison qui fut pour moi la plus dangereuse de toutes celles que je contractai jamais.

Les résolutions que j'avais formées pendant la nuit, en faveur de Saint-Albin, s'évanouirent à mon réveil ; je l'accusai de nouveau de vouloir abuser de mon inexpérience, et je me promis d'être en garde contre ses séductions. Cependant je désirais le voir, j'attendais avec impatience l'heure de son arrivée ; mon cœur battit quand on l'annonça ; je rougis, et contre ma coutume, je ne me levai pas pour aller au-devant de lui : nous montâmes aussitôt en voiture pour nous rendre chez madame de Saint-Albin, où nous trouvâmes tout le monde rassemblé. Ce fut là que je vis la charmante Céline, avec laquelle je causai beaucoup en déjeûnant, et que je trouvai si aimable, que je résolus de ne pas m'en séparer de tout le jour. Céline m'ayant assurée qu'elle avait le même désir, j'obtins, de la dame qui l'avait amenée, la permission de la prendre dans notre voiture, après quoi nous nous mîmes en route très-gaîment, et mutuellement charmées de nos compagnons de voyage.

Ce que je ressentais pour Saint-Albin provenait plutôt du besoin que j'avais d'aimer, que d'un véritable attachement ; car, malgré le charme que je trouvais dans sa société dès le premier jour, celle de Céline en eût autant pour moi, et bientôt elle en eût davantage. Il est vrai que de toutes les femmes, c'est celle que j'ai le plus chérie, et je doute que l'amour même puisse être plus vif, plus tendre que l'amitié que m'inspira Céline. Les grâces de sa personne et de son esprit charmèrent ma tante, qui en fut presqu'aussi enthousiasmée que moi. Saint-Albin, qui la connaissait depuis long-temps, se félicita du penchant qui m'entraînait vers elle, ne doutant pas que cette liaison ne fût utile à ses desseins.

Nous arrivâmes à Vincennes, où nous passâmes une journée charmante. Je ne quittai pas Céline un seul moment ; nous nous écartâmes du reste de la société pour mieux jouir du plaisir d'être ensemble. Saint-Albin nous suivit ; je ne l'avais jamais vu si gai : il prit avec ma nouvelle compagne un air familier qui me choqua d'abord. Je vis avec surprise que non-seulement elle le souffrait, mais qu'elle y répondait par mille agaceries. Rien n'est plus dangereux qu'un tel exemple ; mon étonnement cessa, et je finis par m'accuser d'une sévérité ridicule. Comment croire en effet que Céline, que je prenais pour un modèle de vertu, pût manquer à la décence ? Saint-Albin lui donna quelques baisers bien tendres dont elle ne s'offensa pas ; mon tour vint, mille caresses me furent prodiguées. Mon embarras était extrême : si je paraissais irritée, ne serait-ce pas offenser Céline ? Sans doute, me disais-je, je pousse le scrupule trop loin, et cette réserve qu'on me recommande n'est qu'un manteau de cérémonie. Combien cet air enjoué sied à Céline ! il la rend mille fois plus jolie ! D'ailleurs quel mal fait-elle ? Aucun assurément. Saint-Albin ne me trompait pas ; je suis remplie de préjugés. Qu'il est heureux pour moi d'avoir connu Céline ! personne au monde ne saurait mieux qu'elle m'éclairer sur cette foule de doutes qui viennent sans cesse m'assaillir.

Après une promenade assez longue, nous allâmes rejoindre la troupe joyeuse ; bien d'autres que nous s'en étaient écartés. Dans toute autre occasion, quel beau sujet de médisance ! mais dans un jour consacré au plaisir, tout paraît naturel. D'ailleurs on a tant d'excuses au fond d'un bois ! un sentier qui trompe, une épine qui déchire : la fatigue ou la douleur oblige de s'arrêter ; enfin on revient. Telle femme est embellie par le plus vif incarnat, la frayeur en est la seule cause ; telle autre, soulevant à peine une paupière humide, a l'air languissant et distrait : c'est l'excès de la lassitude ; on le croit ou l'on feint d'y croire, et tout le monde est heureux. Pour Céline et moi, nous n'avions pas besoin d'excuse, un trio n'excite pas de soupçons. Cette charmante journée finit trop tôt ; je regrettais surtout de me séparer de Céline, et je lui fis promettre de me revenir voir sous peu de jours.

Céline ne revenant pas assez vîte au gré de mes désirs, j'obtins de ma tante la permission de lui faire la première visite. J'y fus conduite par Saint-Albin, qui ne cessait de faire à ma tante l'éloge de cette jeune personne. Céline demeurait chez une de ses parentes, dont l'éducation peu soignée contrastait avec une fortune brillante. Cette dame avait conçu pour elle une affection si tendre, qu'elle ne lui croyait aucun défaut, et s'empressait de satisfaire ses moindres caprices.

Dès que j'aperçus Céline, je courus l'embrasser. Je fus frappée au premier coup-d'œil du changement qui s'était fait en elle ; ce n'était plus cette jeune personne modeste, rougissant dès qu'on la fixait : c'était une femme agaçante et voluptueuse, qui semblait provoquer le désir. Céline était au milieu d'un cercle de jeunes gens dont les hommages l'enivraient. Son teint était animé, son regard plein de feu, et sa parure dans un désordre qui ne pouvait être qu'un effet de l'art. Tout ce que je voyais était nouveau pour moi, et j'avoue, en rougissant, que cette nouveauté ne me parut pas dénuée de charmes : mon ingénuité amusa beaucoup. On s'empressait autour de moi, on vantait ma taille, ma jolie tournure, on me trouvait mille agrémens que j'ignorais posséder ; mes naïvetés faisaient mourir de rire. Enfin, je fus enivrée de l'encens qu'on me prodiguait. Saint-Albin s'était surpassé, et, malgré les efforts que les autres faisaient pour être aimables, aucun d'eux n'avait pu l'égaler. Jamais soirée ne me parut plus délicieuse. Hélas ! peut-être aucune ne me fut plus fatale. J'avalais à longs traits le poison de la corruption, et mon erreur était telle, que je croyais m'abreuver de nectar ! — Si les louanges effrénées de mes nouveaux adorateurs me troublèrent l'esprit, celles de Saint-Albin, moins outrées, mais bien plus délicates, ne faisaient pas moins d'impression sur mon cœur. Nous quittâmes enfin ces hommes dangereux, et cette femme mille fois plus dangereuse encore. Je revins la tête enflammée de tout ce que je venais de voir et d'entendre, et désirant plus que jamais former une liaison intime avec la trop séduisante Céline. Saint-Albin profita du trouble voluptueux dans lequel m'avait jeté cette enivrante soirée, pour obtenir quelques légères faveurs. Je n'étais pas en état de les lui refuser. Il avait achevé de me vaincre par son esprit ; car malgré l'attrait que la nouveauté a toujours eu pour moi, je ne pouvais me dissimuler combien il était supérieur à tous ses rivaux. Il me déroba vingt baisers délicieux, et parvint même à me faire partager ses tendres emportemens. J'ignore jusqu'où il aurait poussé la témérité et moi la faiblesse, si son cocher, qui sans doute n'avait pas le mot d'ordre, ne s'était arrêté au moment même où le baiser le plus savoureux me faisait perdre à moitié la respiration. Hé quoi ! sitôt arrivés, criâmes-nous à l'unisson ? Le faquin, dit Saint-Albin à demi-voix, il ne saura jamais son métier ! Charmante Julie, ajouta-t-il en me pressant la main, vous retrouverai-je aussi tendre la première fois que nous serons ensemble ? Je ne sais, lui répondis-je en souriant, de pareils momens ne sont pas moins rares qu'enchanteurs. — Enchanteurs, ma Julie, l'auraient-ils été pour vous ? Auriez-vous partagé mon ivresse ? — Rien n'est plus égoïste que moi sur cet article. Ne vous attendez jamais à la moindre complaisance ; mais lorsque vous me verrez partager vos transports, ne doutez pas que mon plaisir ne soit égal au vôtre. — Ma tante, qui parut au même instant, empêcha Saint-Albin de me répondre ; ses yeux seuls m'exprimèrent combien cet aveu le rendaient heureux. En effet, quelle différence de ce langage à celui que j'avais tenu le jour des marionnettes ! Cette soirée funeste venait de me pervertir à moitié, je n'étais plus la même. L'exemple de Céline avait fait en quelques heures plus d'impression sur mon esprit, que les discours de vingt libertins n'en auraient pu faire en six mois.

Je fus long-temps sans trouver le sommeil ; la tranquillité de la nuit, en rendant le calme à mes sens, me fit envisager Céline et la société que j'avais trouvée chez elle, sous un point de vue tout-à-fait différent ; je commençais à craindre qu'elle ne fût indigne de ma tendresse, et plus encore de la bonne réputation dont elle jouissait. Je ne pouvais me dissimuler que ses manières ne fussent très-libres, et que sa conversation ne le fut encore davantage. Si Rosa l'avait vue ce soir, me disais-je, je suis bien sûre qu'elle ne souffrirait pas cette liaison ; mais cependant ne me trompais-je pas ? Saint-Albin répond de sa sagesse ; ma tante me dit de le croire comme un oracle. Ne faudrait-il donc ajouter foi à ses paroles que lorsqu'il me contrarie ? En vérité, je perds l'esprit ! Céline est sans doute ce qu'il faut être pour atteindre le dernier degré d'amabilité ; tout cela n'était que badinage, et ce badinage n'est-il pas charmant ? Céline est sûrement une de ces femmes exemptes de tout préjugé dont Saint-Albin me parlait l'autre jour. Elle sait mieux que tout autre affecter un maintien décent, lorsque l'occasion l'exige ; mais lorsqu'elle se trouve avec des gens moins scrupuleux, elle se livre sans crainte au plaisir, et répand la gaîté sur tout ce qui l'environne. C'est ainsi que je m'efforçais d'étouffer une lueur de raison, trop faible pour triompher d'une imagination aussi ardente que la mienne.

Deux jours après, Céline me rendit ma visite ; elle avait repris le maintien décent et réservé qui lui avait fait faire à Vincennes la conquête de ma tante. Après être restées quelques instans avec Rosa, je proposai à mon amie de passer dans mon appartement ; je lui fis voir mon boudoir. La divine retraite, s'écria-t-elle en se jetant sur le sopha ; que vous êtes heureuse d'être la prêtresse d'un pareil temple ! C'est sans doute à l'aimable Saint-Albin, ajouta-t-elle avec un sourire malin, que vous avez cette obligation ? À propos de Saint-Albin, savez-vous, Julie, que vous me rendez jalouse ? C'est bien le plus séduisant de tous les hommes ; il m'avait toujours honorée, lorsque le hasard nous réunissait, d'une préférence décidée ; mais, depuis que vous êtes à Paris, toutes les femmes lui sont également indifférentes. La pauvre Céline est rentrée dans la foule ; et, pour la première fois de sa vie, je le crois vraiment amoureux.
— Assurément, ma chère, lui répliquai-je, vous êtes dans l'erreur ;

Saint-Albin a trop bon goût pour ne pas vous préférer à ce qu'il y a de plus aimable, et j'ai moins de droit que toute autre à vous enlever une pareille conquête. Écoutez, me dit Céline, faisons nos conventions ; je vous cède Saint-Albin d'autant plus volontiers ; que je n'ai jamais eu de prétention sur lui. Vous pouvez même m'enlever toutes mes conquêtes les unes après les autres, sans que je vous en sache mauvais gré. Mais, ce que je ne vous pardonnerais jamais, c'est de dissimuler avec moi. Soyez franche, ma bonne amie ; cela seul peut donner des charmes à une intimité comme la nôtre. Allons, Julie, prouvez-moi que toutes les protestations d'amitié que vous me faites sont sincères. Racontez-moi vos amours avec le charmant Saint-Albin ; cela nous divertira. — Jamais je ne fus plus disposée à la confiance, ma chère Céline ; vous l'inspirez à tout ce qui vous entoure. Si vous regardez comme une marque d'attachement l'aveu que vous me demandez, j'avouerai que M. de Saint-Albin m'a quelquefois parlé d'amour. — *Parlé* ? s'écria-t-elle d'un air surpris ; eh ! de grâce, n'a-t-il fait que vous parler d'amour ? Serait-il assez sot, ou vous aimerait-il assez peu pour n'avoir jamais cherché à vous prouver d'une manière plus positive ce qu'il sentait pour vous ? — À me *prouver* ? répondis-je en rougissant ; de quelle manière voulez-vous donc qu'il me prouve son amour ? — Mais je n'imagine pas qu'il y en ait deux ; et, si Saint-Albin n'a fait que vous *parler* de sa tendresse, il est loin d'avoir pour vous la passion que je lui supposais ; mais cela n'est pas possible. Encore de la dissimulation. Ah ! Julie ; je m'étais trompée sur votre compte ; je vous croyais naïve, ingénue, et vous avez toute la réserve d'une prude consommée. Mais je vois bien ce qui vous arrête ; un peu de honte, n'est-ce pas ? un reste d'enfantillage ! Eh bien ! je consens à vous épargner la peine de la confession. Répondez-moi seulement avec vérité. N'a-t-il pas fait comme cela ; dit-elle en m'embrassant sur la bouche ; puis cette jolie gorge qu'il a bien caressée ; puis ce petit pied, puis la jambe... Je restais muette... Il a donc mieux fait encore ? Allons, je vois bien que sa main a été plus indiscrète que ne le sera jamais la mienne. Mais, friponne, malgré cette ingénuité piquante dont vous savez tirer un si grand avantage, peut-être l'heureux Saint-Albin n'a-t-il plus rien à désirer ? — Ah ! vous vous trompez, m'écriai-je. — Que lui reste-il donc à faire, reprit-elle avec étonnement ? aller si loin, et rester en chemin ! Julie, prenez bien garde ! je lis dans vos yeux le contraire ! — Vous vous trompez, je vous jure ; il est vrai que M. Saint-Albin a eu assez peu de délicatesse pour tenter d'abuser de la confiance de Rosa ; il a même employé la violence ; voilà pourquoi il a été si loin ; mais je lui ai fait sentir toute la bassesse de son procédé, et je ne doute pas qu'à l'avenir il ne se comporte bien différemment. — Qu'entends-je ? Où donc avez-vous été chercher de pareilles maximes ? il me semble entendre votre vieille tante ; je crois même que vous devez la surpasser ! Mais parlez-vous tout de bon, dites-moi, ou voulez-vous seulement vous égayer un moment ? — Non, je vous ai dit l'exacte vérité ; j'ai même peine à comprendre ce que vous me dites. N'ai-je pas eu raison de me mettre en colère, lorsque M. de Saint-Albin a voulu prendre avec moi des libertés indécentes ? — Oh ! vraiment vous vous êtes conduite comme un ange ! — Mais de grâce, que fallait-il donc faire ? — Je ne veux pas me mêler de vous donner des conseils, vous êtes trop enfant : je crains déjà de m'être compromise en vous montrant une confiance indiscrète. C'est ma faute ; j'aurais dû réfléchir qu'à votre âge et avec l'éducation que vous avez reçue, vous ne pouviez me convenir comme amie ; mais votre air éveillé, et surtout la manière aimable dont l'autre jour vous vous êtes conduite chez moi, m'avaient donné de vous une opinion bien différente. Cependant je me sens tant d'amitié pour vous, que je veux prendre soin de vous former ; vous avez toutes les dispositions nécessaires pour devenir la femme la plus séduisante de Paris. — Dites-moi, Céline, que faut-il faire pour cela ? Si vous me promettez de me rendre aussi aimable que vous, je suivrai aveuglément tous vos avis. — Cette manière me charme ; allons, nous ferons quelque chose de vous. Dites-moi maintenant, sans plus de bégueulerie, pourquoi vous êtes-vous opposée aux désirs de Saint-Albin ? — Mais, j'ai cru bien faire. — C'est selon ; vous avez très-bien fait, s'il ne vous plaît pas. — Au contraire, je le trouve très-aimable ; mais la sagesse ? — Pur enfantillage ; la sagesse, ma chère, consiste à sauver les apparences : une femme doit, j'en conviens, préférer sa gloire à tout, et savoir même sacrifier son amant, lorsque sa réputation l'exige ; mais, lorsqu'elle est assez heureuse pour être aimée d'un homme discret, incapable de la compromettre, c'est une folie que de résister à l'occasion, et ce n'est qu'à votre âge que l'on est assez dupe pour le faire. — Vous m'étonnez ; mais, au surplus, votre morale n'est pas difficile à suivre. — Cela n'en fait pas le moindre mérite, reprit Céline ; je hais les gens qui prêchent toujours l'impossible. Quoi de plus naturel, de plus délicieux, que de se livrer à tous ses goûts, de n'avoir pour guide que son cœur et ses sens, et pour frein que la crainte de la satiété ! Quant à moi, voilà ma morale ; et la preuve qu'elle est bonne, c'est que j'ai joui dix fois plus qu'une autre, et que j'ai conservé ma réputation intacte. — Cette manière de penser s'accorde parfaitement avec celle de Saint-Albin, et je commence à croire que jusqu'ici je n'ai pas eu le sens commun. — J'en tombe d'accord, et je vous engage, ma chère Julie, à profiter de votre jeunesse. Lorsque vos beaux jours seront passés, il vous restera du moins des souvenirs agréables. Adieu, il faut que je vous quitte, je reviendrai vous voir bientôt.

À peine Céline était-elle sortie que Saint-Albin entra. Votre tante m'envoie, me dit-il gaîment, répéter avec vous le duo que nous devons chanter au premier concert ; l'avez-vous bien étudié ? — Je le sais très-bien. — Cela mérite un baiser ; mais voyez donc cette petite espiègle qui refuse d'embrasser son maître ! — Ma résistance n'avait rien d'effrayant, Saint-Albin me prit dans ses bras, et me posa sur la couche moelleuse que venait d'occuper Céline ; ses discours avaient fait sur mon esprit la plus vive impression ; Saint-Albin choisissait le moment le plus favorable pour en recueillir le fruit. Je me trouvais précisément dans la situation dont Céline m'avait parlé, je pouvais, sans courir aucun risque, me rendre à l'amour de St.-Albin ; je trouvais ses caresses délicieuses, sa main blanche qui pressait doucement des contours arrondis me faisait, pour ainsi dire, entrer le plaisir par tous les pores, j'étais brûlante de désirs, je volais au-devant de ses baisers, ma bouche amoureuse ne pouvait se détacher de la sienne. Le ciel semblait prêt à s'ouvrir pour moi. Hé bien, malgré ces transports et mes désirs, les larmes et les prières de Saint-Albin, je résistai ! une voix, plus forte encore que celle du plaisir, me criait au fond du cœur : Arrête, Julie ! défie-toi de toi-même, crains tes sens, crains Saint-Albin ! Étonné d'une résistance dont il ne pouvait plus deviner la cause, il m'en demanda l'explication.

Hélas ! lui dis-je ingénument, j'ignore moi-même comment je ne succombe pas ; mes désirs égalent les vôtres ; il semble qu'une puissance surnaturelle m'empêche de m'y livrer. Le temps, j'espère, me répondit Saint-Albin, vous fera connaître combien ces préjugés de province sont ridicules. Mais, ma chère Julie, vous perdez, de bien beaux momens !

Sans doute, j'étais née vertueuse, et sans les séducteurs dont je fus entourée dès l'enfance, je l'aurais toujours été, ce ne fut que par de lentes gradations et avec des peines infinies, que l'on parvint à détruire en moi cette pudeur virginale, si précieuse et si rare.

Le lendemain, il y avait un concert chez Saint-Albin. Je chantai, je fus applaudie, admirée. Ma voix ne manquait jamais de produire le plus grand enthousiasme. Tout le monde commençait à s'apercevoir du goût que Saint-Albin avait pour moi. Ma tante seule ne s'en doutait pas, et lui laissait plus que jamais la liberté de me voir. Mon intimité avec Céline devenait tous les jours plus grande, et les principes de vertu que m'avait donnés Rosa, s'affaiblissaient en proportion. Céline connaissait mon faible. J'étais vaine et voluptueuse ; elle flattait mon amour-propre, et ne cessait de me vanter les plaisirs des sens. Cependant elle ne me faisait aucune confidence, et j'ignorais encore si elle connaissait par sa propre expérience les délices qu'elle me pressait si vivement de goûter ; je résolus de m'en éclaircir, bien décidée à suivre son exemple quel qu'il fût, car je commençais à m'ennuyer de mon éternelle sagesse, et l'indifférence que Saint-Albin affectait depuis quelque temps envers moi, augmentait encore le désir que j'avais d'y mettre fin.

Le lendemain je me rendis chez Céline ; il était de bonne heure ; l'empressement que j'avais de la voir me fit voler à son appartement sans donner le temps de m'annoncer. Je courus à son lit dont j'ouvris les rideaux avec vivacité ; mais quel fut l'excès de ma surprise en apercevant un homme qui serrait dans ses bras un corps charmant, dont aucun voile ne dérobait les charmes. Ciel ! que vois-je ? m'écriai-je. Le verrou n'était pas mis, cria Céline douloureusement en se cachant le visage de ses deux mains ; car la femme la plus effrontée ne peut se défendre d'un mouvement de honte lorsqu'elle se voit surprise. Son amant, au lieu de lui répondre, disparut par une porte dérobée. Le bruit que cette fuite occasionna fit lever les yeux à la coupable. Eh quoi ! c'est vous, Julie, dit-elle en me tendant la main d'un air satisfait ; grand Dieu ! ma chère, quelle frayeur vous m'avez causée ! Je vous ai prise pour ma cousine, qui n'aurait pas manqué de trouver mauvais l'innocente liberté que prenait son mari ; car cette femme est d'un caractère si ridicule et si jaloux, que tout lui fait ombrage. Mettez les verroux, ma chère, et venez m'embrasser. — J'obéis en silence. Ce que je venais de voir m'avait mille fois plus déconcertée que Céline, et son sang-froid surtout me paraissait miraculeux. Je revins près de mon amie ; elle n'avait pas changé d'attitude, et semblait encore agitée de la plus vive émotion. Elle enlaça ses bras autour de mon cou, me baisa sur la bouche ; puis laissant échapper un profond soupir : Ah ! Julie, s'écria-t-elle, que ne puis-je changer ton sexe pour un moment ; qu'une pareille métamorphose nous servirait bien l'une et l'autre ! — J'ai mal pris mon temps pour venir, lui dis-je. — Ah ! j'en conviens, reprit-elle, quelques minutes plus tard, et le plaisir de vous voir n'aurait été mêlé d'aucun regret. — Cet homme est donc votre amant ? Mon amant ! point du tout, c'est mon cousin ; il est entré par hasard et sans aucun dessein ; il m'a trouvée sur mon lit ; je dormais, ses baisers m'ont réveillée. Vous êtes survenue, et voilà tout ce qu'il en est. — Je m'aperçus facilement que ce récit n'était point exact ; mais je feignis d'y croire. Vous n'avez donc pas d'amant, lui dis-je ? cela s'accorde peu avec les conseils que vous me donnez. Julie, me répondit-elle, vous m'inspirez un attachement si vif, que je ne puis plus rien avoir de caché pour vous. J'espère que, malgré votre âge, vous êtes capable de discrétion ; ainsi je ne veux plus reculer la confidence que depuis long-temps j'avais le dessein de vous faire. Écoutez donc mon histoire, ce récit ne sera pas long.

« Je suis née de parens à leur aise ; mais ils perdirent leur fortune au moment où je commençais à en sentir le prix. Ma mère ne survécut pas long-temps à ce malheur ; et mon père, désespérant de se procurer en France une existence agréable, passa en pays étranger. Je l'y suivis : j'avais alors environ votre âge, j'étais aussi formée que vous l'êtes, et je n'avais pas moins de penchant pour l'amour. Je fus courtisée par tous les hommes que je rencontrais, et sans doute j'aurais été bientôt sensible à leurs soins, si je n'avais fait une conquête assez brillante pour éclipser toutes les autres. Un jeune prince allemand me vit, m'aima, me le dit. Il avait les traits de l'Amour, la taille d'Hercule. Quelle femme, à ma place, ne se serait pas rendue ? Les princes n'aiment pas à soupirer long-temps. La distance qui nous séparait était trop grande pour qu'il pût jamais être mon époux. Il fallut donc lui tout accorder sous un autre titre.

J'étais surveillée ; cela nous gênait. Il me proposa de m'enlever ; j'y consentis. Une belle nuit, nous partîmes. Lorsqu'on s'aperçut de ma fuite, nous étions déjà bien loin. Pendant deux ans je fus sa maîtresse ; je fus la plus heureuse de toutes les femmes. C'était chaque jour des fêtes nouvelles, et chaque nuit de nouveaux plaisirs. Mon amour ne faisait que s'accroître, le sien n'était pas moins violent ; mais mon bonheur touchait à son terme. La gloire vint l'arracher de mes bras : il fallut, malgré mes prières et mes larmes, me séparer du plus aimable et du plus chéri des mortels. (À ces mots, Céline essuya quelques pleurs qu'elle n'avait pu retenir.) Il me laissa sans sentiment, poursuivit-elle. J'avais voulu, dans un de mes transports, me jeter sous les roues de son char ; trop heureuse de perdre la vie pour le voir un moment de plus ! Il donna l'ordre à ses gens de me reconduire dans mon appartement. Je fus saisie d'une fièvre dévorante ; un délire affreux s'empara de moi. Je demandais mon amant à grands cris ; inutile douleur, il était à jamais perdu pour moi ! Enfin, ma jeunesse ayant triomphé de cette maladie, qui m'avait mise aux portes du tombeau, et ne conservant aucune espérance de revoir celui qui m'était si cher, je résolus de quitter l'Allemagne. J'aurais en vain imploré le pardon de mon père, je le connaissais inflexible. Je me ressouvins, dans ma détresse, que j'avais à Paris une cousine qui m'avait toujours montré beaucoup d'affection. Je lui écrivis avec un feint repentir, pour lui demander sa protection ; j'en reçus la réponse la plus gracieuse. Elle m'invitait à venir chez elle, et m'assurait que j'y serais regardée comme sa fille. Aussitôt je repartis pour la France, et j'arrivai chez ma cousine, où je suis depuis deux ans. J'aime trop les hommes pour ne pas leur plaire. Je fus bientôt environnée d'un essaim de jeunes étourdis qui se disputèrent ma conquête ; mais ils étaient trop loin des perfections de celui que j'avais aimé, pour avoir jamais de droits sur mon cœur. Quelques-uns d'entr'eux, il est vrai, parvinrent à m'inspirer quelques désirs. Les sens d'une femme sont si faciles à surprendre ! Mais si parfois je daignai partager leurs transports, ce ne fut qu'en me faisant illusion que je parvins à goûter quelques plaisirs. Je fermais les yeux en m'abandonnant, et rappelant à ma pensée l'image de celui que j'avais tant chéri, je me croyais encore dans ses bras, et j'expirais de volupté ! »

À ces mots, Céline se tut, ses yeux enflammés et ses joues brûlantes prouvèrent assez le pouvoir que son imagination avait sur ses sens, et jamais, j'en suis bien sûre, elle n'avait été dans un moment plus favorable pour se prêter aux charmes de l'illusion.

La confidence de Céline eut l'effet qu'elle s'en était promis, elle prévint toute indiscrétion de ma part, et me disposa à lui accorder en retour la confiance la plus illimitée. Dès ce moment elle connut mes pensées les plus secrètes ; je me serais fait un crime d'avoir rien de caché pour elle, et je reçus toutes les impulsions qu'il lui plut de me donner. Je crus enfin le moment propice pour m'éclaircir sur les doutes qui me tourmentaient ; je lui fis ingénûment l'aveu de mon ignorance, et je la conjurai d'y mettre fin. Quoi ! s'écria Céline ; est-il bien possible que vous soyez encore si novice ! où donc avez-vous pris ces airs de langueur et d'ivresse ; ces positions inimitables, qui excitent le désir chez tous ceux qui vous voient ? N'est-ce donc qu'à la nature que vous devez ce que tout l'art d'une coquette consommée pourrait à peine lui faire atteindre ? En vérité je me sens quelques scrupules de répondre à vos questions : tenez, ma chère, Saint-Albin vaut infiniment mieux que moi pour éclaircir vos doutes, car il peut joindre la pratique à la théorie, et cette manière d'enseigner est certainement la meilleure ; tout ce qu'il vous démontrera se gravera dans votre mémoire en traits ineffaçables, au lieu que ce serait peut-être vainement que je m'efforcerais de vous faire comprendre les délicieux mystères de l'amour. — Non, non, m'écriai-je, c'est de vous que je veux tenir cette science, Saint-Albin pourrait me tromper, je veux enfin savoir en quoi consiste cette *dernière faveur* que j'ai tant entendu vanter sans y rien comprendre. — En un moment vous serez à même de juger si l'on vous en a trop dit. Saint-Albin est la complaisance même, cessez seulement de vous, opposer à ses désirs, et dès ce soir vous serez une adepte. — Non, je veux le savoir d'avance. — Mais, Julie, vous m'embarrassez plus que vous ne sauriez le croire ; cette dernière faveur, ma chère, se réduit à bien peu de chose, c'est tout bonnement une soustraction, de deux on ne fait plus qu'un, m'entendez-vous ? — Non. — Je m'y perds. Lorsque Saint-Albin vous prodigue les plus vives caresses, lorsqu'il paraît ivre d'amour, ne remarquez-vous pas en lui certains changement ? n'a-t-il rien alors qui vous paraisse extraordinaire ? — Ah ! vraiment oui, alors ses yeux s'enflamment, il en sort comme des étincelles, ses joues se colorent, sa bouche devient brûlante, et tous ses nerfs semblent éprouver une contraction singulière. — C'est précisément cette heureuse contraction, reprit Céline en souriant, qui cause ce délicieux prodige ; en un mot, la femme est une pierre d'aimant qui attire l'homme dès qu'il prend la dureté du fer, et ce fer et cet aimant se confondent si bien ensemble, qu'il n'est point de force capable de les désunir jusqu'au moment où, le charme cessant, la femme redevint femme, et l'homme... Ma foi, ma chère, vous m'en direz des nouvelles lorsque vous en aurez fait l'épreuve ; mais je vous réponds que l'homme le plus aimable ne l'est jamais beaucoup après cette seconde métamorphose. C'est une chose dont le plus adroit n'a jamais su tirer parti ; il n'y a rien à gagner pour nous, et tout à perdre pour eux. Maintenant, Julie, si vous ne m'avez pas comprise, j'en suis fâchée ; mais je vous assure que je ne vous dirai pas un mot de plus sur ce sujet. — Il fallut, faute de mieux, me contenter de cette explication. Elle était assez claire, me direz-vous ; oui, je conviens maintenant de son exactitude ; mais j'étais sans doute alors bien inepte, puisque, au lieu de me donner la solution tant desirée de cet intéressant problème, elle ne fut pour moi qu'une source nouvelle de doutes et de réflexions.

Dès que Céline eut fini sa toilette, on annonça M. Dorval : je l'avais vu chez elle toutes les fois que j'y avais été. C'était un homme d'environ trente ans, il était grand, bien fait, et d'une figure distinguée ; mais sa peau était excessivement brune ; il avait l'air spirituel et l'était en effet, c'était un des hommes les plus aimables de ceux qui venaient chez Céline, et c'était presque le seul qui ne me fît pas la cour. Cette conduite réservée, que mon amour-propre m'empêchait de trouver naturelle, m'avait d'abord fait soupçonner que c'était l'amant de Céline ; mais elle le traitait toujours avec tant de froideur, que j'imaginai que s'il en était épris, au moins il n'était pas heureux. Cette visite dissipa mon erreur : Céline, qui n'avait plus besoin de se gêner devant moi, laissa de côté toute contrainte, et reçut M. Dorval à peu près comme si je n'avais pas été là. Il quitta aussitôt l'air de cérémonie qu'il avait pris en entrant et tous deux se mirent à causer sur un sopha : pendant cette conversation, je m'amusais à jouer avec des fleurs qui garnissaient la cheminée. Je m'apercevais déjà de tout ce que le rôle de confidente a d'incommode et d'ennuyeux, et n'étant pas d'humeur à le supporter long-temps, je m'apprêtais à prendre congé de Céline, lorsqu'elle s'écria : Julie, vous dînerez avec moi ; ma cousine doit rester dehors toute la journée, et je crains de m'ennuyer seule à la maison. Je croyais, lui dit M. Dorval, assez bas et d'un ton piqué, que ma société pourrait vous suffire. Je n'aime point les tête-à-tête, reprit Céline, surtout lorsqu'ils sont aussi longs ; d'ailleurs vous me plaisez trop pour que je n'évite pas avec soin tout ce qui pourrait amener la satiété, et, malgré l'excès de votre mérite, si je vous avais laissé profiter de toutes les occasions que nous avons journellement de nous voir sans témoins, il y a long-temps que je ne pourrais plus vous souffrir. Allons, Dorval, reprenez donc votre gaîté, vous avez l'air du chevalier de la triste figure : tenez, si cela dure encore cinq minutes, je vous jure qu'au lieu de vous permettre de dîner avec nous, je vous cède la place et je m'en vais avec Julie — Je ne dis rien, madame, quelle que soit la singularité de vos caprices, je sais m'y soumettre. — Mes caprices ! je sais que j'en ai, Dorval, que j'en ai mille ; mais vous devez savoir, à votre tour, que je n'aime point qu'on s'en aperçoive, ou du moins qu'on en ait l'air. D'ailleurs de quel droit me reprocheriez-vous ces caprices, ne devriez-vous pas les chérir ? et n'est-ce pas au plus bizarre de tous que vous avez dû mes faveurs ? Oui, c'est le seul que je me sois jamais reproché. — Je vous conseille, madame, de mettre fin à vos regrets, rien n'est aussi facile. — Dorval, vous avez raison, le plutôt sera le mieux, mais nous nous quitterons en amis en faveur de ce bon conseil. M. Dorval pouvait à peine contenir les diverses émotions qui l'agitaient ; il prit gravement son chapeau, nous salua profondément et s'en alla.

 Hé quoi ! Céline, m'écriai-je, le laissez-vous partir ainsi ? Cet homme vous aime, ma chère ; les larmes qui roulaient dans ses yeux vous en sont garans ; comment pouvez-vous lui faire un tel chagrin ? En vérité il ne le méritait pas, et vous vous en repentirez, j'en suis sûre, car M. Dorval ne reviendra plus. Lui, ne plus revenir ! ah ! ma chère petite, que vous connaissez peu les hommes : Dorval m'aime beaucoup, sans doute, parce que je suis aimable ; mais il m'aimerait dix fois moins si je ne le tourmentais pas journellement. Il s'en va bien en colère, il fait le serment de ne plus me revoir, il se promet de m'oublier ; mais il ignore l'empire que j'ai sur lui, et la fin du jour me le ramènera plus amoureux que jamais. Les efforts qu'il fait pour se détacher de moi, quoiqu'infructueux, méritent une punition ; il serait trop heureux s'il croyait que son départ m'a causé le moindre soupir. Je veux que, lorsqu'il reviendra ce soir (car je vous promets qu'il reviendra), je veux qu'il me retrouve en fête. Je vais écrire à quelques-unes de mes amies, que je donne ce soir un bal ; elles ne manqueront pas de venir. Ah ! ma chère Julie, la bonne idée ! — Mais M. Dorval ne sera pas content. — Tant mieux, c'est bien mon intention, et je vous assure que si ce soir il ne meurt pas de dépit, demain il sera le plus amoureux des hommes. — Soit, courez-en la chance ; mais je ne puis rester chez vous, ma chère, si vous avez du monde, je suis en trop grand négligé. — Vous resterez, vous dis-je, vous êtes à merveille, cette robe blanche est tout ce qu'il faut ; ôtez seulement ce schall qui cache votre jolie taille. Tenez, regardez-vous maintenant, rien ne sied si bien que d'avoir la gorge découverte ; je vous trouve charmante. Mais sentez-vous le bonheur d'avoir une amie telle que moi ? je vous donne des leçons de coquetterie, je vous enseigne l'art de plaire, je pousse les bons offices jusqu'à vous donner du goût. Il faut, en vérité, que je vous aime jusqu'à la folie ! Vous resterez, n'est-ce pas ? — Oui, puisque vous le voulez.

Céline, fort contente de moi, plus encore d'elle-même, se mit à écrire des billets d'invitation, et fit avertir des musiciens. Nous préparâmes tout pour notre petite fête : toutes les personnes acceptèrent. On avait toujours la certitude de s'amuser chez elle, et l'attrait du plaisir fait voler les plus indolens. Je n'avais presque jamais vu de femmes chez Céline ; elle ne les souffrait que quand elles pouvaient contribuer à ses plaisirs ; mais elle avait un cercle de connaissances qu'elle appelait ses amies, qui étaient à ses ordres chaque fois qu'elle le désirait. Les femmes qui vinrent ce soir-là étaient toutes jeunes et jolies, et les jeunes gens aimables et galans : la gaîté brillait sur tous les visages, les yeux étincelaient de plaisir ; c'était à qui l'emporterait pour la grâce, la souplesse, et cette rivalité nous faisait faire des merveilles ; on nous aurait prises pour une troupes de jeunes nymphes qui se disputaient la pomme de la Volupté. Cependant d'une voix unanime je fus proclamée la meilleure danseuse. J'avais un abandon si voluptueux, qu'il paraissait ne rien devoir à l'art ; chacun de mes mouvemens déployait une grâce nouvelle, et semblait fait pour exciter le désir. Mon corps se balançait amoureusement, et mes bras arrondis formaient des passes aussi variées que moelleuses : tantôt j'avais l'air de mourir de langueur, puis reprenant tout-à-coup ma première vivacité, je ne respirais plus que l'enjouement, des ris folâtres m'auraient reconnue pour leur reine. Ce ne fut pas en vain que je déployai tant de grâces : non-seulement j'eus le plaisir d'être admirée et d'effacer toutes les autres femmes, mais je fis une conquête qui vaut bien la peine d'en parler.

J'avais déjà remarqué chez Céline un jeune original nommé Précourt, dont le but était de paraître singulier, et qui y réussissait parfaitement, sans pour cela en être plus aimable. Il affectait dans toute sa personne un négligé presque cynique, qui contrastait d'une manière bizarre avec l'extrême parure des autres jeunes gens. Son esprit était aussi extraordinaire que son extérieur : il était rempli de sophismes, ne parlait que pour contredire, vantait sans cesse les lois naturelles qu'il se glorifiait de préférer, en toute occasion, à celles de la société. Enfin, pour dernier trait de son originalité, il soutenait ne pouvoir souffrir les femmes. Quoiqu'il n'eût aucun agrément qui pût compenser ses défauts, il suffisait qu'on regardât son cœur comme invulnérable, pour que les femmes briguassent sa conquête. Mais leur manége était perdu ; Précourt ne sentait rien, ou du moins feignait de ne rien sentir ; il répondait à leurs agaceries avec un flegme vraiment comique, et semblait recevoir les avances qu'elles avaient la sottise de lui faire, comme autant d'hommages qui lui étaient dus. Je ne puis dire combien ces manières me choquèrent ; et avec une franchise qui n'appartenait qu'à moi, je blâmai hautement les femmes qui s'estimaient assez peu pour s'occuper d'un homme qui semblait ne pas songer à elles. Tous les hommes m'applaudirent ; Céline fut la seule femme qui sembla de mon avis, et les autres ne continuèrent pas moins de donner une préférence décidée au nouveau Diogène.

Comment, à l'âge de mademoiselle, dit Précourt d'un air piqué, ose-t-on se permettre une critique qui regarde toute une assemblée ? — Lorsque vous m'aurez dit, monsieur, de quel droit vous censurez la nature entière, je vous répondrai. Tout le monde rit de ma réponse, excepté Précourt ; dès que son amour-propre était de la partie, il n'était pas homme à quitter prise aisément ; il s'ensuivit entre nous une querelle assez vive. Il avait de l'esprit et même un certain piquant qui suppléait aux grâces qui lui manquaient ; mais j'avais la répartie si vive, je le plaisantais avec tant de finesse, que je mis tous les rieurs de mon côté ; lui-même voyant qu'il ne gagnait rien à ce singulier combat, eut le bon esprit d'en rire avec les autres, et tout en me déclarant une guerre ouverte, il eut pour moi mille prévenances. C'était, je crois, la première fois qu'il s'avisait d'être galant ; aussi la nouveauté de ce rôle lui donnait-elle un air si gauche, qu'elle fournit une nouvelle source à mes plaisanteries. Je lui prodiguai le nom d'original, et je m'aperçus que rien ne le flattait autant que cette épithète. Je ne fus pas fâchée de cette découverte ; car, bien que j'eusse fortement blâmé les femmes qui lui faisaient des avances, j'aurais été fort aise de le rendre amoureux, sans compromettre ma dignité. Il ne me plaisait en aucune manière ; mais rendre esclave un homme qui se croyait au-dessus de mon sexe, cette idée avait, quelque chose de si flatteur, que je remarquai avec un vrai plaisir la préférence qu'il me donnait sur celles qui l'avaient si bassement adulé.

  Nous étions encore à nous quereller, lorsqu'on annonça M. Dorval. Rien ne put peindre sa surprise, lorsqu'au lieu de trouver Céline seule avec moi, il la vit au milieu d'un cercle de jeunes étourdis. Deux d'entr'eux, dans ce moment, voulaient lui arracher son bouquet, qu'elle défendait en riant. À moi, Dorval ! s'écria-t-elle ; vous arrivez bien à propos pour prendre ma défense contre ces messieurs, qui ont l'audace de vouloir m'enlever ce que j'ai de plus précieux, et cela devant tout le monde ; tandis que, parmi tous ces chevaliers, il n'y en a pas un seul qui ait assez de cœur pour venir à mon secours. — Si ces messieurs ne se montrent pas plus courageux, répondit M. Dorval, c'est qu'ils se doutent bien que vous leur en sauriez mauvais gré.

  Je vis l'instant où leur mésintelligence allait paraître, et par conséquent leur intrigue se découvrir ; mais Céline avait trop de pouvoir sur elle-même pour se laisser aller à un premier mouvement. Après s'être délivrée des deux jeunes gens qui la tourmentaient, elle s'avança vers Dorval, lui adressa quelques paroles gracieuses, et n'eut plus l'air de s'en occuper. Plus j'examinais Céline, et plus j'apercevais d'art dans sa conduite. Chacune de ses actions se gravaient dans ma mémoire ; je la regardais comme un modèle bon à suivre dans tous les instants de la vie ; en un mot, elle devint mon oracle.

Précourt, qui ne laissait plus échapper l'occasion de s'entretenir avec moi, apercevant un fauteuil vide à mes côtés, vint aussitôt s'y placer. Mademoiselle d'Irini, dit-il en m'adressant la parole à voix basse, se doute peu du genre de société dans lequel elle se trouve ; autrement elle se croirait avec raison bien déplacée. — Il est vrai, monsieur, lui répondis-je, que je n'ai jamais vu la plupart des personnes qui sont ici ; mais je connais la maîtresse de la maison, cela me suffit. — La maîtresse de la maison, si vous entendez par là mademoiselle Céline, est bien légère : je la crois sage cependant ; mais sa société n'est bonne, tout au plus, que pour des jeunes gens oisifs, et non pour des femmes comme vous. Voyez-vous, auprès de la cheminée, cette jeune personne qui éclate de rire d'une manière si ridicule, elle est mise avec élégance, et tout en elle est séduisant ; elle a même des talens qui la rendraient les délices de la bonne compagnie, si l'on pouvait l'y admettre sans rougir. Mais ses parens, gens parvenus, glorieux de trouver leur fille si remplie d'attraits, n'ont pas même songé qu'il fût nécessaire qu'elle eût des vertus, et elle déshonore sa famille par la vie la plus licencieuse. Remarquez cette petite brune, si vive, si piquante, qui est à côté d'elle ; elle se dit mariée à ce jeune homme que voilà là-bas ; mais je sais le contraire. Il l'a enlevée à Marseille, et vit avec elle depuis six mois, et la pauvre petite va bientôt être plantée là, car son amant est amoureux de cette grande blonde, avec laquelle il cause dans ce moment. Je la connais ; elle le mènera loin : elle est aimable, et, grâce à l'excès de sa froideur, elle peut passer pour sage. Mais le diable n'y perd rien, car elle est d'une coquetterie fatale à tous ceux qui ont le malheur de prendre du goût pour elle : une fois attaché à son char, il n'y a plus moyen de s'en défendre. Tenez, voici la plus âgée de l'assemblée ; elle a vingt-cinq ans. La chronique veut qu'elle ait un peu hâté la carrière de son mari ; mais elle a le cœur trop tendre pour s'être portée à une action aussi noire. Jugez-en vous-même : dernièrement on fit la plaisanterie de lui dire qu'un jeune homme était malade d'amour pour elle ; elle voulut aussitôt entreprendre sa guérison, et depuis elle y a travaillé avec tant d'ardeur, que le pauvre garçon est prêt à demander grâce. Mais la meilleure aventure est celle de Betzi, cette jeune personne qui dansait vis-à-vis de vous. Au même instant le son du violon se fit entendre ; un jeune homme vint m'inviter, et je laissai Précourt satiriser tout seul.

Après cette contre-danse, un domestique m'ayant avertie que ma voiture m'attendait, je pris congé de Céline. Personne ne pensait encore à se retirer, quoiqu'il fut fort tard. Précourt me demanda la permission de me donner la main ; j'y consentis. Ne me savez-vous pas bon gré, me dit-il, dès que nous fûmes seuls, de vous avoir fait connaître les gens avec lesquels vous étiez ? — Nullement, je vous assure, lui répondis-je ; qu'avez-vous fait pour mériter ma reconnaissance ? Vous avez troublé mon plaisir. On ne doit jamais déchirer le voile, quand ce qu'il cache est désagréable. Pour moi, je préférerai toujours une illusion qui me plaît à une vérité qui me choque. — Du moins, vous hésiterez maintenant à retourner dans cette maison. — Pourquoi donc ? Je n'y vais que pour Céline, et je ne vois pas comment des femmes, qui n'ont rien de commun avec elle, pourraient influer sur l'attachement qu'elle m'inspire. — Je vois avec peine l'intimité qui règne entre vous. Cette femme est aimable, elle l'est beaucoup ; mais plus elle est séduisante, et plus je la crois dangereuse. Il me serait impossible de rien citer à son désavantage. Je n'ai que des soupçons sur son compte ; mais ces soupçons valent des certitudes. Je la crois dissimulée, artificieuse, capable de pervertir le cœur le plus vertueux. Enfin je ne puis voir sans chagrin qu'une personne de votre âge, aussi bien élevée que vous l'êtes, et douée d'un si bon naturel, forme une liaison aussi dangereuse. — Je vous sais gré, monsieur, de la bonne opinion que vous avez de moi, mais je vous en veux encore davantage de celle que vous avez de mon amie. — La bonté de mes intentions devrait pourtant me servir d'excuse ; l'intérêt que vous m'inspirez peut seul me porter à vous parler avec tant de franchise ; je sais même à quoi je m'expose, car je ne me dissimule pas le plaisir que je trouve dans cette maison ; et si, comme la chose est probable, vous faites confidence à votre amie de notre conversation, je serai forcé de n'y plus aller. Mais cette crainte ne m'empêchera pas de vous répéter que cette femme vous perdra. — Brisons là, monsieur, je vous prie ; j'en ai déjà trop écouté, et je ne souffrirai pas un mot de plus contre mon amie.

Lorsque je fus de retour, j'entrai chez ma tante pour lui rendre compte de l'emploi de ma journée ; la bonne Rosa se réjouit de mon plaisir, et m'ordonna d'aller me mettre au lit, parce que je paraissais fatiguée.

Je ne me le fis pas répéter, je brûlais d'être seule, non pas pour me livrer au sommeil, mais pour dévorer un petit livre que j'avais trouvé sous le chevet de Céline, et qu'elle m'avait dit d'emporter, m'annonçant que j'y trouverais toutes les explications possibles, et qu'après l'avoir parcouru, j'en saurais autant que la femme la plus galante de Paris. Un avare, en découvrant un trésor, n'éprouve pas plus de plaisir que la possession de ce livre m'en donna ; je touchais enfin au moment de connaître l'étendue de mon empire. J'allais dresser mes batteries en conséquence ; aux charmes de la jeunesse, j'allais ajouter l'expérience d'une femme du grand monde. Que de moyens de triomphe ! quel cœur désormais pourrait me résister ? — Dès que je fus dans ma chambre, je posai mon livre sur la cheminée : j'étais bien tentée de l'ouvrir, mais par une raffinement dont j'étais déjà susceptible, je différai mon plaisir afin de le rendre plus vif ; je trouvai qu'il serait plus piquant de ne faire cette lecture que lorsque je serais au lit. Je me fis déshabiller avec une extrême promptitude, et dès que je fus mollement étendue, j'ouvris, avec une avide curiosité, ce dépôt de la plus utile des sciences, de la seule qui soit digne de nous occuper, en un mot de celle du plaisir. La première gravure qui me frappa la vue me donna l'explication de ce fameux mystère que Céline s'était en vain efforcée de me faire comprendre. Le livre me tomba des mains ; je rougis, mais ce fut de colère : mes sens, loin d'en être émus, se révoltèrent, et je me promis de ne plus toucher à ce livre impudique. Glorieuse de cette belle résolution, je tâchai de m'endormir, ce fut en vain ; cette image se représentait sans cesse à mon esprit, et plus j'y pensais, moins j'en étais choquée. Enfin, poussée par la curiosité, peut-être aussi par un autre sentiment dont je ne me rendais pas compte, je repris le livre d'une main tremblante, et l'ouvrant encore au hasard, je vis une femme qui, moins heureuse que la précédente, s'efforçait de rendre à son amant la vigueur nécessaire à leurs plaisirs. Je tressaillis et fus de nouveau prête à renoncer à cette dangereuse lecture, mais ce bon mouvement ne fut pas de longue durée, j'en avais trop vu pour ne pas désirer en voir davantage. Je parcourus d'abord ce livre avec rapidité ; cet examen ayant fait taire la pudeur chaque page devint l'objet d'une attention particulière ; je n'étais plus effarouchée des scènes qu'elles représentaient, mon œil au contraire en recherchait les détails avec avidité ; j'avais cru n'ignorer qu'une seule chose, et je voyais avec surprise que chaque ligne était pour moi un nouveau trait de lumière. Je me sentis bientôt consumée par les plus vifs désirs ; chacun de ces tableaux remplissait mon âme d'un feu dévorant ; que n'aurais-je pas donné pour être l'une de ces héroïnes ! Mais, au défaut de la réalité, mon imagination me créait d'autres plaisirs plus variés, plus fréquens, et non moins vifs peut-être. Dans les bras d'un amant je n'aurais joui qu'une fois, avec mon livre je jouissais mille ; je m'identifiais avec chaque personnage, je goûtais tous leurs plaisirs, ils ne me paraissaient plus que la représentation de mes propres jouissances, en un mot je délirais !

Une gravure fixa mon attention plus long-temps que les autres : elle représentait un couple amoureux, prêt à s'enivrer de la plus douce volupté. Aucun voile incommode ne dérobait les grâces qu'on avait prodiguées aux deux amans, et les signes les moins équivoques annonçaient les désirs brûlans du jeune homme, et semblaient inviter sa maîtresse à se rendre. J'imitais, sans m'en apercevoir, tous les gestes de mes héros ; à chaque moment je changeais de position, mon corps se courbait, se balançait, ma bouche s'entr'ouvrait sans cesse, dans l'espoir d'obtenir un baiser. L'image d'Adolphe me revint à la pensée, mon imagination l'embellissait encore, je serrais les bras autour de moi, et je croyais embrasser le corps de mon amant, je prenais l'air que je respirais pour son haleine embaumée. Mon illusion était si parfaite, que je sentais toutes les approches du plaisir ; mais cela ne servait qu'à me consumer. Cette crise heureuse, qui éteint les désirs en les comblant, ne venait point à mon secours ; j'étais sans cesse près du but et ne pouvais l'atteindre. Enfin, épuisée de mes efforts superflus, le sommeil s'empara de mes sens, sans parvenir à les calmer ; mes rêves se ressentirent de l'état de mon âme, ils me représentèrent Adolphe, non pas timide comme il l'avait toujours été, mais ardent, emporté, tel enfin que j'aurais voulu le revoir.

Le lendemain matin, fière de ma science, je me consultai pour savoir si je devais suivre les conseils qu'Adolphe m'avait donnés, ou me livrer à l'ardeur de mes désirs ; ce dernier parti me sembla d'abord préférable. Mais lorsque je réfléchis que le premier me donnerait un pouvoir absolu sur un sexe qui se prétendait le maître du mien, je n'hésitai plus ; encore plus impérieuse que tendre, je sacrifiai la volupté même au plaisir de régner, — et je fis bien.

Depuis la scène du boudoir, Saint-Albin n'était plus reconnaissable ; à peine faisait-il attention à moi : j'en fus piquée, et le peu d'amour que j'avais pour lui s'évanouit entièrement. Une des singularités de mon caractère a toujours été d'aimer, non pas en proportion de ce qu'on me paraissait aimable, mais de l'amour que l'on avait pour moi. L'homme le plus parfait ne m'aurait rien inspiré s'il n'avait rendu d'avance hommage à mes charmes, et l'amour le plus vif que j'aie jamais ressenti, n'aurait pu tenir contre un moment de froideur. Quoique l'indifférence que je me sentais au fond du cœur pour Saint-Albin surpassât encore celle qu'il affectait pour moi, cependant je résolus de le punir de ce que j'appelais son crime. Je ne pouvais me dissimuler combien il était aimable ; la différence de nos âges était le seul reproche que je pusse lui faire ; mais pour une femme moins jeune que moi, il eût été un amant parfait. Je résolus donc qu'une autre ne jouirait pas du bonheur de s'en voir aimée, quoique je trouvasse ce bonheur presqu'indigne de moi. Je n'avais qu'un moyen de ramener à moi Saint-Albin, c'était de lui donner de l'espoir ; mais j'étais loin de vouloir le réaliser, car c'eût été le récompenser, et non pas le punir Cependant il était presqu'impossible qu'il ne s'aperçut pas de ma ruse. Rosa lui laissait plus que jamais l'occasion de se trouver seul avec moi ; il ne pouvait manquer de mettre ma sincérité à l'épreuve, et si je refusais encore, je devais m'attendre à l'abandon Je plus absolu. L'avenir m'embarrassait ; mais à quelque prix que ce fût, je voulais le revoir à mes pieds. Je fus pour lui, pendant quelques jours, prévenante à l'excès ; mes yeux se remplissaient d'amour dès qu'ils se tournaient vers lui : tout lui présageait une victoire facile, s'il voulait reprendre auprès de moi le rôle d'amant. Saint-Albin m'entendit, il n'avait fait que feindre l'indifférence. Il se flatta que son adresse avait réussi, et, plus amoureux que jamais, il me demanda mille fois pardon d'avoir pu feindre un moment de s'éloigner de moi. Non-seulement je pardonnai, mais je promis d'aller dîner le lendemain à la campagne avec lui, Céline et Dorval.

Nous partîmes tous quatre le lendemain, sous prétexte d'aller passer la journée chez une parente de Céline qui demeurait à quelques lieues de Paris. Jamais Saint-Albin n'avait été si gai qu'il le fut ce jour-là ; on lisait dans ses yeux tout le bonheur qu'il se promettait. Son triomphe, qu'il croyait certain, avait d'autant plus de prix qu'il avait été long-temps désiré. Céline et moi nous avions exigé que nous irions tous quatre ensemble, et Dorval et Saint-Albin n'y avaient consenti qu'à la condition de revenir le soir séparément. Nos amans jouissaient en perspective des plaisirs qu'ils allaient goûter, et Céline et moi n'avions qu'à nous livrer à notre enjouement naturel pour être charmantes ; d'ailleurs rien ne rend aimable comme la certitude de plaire. Nous dînâmes à Saint-Germain, et après le dîner nous allâmes nous promener dans la forêt. Ce fut en vain que Saint-Albin et Dorval voulurent prendre des routes différentes, nous persistâmes, Céline et moi, à vouloir rester ensemble. Si elle ne m'avait pas aussi bien secondée, j'ignore comment j'aurais pu résister aux entreprises de Saint-Albin ; mais il nous restait encore quatre lieues à faire en tête-à-tête, c'était alors que ces messieurs se promettaient de prendre leur revanche, et de nous faire payer les mille et une fantaisies que nous avions eues dans la journée. Je peindrais difficilement mon embarras, je ne savais plus comment m'en tirer ; heureusement les femmes sont fécondes en ressources, et je ne le cédai jamais à la plus inventive. Dès que nous fûmes de retour à l'endroit où nous avions dîné, je feignis d'avoir une migraine affreuse : nous étions alors dans le mois d'avril ; la journée, quoique belle, n'avait pas été chaude ; Céline prétendit que j'avais éprouvé du froid dans la forêt. Je me plaignais beaucoup ; Saint-Albin se désespérait ; enfin, nous partîmes comme on l'avait décidé le matin. Dès que je fus seule avec Saint-Albin, je redoublai mes plaintes, et je jouai si bien la malade, qu'il ne songea pas une seule fois à me demander ce qui lui était dû à tant de titres. Je ne puis dire combien cet excès de délicatesse me toucha ; je fus sur le point d'abjurer ma feinte et de couronner son amour. Quel homme, me disais-je ! peut-il mieux mériter ce sacrifice ? puis-je maintenant douter de son amour ? et n'est-ce pas me rendre coupable que d'abuser ainsi de sa crédulité ? Cependant, si j'accorde à Saint-Albin ce qu'il désire, il faut donc renoncer à cette gloire unique que m'a promise Adolphe ! — De semblables idées m'occupèrent pendant toute la route. Je feignis de m'endormir dans les bras du tendre Saint-Albin, je le sentais qui me pressait sur son cœur : ses lèvres brûlantes effleuraient les miennes ; il craignait de troubler mon sommeil par le plus léger baiser, et tandis qu'il me croyait hors d'état de l'entendre, il me donnait des noms si doux, il me disait des choses si tendres, qu'à chaque moment j'étais prête à lui répondre.

Enfin nous arrivâmes : je lui dis que mon sommeil m'avait fait beaucoup de bien, et nous convînmes que nous ne parlerions pas à ma tante de mon indisposition, dans la crainte de l'inquiéter.

Je m'aperçus avec surprise et presqu'avec effroi, que, non-seulement la conduite de Saint-Albin avait détruit en moi toute idée de vengeance, mais qu'elle avait réveillé l'amour qu'il m'avait d'abord inspiré. Craignant de le trouver trop aimable, je m'efforçai de ne plus voir en lui qu'un criminel. N'est-ce pas un séducteur ? me disais-je. Combien il abuse de la confiance de ma tante ! Chaque soin qu'il me rend n'est-il pas un nouvel attentat ? — Mais comment trouver coupable un homme qui ne l'est que parce qu'il vous aime ! C'est un effort au-dessus de mon sexe, et je n'étais pas faite pour donner des exemples de rigidité. Saint-Albin me plaît trop maintenant, me dis-je, pour que je puisse lui rien refuser, ou, si j'en ai le courage, la peine que j'éprouverais à combattre mes propres désirs surpassera le plaisir que me promet la victoire. Qui pourrait avoir la force de résister à un amant pressant, et qui sait plaire ? La partie serait trop inégale : je ne vois qu'un moyen d'exécuter le projet que j'ai formé, c'est de congédier mes amans dès que je m'apercevrai qu'ils deviennent trop dangereux ; ce nouveau genre d'ostracisme est la seule manière de me garantir du malheur de succomber. Je vais donc m'arracher à St.-Albin, et m'efforcer de m'attacher à un nouvel objet, que je quitterai dès que je me verrai prête à me rendre.

Charmant projet, me direz-vous. Ainsi donc, pour un scrupule d'enfant, pour réaliser une chimère impraticable, vous allez, non-seulement devenir la femme du monde la plus coquette, mais faire croire à tous ceux qui vous connaîtront (car personne assurément ne devinera l'étrange motif d'une conduite plus étrange encore), que vous êtes une femme galante qui vous livrez à tous les caprices qui vous passent par la tête ? Ne vous fâchez pas, mon cher Armand ; je ne prétends pas être tout-à-fait excusable ; mais songez du moins, avant de me condamner, que j'avais à peine seize ans, lorsque je fis ce beau projet ; que j'étais aussi passionnée qu'une Italienne puisse l'être, que j'avais pour amant un homme auquel bien peu de femmes auraient pu résister ; et, ce qui était encore plus dangereux que tous les séducteurs, une femme galante pour amie. Au milieu de tant d'écueils, quel autre que moi aurait pu tenter de conserver cette fleur qui a tant d'attraits pour vous autres hommes, et quel autre moyen aurait pu mieux servir mes projets ? J'imaginais alors que je serais un modèle de vertu, si je pouvais refuser la dernière faveur. Mes idées de morale ne s'étendaient pas plus loin : il m'eût été trop douloureux de penser que ces baisers de feu, que ces caresses qui portaient l'ivresse dans tous mes sens, me rendissent coupable. L'ignorance extrême dans laquelle Rosa s'était plue à me laisser, avait encore servi à m'entretenir dans cette douce erreur ; je n'avais jamais entendu condamner ces plaisirs célestes, et combien de fois me les avait-on vantés !

Je résolus donc d'éconduire Saint-Albin. La chose n'était pas facile ; mon cœur plaidait vivement en sa faveur ; mais c'était précisément ce qui faisait son crime à mes yeux. Il fallait de plus lui trouver un rival, car, sans cela, j'eusse tenté vainement de m'en détacher. Quoique le cercle de mes connaissances fût très-nombreux, et que plusieurs hommes me fissent la cour, je n'en voyais pas un seul qui fût digne de lui succéder. Mon goût pour la singularité me décida en faveur de Précourt. Depuis le bal qu'avait donné Céline, il était venu très-assidûment chez ma tante ; l'accueil que je lui avais fait jusqu'alors n'était rien moins que flatteur, et tout autre, à sa place, en aurait tiré un fort mauvais augure ; mais, comme il voyait tout à sa manière, il prétendait que l'extrême froideur que je lui montrais provenait d'une préférence secrète ; car les femmes, disait-il, affichent toujours le contraire de ce qu'elles pensent. Cependant, lorsque je parus le traiter plus favorablement, il n'en tira pas la même conséquence ; j'étais, selon lui, « lasse de déguiser ma passion. » Un homme rempli d'une aussi sotte vanité pouvait m'amuser un moment, mais non pas me fixer. Je le comparais involontairement à Saint-Albin : tout en eux était différent, et tout était à l'avantage de ce dernier. Je me reprochais souvent le chagrin que je causais à un homme qui avait pris tant de soin pour me plaire. J'évitais de me trouver seule avec lui ; je craignais ses trop justes reproches. Rosa me causait souvent le plus grand embarras en m'en parlant : « Pourquoi donc, me disait-elle, Saint-Albin vient-il maintenant si rarement, et a-t-il l'air si triste ? Pauvre Saint-Albin ! je crains qu'il ne soit malade ; il a sans doute quelque chagrin qui le mine. Mais il paraissait vous aimer tant, poursuivait-elle : il me semble qu'il est encore plus changé pour vous que pour les autres : est-ce qu'il est fâché contre vous ? »

Je ne savais que répondre à ces questions que Rosa me répétait sans cesse. Dès que Saint-Albin s'était aperçu de l'espèce de préférence que je donnais à Précourt, non-seulement il avait cessé de me parler de sa tendresse, mais il avait évité avec autant de soin que moi de me voir sans témoins. Je le vis un jour plus ému qu'à l'ordinaire ; des larmes semblaient prêtes à s'échapper de ses yeux. Il s'était retiré dans l'embrasure d'une fenêtre, afin de n'être pas remarqué de plusieurs personnes qui causaient avec ma tante. Je me levai par un mouvement machinal, et je m'approchai de lui. Mes yeux exprimaient la plus tendre pitié, pour ne pas dire davantage. Qu'avez-vous, lui dis-je, en lui prenant la main ? Est-ce bien vous qui me le demandez ? me répondit-il avec un son de voix qui me pénétra jusqu'au cœur. Mon émotion était si vive, que j'allais lui tout avouer. J'ouvris la bouche pour lui dire combien je souffrais moi-même, lorsque Précourt entra. Saint-Albin pâlit en l'apercevant, et retirant vivement sa main que je tenais encore : « Épargnez-moi, s'écria-t-il, cette cruelle et honteuse pitié, volez où l'amour vous appelle. Ah ! Julie, poursuivit-il en radoucissant sa voix, vous êtes loin d'avoir le discernement que je vous supposais, ou l'amour propre m'aveugle d'une manière bien étrange ; car je ne croyais pas, je l'avoue, devoir jamais craindre Précourt. » — Saint-Albin sortit au même moment ; je le suivis en réfléchissant à ses derniers mots. Lorsque nous fûmes vis-à-vis la porte de mon appartement, mes regards semblèrent lui dire : « Entrez. » Je vous devine, me dit Saint-Albin d'un air très-agité : vous voudriez aimer Précourt, et que je continuasse à vous adorer. Votre orgueil serait sans doute flatté de ce double hommage. Mais, Julie, si je ne suis pas digne de vous posséder seul, je cède la place à l'heureux Précourt. C'est en vain que vous chercheriez maintenant à me ramener à vous ; vous m'avez trompé trop de fois pour pouvoir m'abuser encore. Vous m'avez coûté bien des larmes, mais mon parti est pris. Demain je pars pour le Havre ; je venais pour en informer votre tante. Je ne me suis pas senti la force de lui faire mes adieux devant tant de témoins. Veuillez-les lui faire pour moi. Adieu, Julie : un seul baiser, et je pars. — Il le prit sans résistance : je pleurais sans trop savoir pourquoi, et je cherchais toujours à le faire entrer dans mon appartement. Il s'y laissait entraîner, lorsque nous entendîmes une porte s'ouvrir : Précourt parut encore, et Saint-Albin disparut comme un éclair.

Saint-Albin ne pouvait rendre de plus grand service à Précourt que de lui céder la place ; car un rival, quelqu'aimable qu'il soit, n'est jamais dangereux lorsqu'il est éloigné. Le départ de Saint-Albin me rendit toute ma gaîté ; avec lui s'évanouirent et mes combats et mes incertitudes. Je me sentis soulagée d'un poids énorme, et je me livrai sans contrainte au penchant que je croyais avoir pour Précourt. Celui-ci cependant n'en fut pas plus heureux. Malgré ses prières, il ne put obtenir un seul rendez-vous, et, lorsque le hasard nous faisait trouver seuls, tout le fruit qu'il en retirait était de pouvoir me parler plus librement. Je l'écoutais, il est vrai ; je paraissais même le faire avec plaisir ; mais jamais un doux aveu ne sortit de ma bouche ; jamais je ne lui dis : « Je vous aime. » Jamais nos lèvres ne se touchèrent ; je lui refusai jusqu'au moindre baiser. Un tel excès de rigueur aurait désespéré tout autre. Précourt en devint mille fois plus amoureux. Il s'était jusqu'alors déchaîné contre les femmes ; il les croyait toutes également perverties. Il déclara hautement qu'il s'était trompé, qu'il en existait une que rien ne pouvait séduire, et il ne manquait pas d'ajouter que ce phénix l'adorait. Enfin, les choses allèrent si loin, qu'elles vinrent jusqu'aux oreilles de ma tante, qui se trouva fort scandalisée que l'on osât me prodiguer de pareils éloges. On ne vante la vertu d'une femme, disait la sage Rosa, que lorsque d'autres ont commencé à la révoquer en doute ; et, soit qu'on en parle en bien ou en mal, c'est toujours lui faire un outrage ; et, comme si ce n'était pas assez que de tenir ces propos ridicules, continuait Rosa en m'adressant la parole cet insolent prétend que vous l'aimez. Serait-il vrai, Julie, que vous ayez osé l'encourager sans mon avis ? Quels que soient vos sentimens pour lui, je vous préviens qu'un pareil fou n'entrera jamais dans ma famille.

Ma tante ne s'en tint pas là, elle fit défendre sa porte à Précourt. Je n'avais pas, je crois, beaucoup d'amour pour lui ; mais l'habitude de le voir m'en tenait lieu. Je trouvais qu'on le traitait avec trop de rigueur, je le plaignais ; et cela, joint à la privation que l'on m'imposait, donna aux sentimens que j'avais pour lui une vivacité qu'ils n'avaient pas encore eue.

Précourt trouva bientôt le moyen de m'entretenir de son douloureux martyre. Son ressentiment contre ma tante était tel qu'on devait l'attendre d'un homme de son caractère : il ne ménageait point ses termes. Lorsqu'il lui arrivait d'en parler devant moi, je m'efforçais de lui imposer silence ; mais la plupart du temps je ne pouvais y réussir. Dans sa fureur il n'aurait pas respecté sa mère. Depuis que Précourt venait habituellement chez ma tante, il avait beaucoup négligé Céline ; mais dès qu'il n'eut plus que ce moyen de me voir, il y revint assidûment. Céline avait toujours quelques nouveaux prétextes pour nous laisser seuls. L'amour de Précourt devenait tous les jours plus vif : pour moi je ne relâchais rien de ma première sévérité. Voyant enfin qu'il n'y avait qu'un seul moyen de me posséder, il déclara hautement que ses vues étaient de m'épouser ; il m'en parla, je lui dis que jamais je ne serais à lui sans l'aveu de ma tante : il traita cela d'enfantillage, et continua de m'en entretenir pendant quelque temps sans obtenir de moi d'autre réponse. Un certain soir je remarquai dans ses traits une gravité que je ne lui avais jamais vue ; je m'apprêtais à rire de cet air auguste, lorsqu'il m'arrêta, et du ton le plus sérieux me tint ce discours : « Je n'ai pas besoin, Julie, de vous dire combien je vous aime, l'offre de ma main ne peut vous laisser aucun doute à ce sujet. Vous avez jusqu'ici paru me refuser ; mais ne m'étant pas expliqué d'une manière très-positive, vous ne pouviez faire autrement. Cet engagement, je l'avoue, m'effrayait un peu ; cependant plus j'y réfléchis, et plus je vois que vous êtes nécessaire à mon bonheur. J'ai donc déterminé que demain j'irais demander votre main à votre tante. Je ne peux vous faire un plus grand sacrifice, et je vous proteste que vous êtes la seule femme pour laquelle je m'exposerais à un refus ; mais puisque vous l'exigez, j'en courrai les risques. Si, comme je m'y attends, votre tante se refusait à notre union, alors vous auriez recours aux moyens réservés aux jeunes gens que leurs païens oppriment. J'ai vingt-cinq ans, je suis maître de ma fortune ; elle est, vous le savez, très-considérable. Vous m'aimez, je vous adore : avec cela nous pouvons bien nous passer du consentement d'une tante capricieuse. Au surplus, ce n'est point elle que j'épouse, et je me soucie fort peu que ce mariage l'arrange ou non ; mais dès que vous serez ma femme, vous verrez qu'elle sera trop heureuse de m'appeler son neveu. » — Je vous ai répété mille fois, répondis-je à Précourt avec une extrême froideur, que je ne me marierais jamais contre le gré de ma tante ; je lui dois autant, et plus peut-être, que je ne devrais à ma propre mère, et je suis bien résolue de ne jamais commettre aucune désobéissance qui puisse me rendre indigne de ses bontés. — « Serait-il possible, s'écria Précourt hors de lui-même, que vous m'aimassiez assez peu pour ne pas me sacrifier un préjugé aussi vide de sens ? Quoi ! ces tendres regards, ce sourire enchanteur, cette rougeur aimable qui colorait votre charmant visage dès que vous me voyez paraître, étaient donc autant de piéges tendus à ma crédulité ? Ô vous ! que je croyais la plus innocente, la plus ingénue de toutes les femmes, vous en êtes la plus perfide et la plus artificieuse ! Oui, le voile se déchire ! Insensé que j'étais ! je croyais avoir trouvé une femme vertueuse ; ne savais-je pas depuis long-temps qu'il n'en existe point ? C'en est fait, femme ingrate, je vous aimais avec délire, maintenant je vous hais avec fureur ! » — L'extravagant Précourt, après avoir exhalé sa rage, redevint suppliant ; mais il ne put ni me fâcher, ni m'attendrir : je lui répétai de nouveau que ma tante réglerait mon sort. Outré de ce qu'il appelait mon obstination, après avoir employé vainement tous les sophismes imaginables, il me quitta en me jurant une haine éternelle. Je m'affligeai de l'injustice de Précourt ; j'allai même jusqu'à répandre des larmes. Mais j'aimais trop Rosa, ses bienfaits m'inspiraient trop de reconnaissance pour que je fisse rien qui pût lui déplaire. Je croyais pourtant mon bonheur attaché à l'union que je refusais, je déplorais l'aversion que ma tante avait pour Précourt ; mais plus le sacrifice me paraissait grand, et plus il me donnait de mérite à mes propres yeux : victime volontaire de la reconnaissance, mon âme exaltée s'enivrait de ce trait d'héroïsme. Je n'avais pas, d'ailleurs, le moindre reproche à me faire à l'égard de Précourt ; je ne lui avais jamais accordé la moindre faveur qui pût l'enhardir ; je l'avais même toujours assuré que je n'avais pas d'amour pour lui, quoiqu'au fond je fusse persuadée du contraire ; et si parfois je lui avais tenu des discours assez tendres, c'était toujours sous le nom de l'amitié.

Cependant, le vindicatif Précourt ne ménagea rien pour se venger de ce double refus ; son orgueil offensé le rendait capable de tout. Il calomnia sans remords celle qu'il avait portée aux nues :

il trouva sans peine des gens qui le crurent ou qui firent semblant de le croire, et ses reproches, aussi peu mérités qu'outrageans, me causèrent dans la suite de véritables chagrins.

Ma tante ayant résolu de ne point retourner à Marseille de l'année, loua près du bois de Boulogne une jolie maison de campagne, et nous allâmes nous y installer huit jours après ma rupture avec Précourt. Quels que fussent les sentimens qu'il m'avait inspirés, la manière dont nous nous étions quittés, jointe au soin que depuis il prenait de me nuire, était bien faite pour les éteindre ; mais ce qu'il y a de singulier, c'est que le ressentiment ne les remplaça pas dans mon cœur. Je le regardai comme un fou ; je me plaignis et je lui pardonnai.

Le changement de scène me fit bientôt oublier jusqu'à mes regrets. On était à la mi-juin ; la campagne était charmante, et notre petite maison délicieuse. Saint-Albin était toujours au Hâvre. Madame de Saint-Albin vint se consoler avec ma tante de l'absence de son époux : ces deux dames étaient inséparables ; Céline et moi nous ne l'étions pas moins. Mon amie vint passer avec nous la belle saison : avec une compagne aussi tendrement aimée, je n'avais pas à craindre l'ennui.

Comme nous étions à la porte du bois de Boulogne, Céline et moi nous allions souvent nous y promener le matin ; nous nous plaisions à nous enfoncer dans les allées les plus solitaires, et là nous faisions des lectures qui n'étaient rien moins qu'édifiantes. Céline me plaisantait souvent de ce que j'avais déjà eu trois amans, sans leur accorder ce qu'on accorde presque toujours au premier. Chez vous, me disait-elle, c'est de l'enfantillage ; chez eux, c'est de l'imbécillité ; mais, ce que je ne puis concevoir, c'est que Saint-Albin ait échoué. Il faut, ajoutait-elle en riant, qu'il soit bien déchu depuis l'année dernière.

Un matin que nous nous promenions ensemble, et que nous cherchions un ombrage épais pour nous garantir de l'extrême chaleur, nous passâmes devant un beau jeune homme qui lisait couché sur l'herbe ; sa blonde chevelure, son air noble et gracieux nous frappèrent l'une et l'autre. C'est Adonis ! s'écria Céline, de manière qu'il l'entendit. Parlez moins haut, lui dis-je : que va-t-il penser de nous ? — Que voulez-vous qu'il en pense ? reprit-elle toujours de manière à s'en faire remarquer ; croyez-vous que je sois la première à qui il ait inspiré ce mouvement d'admiration ? — Céline détourna la tête jusqu'à ce que nous l'eussions perdu de vue, et, malgré mes représentations, elle voulut repasser dans le même endroit. Lorsque nos volontés étaient différentes, c'était toujours moi qui cédais. Nous retournâmes donc sur nos pas. Le bel inconnu quitta son livre du plus loin qu'il nous vit. Je tremblais que Céline ne fît encore quelques exclamations en passant devant lui. Pour cette fois, elle se tut ; mais ses regards furent tellement significatifs, que l'inconnu n'hésita pas à nous aborder. Il le fit d'un air si cavalier, que je ne daignai pas lui répondre. Céline, au contraire, lui parla comme si elle le connaissait. Nous nous promenâmes tous trois pendant près d'une heure. Céline fit briller toutes les grâces de son esprit. Le jeune homme me parut aimable. Pour moi, je gardais un froid silence, malgré les plaisanteries de mon amie et les agaceries du beau cavalier. Quel que fût mon aveuglement pour Céline, je ne pouvais me dissimuler combien elle nous compromettait par sa légèreté. Je me promettais de lui en dire franchement mon avis, dût-elle s'en fâcher : j'avais pris mon parti. Je répétai plusieurs fois à Céline qu'il fallait nous en aller. Elle s'y résolut enfin, mais avec un air qui disait : si j'en étais maîtresse, je resterais encore. Le jeune homme proposa de nous accompagner. À ces mots, ne pouvant plus me contenir, je lui défendis de nous suivre, du ton le plus impérieux. Il feignit de prendre un autre chemin ; et, dès que je fus seule avec Céline, je m'apprêtai à lui parler de mon mécontentement. Mais quelle fut ma surprise, lorsque je la vis quitter l'air aimable qu'elle avait eu jusqu'alors, et me déclarer avec un ton d'humeur, qu'elle trouvait ma conduite extrêmement ridicule. Comment se peut-il, s'écria-t-elle, que vous affectiez un tel excès de pruderie ? Jamais je ne vous vis un air aussi pincé. Et pourquoi, je vous prie, toute cette colère ? Parce qu'un jeune homme charmant nous aborde, et que je cause avec lui. En vérité, ce crime est grand, et je mérite de vifs reproches ! Tenez, s'il faut vous dire nettement ce que j'en pense, vous vous êtes conduite comme une bégueule de province. Je pardonne ces airs de rigidité à des femmes trop vieilles ou trop laides pour pouvoir inspirer de l'amour. Celles-là font bien de se rejeter, faute de mieux, sur une vertu que personne ne leur dispute ; mais à seize ans, Julie, et faite comme vous l'êtes, vouloir fuir à la vue du plus beau jeune homme qui soit au monde, et s'indigner lorsqu'une autre lui parle, ah ! c'est bien là le comble de la bizarrerie ! — Étonnée de cette apostrophe, j'oubliai la querelle que je m'étais promise de lui faire, et je ne songeai plus qu'à m'excuser. — Vous conviendrez au moins, lui dis-je, qu'il est peu décent que deux jeunes personnes se laissent accoster dans un bois par un inconnu, et causent familièrement avec lui ? Si nous l'avions rencontré dans un salon, répondit Céline, vous n'auriez pas fait difficulté de vous entretenir avec lui : est-ce donc le feuillage qui nous entoure qui rendait la chose indécente ? Mais, de bonne foi, croyez-vous qu'il n'ait pas conçu de nous une idée très-équivoque ? — Je ne le crois pas ; mais au surplus, que nous fait l'opinion d'un homme que nous ne reverrons jamais ? — Vous ne me persuadez pas, lui répliquai-je ; mais je sens bien que j'essayerais inutilement de vous faire changer d'opinion : ainsi nous garderons chacune notre incrédulité. — Non, me dit Céline en m'embrassant, cela ne me suffit pas. Deux amies comme nous ne doivent jamais être d'un avis différent. Si j'ai tort, ma chère Julie, prouvez-le moi, et je le reconnaîtrai avez plaisir ; mais imitez ma franchise, et convenez que je n'ai rien fait qui puisse mériter votre censure. On vous a, dès l'enfance, remplie de préjugés ridicules que le temps seul peut détruire entièrement. Dans quelques années, je vous assure qu'ils vous surprendront autant qu'ils m'étonnent aujourd'hui. — Céline, soit par ses sophismes, soit par ses caresses, parvenait toujours à me ramener à son avis : elle étouffait en moi tous les principes de vertu, tous les germes de raison. Le ridicule est l'arme la plus dangereuse dans les mains de qui sait la manier ; chacun le craint, le redoute ; et tel qui se verrait tranquillement accuser d'un crime, ne pourrait pas supporter une raillerie.

Quelques jours se passèrent sans que nous entendissions parler du bel inconnu ; mais il était l'objet principal de nos entretiens. Céline m'avait enfin persuadée qu'il n'y avait rien de répréhensible dans ce qu'elle avait fait, et son désir de revoir l'inconnu était si vif, qu'elle me le faisait presque partager. Un matin que j'allais me mettre à ma toilette, je vis accourir ma femme de chambre avec un air d'empressement et de mystère ; elle tira une lettre de son sein, et me la donnant : Voilà, me dit-elle, ce que m'a chargé de vous remettre le plus beau jeune homme que j'aie jamais vu. — J'ouvris la lettre ; c'était une déclaration d'amour, dans les termes les plus délicats et les plus respectueux, de la part du bel inconnu. Cette lettre n'est pas pour moi, dis-je à Cécile, on s'est trompé ; c'est sûrement à Céline que l'on se proposait de l'adresser. — Oh ! non, mademoiselle, me répondit Cécile ; le joli monsieur s'est bien expliqué. Il y a deux demoiselles ici, m'a-t-il dit. Oui, monsieur, lui ai-je répondu, — La plus jeune, la plus grande et la plus jolie, a-t-il ajouté, s'appelle Julie ? Oui, monsieur, et c'est celle-là qui est ma maîtresse. — Hé bien, ma belle enfant, il faut que vous alliez porter cette lettre à votre charmante maîtresse, et que vous me rapportiez le mot de réponse que je la supplie de m'accorder. Aussitôt j'ai pris sa lettre, et, sachant que vous étiez seule, je suis bien vîte accourue. Vous voyez bien, mademoiselle, que ce beau jeune homme ne s'est pas trompé ; car tout le monde dit que vous êtes bien plus jolie que mademoiselle Céline.

Quelle que soit la force de l'amitié, l'amour-propre ne perd jamais ses droits ; mon triomphe était d'autant plus flatteur, que Céline n'avait rien épargné pour paraître aimable, au lieu que je n'avais fait aucuns frais pour plaire. Je voulus me cacher à moi-même le plaisir que me causait cette préférence ; je me le reprochais comme une offense faite à l'amitié ; mais au moins il fit évanouir les scrupules qui avaient résisté à l'éloquence de Céline. Mademoiselle va-t-elle me donner la réponse, me demanda Cécile d'un air qui me disait : faites-là donc bien vîte. Non, lui dis-je, je n'écrirai pas. — Vous n'écrirez pas ! ah ! bon Dieu ! comme il va se désoler ! Tenez, le voilà sous la fenêtre ; ah ! regardez donc comme il est joli ! — Je m'avançai vers la croisée, et je l'aperçus qui se promenait d'un air inquiet. Qu'il me parut enchanteur ! La première fois je l'avais regardé comme une belle statue, et je l'aurais revu avec la même indifférence, sans l'amour dont il prétendait brûler pour moi. Mais combien cette douce persuasion ajoutait à ses charmes ! Je crus voir Apollon. Il eût pu lui servir de modèle. Je me retirai précipitamment. Allez, dis-je à Cécile, allez lui dire que je n'ai pas de réponse à faire. Il fallut me faire violence pour ne point écrire. Mais qu'aurait pensé Céline, si j'avais eu cette faiblesse ? Ma femme de chambre s'en alla tout en disant que j'avais le cœur bien dur. Cette fille m'avait été donnée par Saint-Albin, qui croyait alors qu'elle lui serait très-utile ; elle cachait, sous un air de simplicité, beaucoup d'adresse et de goût pour l'intrigue ; mais toutes les mesures qu'avait prises le pauvre Saint-Albin ne tournèrent qu'au profit de ses rivaux.

Cécile ne fut pas long-temps sans revenir. Ah ! si vous saviez, me dit-elle, combien vous avez désolé ce beau jeune homme, il vous ferait pitié ! Il dit que vous le haïssez, et qu'il en mourra de chagrin. En vérité, ce serait bien dommage ! J'ai été si touché de sa douleur, que j'ai fait tous mes efforts pour lui persuader qu'on ne pouvait pas le haïr. Il m'a demandé si vous sortiriez ce matin. Je lui ai dit que oui. Cela l'a rendu si joyeux, que j'ai cru qu'il allait m'embrasser.

Pourquoi lui avoir dit que je sortirais ? demandai-je à Cécile d'un ton que je m'efforçais de rendre sévère ; je ne vous avais pas donné pareille commission.

Mais vous ne me l'aviez pas défendu non plus. Dans l'incertitude, il ne se serait pas écarté de la maison ; ne valait-il pas mieux le lui dire tout de suite ? Au moins cela l'a consolé.

Céline entra dans ce moment. — Qu'y a-t-il ? me dit-elle ; ne grondez-vous pas cette bonne Cécile ? Mais quelle est cette lettre ?

— Lisez, lui dis-je, en la lui donnant.

— Quoi ! c'est à vous qu'il en veut, s'écria Céline d'un air étonné ? D'honneur, ma chère, votre sort est digne d'envie : il aime les dédaigneuses, cela me donne bonne opinion de lui. Oh ! sur ce point, je ne le cède à aucune femme ; mais, si j'avais été comme vous, vous n'auriez pas eu le plaisir de faire une aussi brillante conquête. Allons, remerciez-moi, et d'aussi bon cœur que je vous en félicite. Mais, à propos, qu'avez-vous répondu ?

— Répondu ! repris-je avec nonchalance : rien du tout !

— Rien du tout ! quelle fierté sublime ! Et vous, Cécile, que lui avez-vous dit ?

Cécile, enhardie par l'air de Céline, lui répéta ce qu'elle m'avait dit. Elle fut applaudie, je fus grondée, et Céline décida qu'il fallait m'habiller de suite, pour ne pas faire attendre le bel inconnu. Je feignis d'abord de ne pas vouloir sortir ; mais on ne pouvait pas me faire un plus grand plaisir que de m'y contraindre. Avouez donc, me disait Céline, que je suis une bien bonne amie ! Toute autre se fâcherait, vous bouderait ; et moi, bien au contraire, je vous mène triomphante dans les bras du bel Adonis : j'ai tendu les filets, et vous prenez l'oiseau.

Les plaisanteries de Céline durèrent jusqu'au moment où nous sortîmes. Nous aperçûmes alors le bel inconnu qui nous attendait. Nous nous enfonçâmes dans le bois, et ce ne fut que lorsque nous eûmes perdu de vue la maison, qu'il nous aborda.

Il nous dépeignit, dans les termes les plus vifs, combien cette complaisance le rendait heureux, et combien un refus l'aurait désespéré. C'est à mon amie, lui dis-je en souriant, que vous en avez toute l'obligation, et, si elle n'avait pas plaidé votre cause avec autant de chaleur, vous ne nous auriez certainement pas revues. Il me fallut encore essuyer quelques railleries de la part de Céline, et quelques reproches bien tendres de son protégé ; je les soutins gaîment, et j'y répondis de même. Nous nous assîmes au pied d'un gros chêne, et nous nous mîmes à louer à l'envi les délices de la campagne, et surtout cet air suave que l'on respire dans les bois, et qui semble vous électriser.

Après la condescendance que nous avons eue, s'écria gaîment Céline, j'espère que nous avons bien le droit de demander le nom du mortel fortuné auquel nous accordons une aussi grande faveur.

On m'appelle Camille, répondit l'inconnu, et je suis fils du duc de N**.

— Du duc de N** ! reprit Céline en le regardant fixement, je connais ce duc ; il n'a qu'un fils, je le connais aussi, et ce n'est point vous, monsieur.

— Nous avons raison tous les deux, reprit le jeune homme en rougissant, le duc de N** a treize fils de treize femmes différentes, il n'y en a qu'un de légitime, et c'est sans doute celui que vous connaissez.

— Je ne m'étonne pas, m'écriai-je vivement, que vous soyez l'enfant de l'amour, car vous en avez tous les traits.

— Cet éloge, qui semblait m'être échappé, rendit au charmant Camille sa première assurance. Mes douze frères, répondit-il avec une rougeur qui l'embellissait encore, sont tous également bien : mon père peut se vanter d'avoir été un des plus beaux hommes de son siècle, et pourrait encore le disputer à ses fils.

— Et quelle est votre mère ? demanda Céline, en hésitant.

— L'amour-propre devrait peut-être me le faire cacher, répondit l'aimable Camille ; mais, quelle que soit l'obscurité de celle qui m'a donné le jour, je n'en rougirai jamais. D'après le nombre des enfans naturels du duc de N**, vous jugez combien il aimait les femmes ; il suffisait d'être jeune et jolie pour exciter ses désirs, et sa beauté mâle et ses grâces peu communes lui laissaient rarement rencontrer de cruelles. Mon père, allant un jour visiter une de ses terres, fut charmé de la fraîcheur de la fille de son garde-chasse. Lise avait quinze ans et toute l'innocence de cet âge : la séduire fut l'affaire d'un moment, elle fut mère avant de savoir qu'elle pût le devenir. Le désespoir de Lise, en s'apercevant du résultat de sa faute, égala la joie qu'elle avait ressentie en se voyant aimée de son seigneur : elle pleura, elle gémit, mais le mal était irréparable. Cependant mon père se sentant pour elle une affection particulière, l'enleva de chez ses parents, et lui assura une honnête indépendance.

Cette fortune inespérée aida ma mère à se consoler ; elle voulut me nourrir, et dès que je fus en âge d'apprendre, elle me donna l'éducation la plus soignée. Elle avait acquis elle-même toute sorte de talens, et avait su fixer le cœur du léger duc de N** qui l'aimait toujours, en lui faisant mille infidélités. Ma mère trouva plusieurs fois l'occasion de se marier d'une manière avantageuse ; mais son amour pour moi l'en a jusqu'alors empêché. Elle a bien expié sa faute par la conduite exemplaire qu'elle a tenue depuis ; et j'ai souvent entendu dire au duc, qu'il la respectait maintenant autant qu'il l'avait aimée.

Le beau Camille avait montré, pendant le cours de son récit, une sensibilité qui m'avait charmée. Le bon fils ! me disais-je tout bas, qu'il mérite bien, et l'amour de sa mère et la préférence du duc !

— La conversation devint si animée, qu'elle nous fit oublier les heures : nous nous séparâmes en nous promettant mutuellement de nous revoir bientôt ; et Céline et moi nous regagnâmes le logis en diligence, craignant bien d'être grondées ; effectivement on nous attendait pour se mettre à table. Ma tante me fit quelques reproches sur l'inquiétude que je lui avais donnée ; je l'embrassai, et tout fut oublié.

Nous ne manquâmes pas au prochain rendez-vous, nous trouvâmes Camille assis sous le même chêne où nous nous étions oubliés la dernière fois ; mon cœur battit en l'apercevant. Grands Dieux ! que vous vous êtes fait attendre, s'écria-t-il en se levant : depuis une heure je meurs d'impatience, je désespérais de vous voir aujourd'hui.

— Un plaisir désiré en est plus vif, lui répondis-je en riant : d'ailleurs, il est peu galant de nous faire des reproches lorsque vous ne devriez songer qu'au plaisir de nous voir. Il rejeta son impolitesse sur l'extrême désir qu'il avait d'être avec nous ; et nous lui promîmes d'être plus exactes une autre fois.

Vous allez peut-être trouver, nous dit Camille, que mes désirs sont insatiables ; il semble qu'ils devraient se borner au bonheur de vous revoir, bonheur aussi grand qu'inespéré. Mais quand je songe à tout ce qui peut m'enlever cette félicité, que le moindre orage, en dérangeant un de nos rendez-vous, pourrait me priver plus long-temps, et peut-être pour jamais, du plaisir de vous voir, je me sens, au milieu de ma joie, pénétré de la plus vive inquiétude. Eh quoi ! ne sera-ce donc jamais que dans ce bois que je pourrai jouir du bonheur d'être avec vous ? — Vraiment, s'écria Céline, vous m'y faites penser ; il faut absolument trouver quelque expédient pour nous voir dans un lieu plus commode. — Que je serais heureuse, dis-je à mon tour, si je pouvais vous recevoir chez ma tante ; si vous connaissiez quelqu'un qui vînt chez elle, rien ne serait plus facile. — Cette idée parut bonne ; il nous nomma toutes les personnes de sa connaissance : nous en fîmes autant ; mais ce fut en vain, tous ces noms nous étaient mutuellement étrangers. Je ne vois qu'un moyen, s'écria Camille, de sortir d'embarras ; mais il est infaillible si vous y consentez ; vous m'avez dit que votre maître de musique ne pouvait plus vous donner de leçons depuis que vous êtes à la campagne ; je suis très-bon musicien, je me présenterai chez madame votre tante en qualité de maître. Quel sera mon plaisir de vous avoir pour écolière ! — Délicieux, s'écria Céline, on ne pouvait trouver de meilleur moyen, et vous aurez, de plus, l'avantage de pouvoir venir le matin, temps auquel nous ne voyons personne ; au lieu que, si vous aviez été présenté comme vous deviez l'être, les visites de cérémonie n'auraient pas eu de fin. Eh bien ! Julie, qu'en dites-vous ? — Que je n'y puis consentir ; ce serait tromper Rosa, et j'en suis incapable. — Ah ! je ne m'attendais pas à celui-là, s'écria Céline avec humeur ; en vérité je désespère de vous corriger jamais de ces petitesses. Quant à moi, je ne suis pas aussi scrupuleuse, et je me fais fort de recevoir monsieur chez ma cousine. Je lui dirai que je vous ai connu en Allemagne, cela suffira pour vous faire avoir la meilleure réception du monde. — Mais, répondit Camille, je n'ai jamais été en Allemagne, je ne saurais que répondre aux questions que l'on ne manquera pas de me faire ; et si votre cousine devinait notre ruse, comment prendrait-elle la chose ? — Avec de l'esprit on se tire de tout, répondit Céline ; d'ailleurs ma cousine ne vous demandera rien, ou si peu de chose, que vous pourrez sans peine satisfaire sa curiosité : à tout hasard, si l'on vous faisait quelques questions embarrassantes, je répondrais pour vous. — Soit, dit Camille ; quels que soient d'ailleurs les inconvéniens de votre projet, je dois plutôt chercher à les applanir qu'à vous les faire apercevoir. Donnez-moi donc les instructions nécessaires, et j'espère m'en tirer avec honneur.

Céline lui nomma une famille allemande chez laquelle elle devait être censée l'avoir connu, la ville, etc. Camille sut bientôt sa leçon par cœur. Ce projet nous divertit beaucoup ; nous en parlâmes jusqu'au moment de nous séparer. J'aurais mieux aimé le recevoir chez Rosa ; mais je m'étais formé des principes de délicatesse auxquels je tenais trop pour que rien ne put m'y faire renoncer.

En rentrant, nous trouvâmes une lettre de Dorval. Eh quoi ! s'écria Céline en la décachetant, ne serai-je donc jamais débarrassée de ce mortel ennuyeux ? Tous les jours je reçois de lui des plaintes nouvelles : il prétend qu'il ne peut vivre sans me voir. Qu'il meure donc, et que j'en sois délivrée !

— Vous me surprenez, lui dis-je ; loin de vous fâcher des justes regrets que lui cause votre absence, ne devriez-vous pas en être flattée ? Comment pouvez-vous traiter ainsi un homme que vous aimez depuis si long-temps ?

— C'est précisément parce qu'il y a long-temps que je l'aime, ou du moins que j'en ai l'air, qu'il est bien temps que cela finisse. Croyez-vous donc qu'une passion puisse durer toujours ? Dorval a mille qualités, je le sais ; mais il lui en manque une très-essentielle, c'est de savoir terminer une intrigue au bon moment. Un homme d'esprit ne doit jamais attendre qu'on lui donne son congé ; lorsqu'il voit qu'on ne le désire plus tant, qu'on le revoit avec moins de plaisir, il doit se retirer sans attendre que le dégoût vienne enfin vous forcer de rompre ouvertement.

— Mais il me semble que, lorsque nous quittâmes Paris, vous me dîtes que vous ne pouviez pas me faire un plus grand sacrifice que de vous éloigner de Dorval.

— C'était pure bonté de ma part ; j'étais sensible à ses regrets. Mais s'il faut vous dire la vérité, son plus grand tort à mes yeux, c'est de ne pas être Camille. Depuis l'instant où j'ai vu celui-ci, je n'ai plus senti que de l'indifférence pour Dorval.

— Vous aimez donc Camille, demandai-je avec inquiétude ?

Moi, point du tout, je vous assure ; mais mon amour-propre est blessé de n'avoir pour amant qu'un homme ordinaire, tandis que le vôtre est fait pour vous attirer l'envie de toutes les femmes.

Je plaignis Dorval, je me plaignis plus encore. Le changement de Céline ne me présageait rien de bon, et j'en aurais été jalouse si j'avais pu l'être de mon amie ; mais je l'aimais si tendrement, que j'aurais donné pour elle tous les Camille de l'univers.

Nous eûmes encore plusieurs entrevues dans le bois ; chaque jour j'aimais Camille davantage. L'envie que Céline semblait me porter doublait à mes yeux le mérite de mon amant ; cependant cette aisance, qui avait fait d'abord le plus grand charme de nos entretiens, loin d'augmenter, diminuait à chaque rendez-vous : à peine pouvions-nous cacher la gêne que nous éprouvions, et chacune de nous semblait dire qu'un des trois était de trop.

Céline, qui n'était pas accoutumée à maîtriser ses goûts, ne put supporter plus long-temps cette contrainte. Sous un prétexte assez léger, elle prit congé de nous et retourna à Paris. Avant son départ, elle convint avec Camille qu'il se présenterait chez sa cousine peu de jours après son arrivée ; tout cela, disait-elle, se faisait pour l'amour de moi. C'est parce que Camille m'aimait qu'elle consentait à tromper sa cousine ; c'est parce que j'aimais Camille qu'elle était si empressée de le revoir ; enfin, tout en faisant ses efforts pour m'enlever mon amant, elle voulait encore que je lui en eusse obligation. Mon cœur se serrait à l'idée de perdre Camille ; je savais que Céline était femme à tout entreprendre pour contenter un de ses caprices ; et je ne doutais pas qu'à la première occasion elle ne déclarât son amour à Camille. Et quel homme aurait pu lui résister ! Il n'en existait pas. Si Céline n'était pas jolie, elle avait mille agrémens qui valaient mieux que la beauté. Tout annonçait en elle une femme ardente et voluptueuse. Quand la coupe du plaisir est offerte par la main des grâces, quel est celui qui hésiterait à la porter à sa bouche ?

Céline me quitta donc, malgré les instances que je fis pour la retenir ; elle me promit, pour me consoler, qu'elle reviendrait bientôt, et qu'en attendant elle m'écrirait tous les jours. Ce départ me laissa le plus grand vide : non-seulement il me privait d'une compagne dont je ne savais plus me passer depuis long-temps ; mais le seul bien qui aurait pu m'en consoler, Camille, mon cher Camille, m'était aussi enlevé. Ma tante, qui n'avait consenti qu'avec peine à nous laisser sortir seules, ne voulut plus, lorsque Céline fut partie, que j'allasse me promener sans elle. Je m'ennuyais à mourir. Le séjour de la campagne me paraissait affreux. Tous les jours j'écrivais à Céline de hâter son retour, et tous les jours elle trouvait de nouveaux prétextes pour le reculer. Camille, m'écrivait-elle, a maintenant ses entrées chez ma cousine ; Camille est bien séduisant ! mais il n'est pas dangereux pour moi, puisque vous l'aimez. Ces assurances ne me tranquillisaient pas plus que les sermens de m'aimer toujours, dont les lettres de Camille étaient remplies. Si mes soupçons n'étaient pas fondés, me disais-je, Céline serait déjà de retour. Hélas ! faut-il être en même temps trompée par les deux êtres qui me sont les plus chers au monde ?

Nous allions nous promener tous les soirs dans le bois de Boulogne, ma tante, madame Saint-Albin et moi, et nous étions souvent accompagnées par des personnes qui venaient dîner à la maison. Un soir que nous nous étions plus écartées qu'à l'ordinaire, nous entendîmes les cris d'une femme que l'on semblait maltraiter : nous n'avions avec nous qu'un seul homme ; mais consultant plutôt son courage que la prudence, il s'élança du côté d'où partaient les cris ; nous étions très-près de la victime : le bruit que nous fîmes en approchant, mit en fuite le scélérat qui semblait en vouloir en même temps à sa vie et à son honneur ; jamais spectacle ne fut plus touchant que celui qui frappa nos regards. Une femme d'environ vingt ans, belle comme les amours, était couchée sur l'herbe, où elle semblait prête à mourir d'effroi ; de longs cheveux cendrés flottaient en désordre sur son sein, et semblaient vouloir remplacer le voile qu'une main téméraire venait d'en arracher ; ses sanglots la suffoquaient, et près de là était un poignard que l'homme qui s'était enfui avait laissé tomber Ah ! qui que vous soyez, s'écria-t-elle en se tordant les bras, si vous avez quelque sentiment d'humanité, prenez pitié de la plus malheureuse des femmes, arrachez-moi des mains de ce monstre odieux ; si c'est le ciel qui vous envoie à mon secours, qu'il achève son ouvrage, et qu'il ne permette pas que ce scélérat puisse accomplir ses affreux projets.

Calmez-vous, ma chère enfant, s'écria Rosa, en lui serrant les mains, le ciel protège toujours l'innocence ; il ne pouvait vous en donner une preuve plus grande que de nous envoyer ici ; il ne permettra pas sans doute que vous tombiez au pouvoir de ce scélérat.

— Ah ! madame, s'écria l'infortunée, je crains à chaque instant de le voir reparaître.

— Éloignons-nous d'ici, reprit Rosa, nous sommes près de chez moi ; vous sentez-vous assez de force pour marcher ?

— La course la plus longue, répondit l'inconnue, ne me ferait pas autant souffrir que de rester un moment de plus ici.

— Partons-donc, répartit Rosa.

— Nous relevâmes la belle inconnue : je rattachai ses cheveux, et je lui jetai mon schall sur les épaules ; M. Dorset, qui avait volé si généreusement à son secours, lui offrit son bras ; Rosa marcha près d'elle de l'autre côté, et madame de Saint-Albin et moi nous les suivîmes. L'inconnue retournait la tête à chaque moment, le moindre bruit lui causait les plus vives alarmes ; la frayeur semblait lui donner des ailes ; nous fûmes en moins d'un quart d'heure à la maison.

Dès que nous fûmes arrivés, on prodigua à la belle étrangère tout ce qu'on crut pouvoir lui être utile dans son état ; nous brûlions de savoir qui elle était, ainsi que les circonstances de sa singulière aventure, et nous nous attendions à chaque moment à la voir satisfaire notre curiosité ; mais c'était en vain que nous l'espérions, elle continuait à garder le silence, et sa douleur, loin de s'appaiser, semblait redoubler avec ses sanglots. Rosa, par délicatesse n'osait l'interroger ; mais voyant que ses pleurs ne tarissaient pas, elle lui dit avec douceur, qu'elle avait tort de se désespérer comme elle le faisait, et que, puisqu'elle avait heureusement échappé au danger qu'elle avait couru, elle devait maintenant, au lieu de continuer à se désoler, rendre des actions de grâces à la Providence. Hélas, madame, s'écria l'infortunée, si vous connaissiez toute l'étendue de mon malheur, vous ne parleriez pas ainsi. Mais il faut enfin vous faire connaître quelle est l'infortunée à laquelle vous venez de sauver plus que la vie ; je ne pourrais garder le silence plus long-temps, sans me faire taxer d'ingratitude ; ainsi quelle que soit la peine que j'éprouve à le rompre, il faut m'y soumettre. « Cet homme, madame, que vous avez vu près d'accomplir le plus noir des forfaits ; cet homme, hélas ! ma bouche se refuse à le dire… cet homme barbare est mon frère ! »

— Votre frère ! nous écriâmes-nous tous ensemble. Hélas ! il n'est que trop vrai, reprit-elle, et c'est-là l'unique protecteur qu'un père mourant m'ait laissé ! Il y a trois ans que j'eus le malheur de perdre la plus tendre des mères, j'étais le seul objet de sa tendresse, elle avait toujours eu pour mon frère une aversion extrême, qu'elle-même condamnait, mais qu'elle s'était en vain efforcée de vaincre ; mon père voulant dédommager son fils de ce qu'il perdait du côté de l'amour maternel, lui montra à son tour une préférence décidée. Mon frère eut le désir de voyager, et, malgré le chagrin que cette séparation devait causer à mon père, il en obtint facilement la permission. J'avais quatorze ans lorsqu'il quitta la maison paternelle, j'étais peu formée pour mon âge, et rien ne me présageait qu'un jour je dusse être jolie. Mon frère partit, n'emportant que les regrets de mon père, et n'en ayant pour personne ; il voyagea pendant trois années, au bout desquelles la mort de ma mère le rappela près de nous. J'étais alors dans le moment le plus brillant de la jeunesse ; généralement on me trouvait belle, et j'eus le malheur de le paraître aux yeux de l'incestueux Victor. Surpris de me trouver aussi changée, il devint pour moi le frère le plus tendre ; la discorde qui avait toujours régné entre nous, fit place à l'amitié la plus vive ; je me livrais avec délices au plaisir d'être aimé d'un frère que j'adorais, et j'attisais par mes innocentes caresses le feu criminel dont il brûlait pour moi. Pendant deux ans, je jouis d'un bonheur qui n'était troublé que par les regrets que me causait la perte de ma mère. Au bout de ce temps, mon père tomba malade ; l'union qui régnait entre mon frère et moi avait fait le charme des dernières années de sa vie, et l'aidait à supporter ses souffrances. « Mon fils, disait-il à Victor, tu seras le protecteur de Mélanie ; qu'elle retrouve en toi et sa mère qu'elle pleure encore, et son père qui bientôt ne sera plus ! »

Mon père, qui se sentait affaiblir tous les jours, mourut bientôt, nous comblant de ses bénédictions, et lorsque la voix lui manqua, sa main défaillante qui pressait les nôtres, semblait nous bénir encore. Mes regrets furent si vifs, qu'ils ne purent être augmentés par la disposition que mon père avait faite de sa fortune, laquelle me laissait dans une entière dépendance. Entraîné par la préférence aveugle qu'il avait eu pour son fils, et qui lui avait toujours fait voir dans celui-ci les vertus qu'il lui désirait, il lui léguait tous ses biens, se reposait pour mon sort sur sa générosité, et se contentait de l'exhorter à avoir toujours pour moi l'amitié d'un frère.

Victor fut sitôt consolé, que j'imaginai qu'il me cachait sa douleur dans la crainte d'aigrir la mienne. Il m'assura que mon père, en le faisant l'arbitre de mon sort, avait rendu justice à son cœur ; qu'il ne se regardait que comme le dépositaire de sa fortune, et qu'elle m'appartenait autant qu'à lui. Tous mes désirs, me disait-il, se bornent à te rendre heureuse, et pour prix de mes soins, je ne demande que ton amour ; me doutant peu du sens qu'il attachait à ce mot, ma bouche et mon cœur répétaient à chaque moment le serment de l'aimer toujours.

Nous vivions dans la solitude la plus absolue ; mais je trouvais en lui tout ce que je désirais ; chaque jour son amitié semblait prendre de nouvelles forces, et bientôt les témoignages en devinrent si vifs, qu'ils commencèrent à m'alarmer. Je sentais que l'amour fraternel ne pouvait surpasser ce que j'éprouvais au fond de mon cœur, et pourtant j'étais loin de partager les transports que Victor faisait éclater.

Il savait que j'aimais beaucoup la lecture, il ne manquait jamais le soir de venir lire auprès de mon lit ; il choisissait toujours les livres les plus propres à porter le trouble dans les sens. Souvent dans son œil égaré, les désirs se peignaient de manière à me remplir d'effroi, ses baisers étaient brûlans, et dans ses momens de délire sa main parcourait ce que la main d'un frère n'aurait jamais du toucher. Cependant je n'osais manifester mes craintes ; je rejetais avec horreur l'idée, l'affreuse idée de voir mon frère brûler pour moi d'une flamme incestueuse, et j'allais même jusqu'à me reprocher mes soupçons. Mais Victor ne me laissa pas long-temps dans cette pénible incertitude : me faisant un soir la lecture accoutumée, il la quitta subitement, et se jetant sur mon lit ; Mélanie, me dit-il, répète-moi que tu m'aimes ; mon âme a soif de t'entendre ! Je brûle pour toi, je brûle ! ce feu seul fait ma vie ; je sens que, s'il s'éteignait, mon âme s'envolerait avec lui. Mélanie, enivre-moi de tes baisers, cesse d'opposer à mes caresses une résistance inutile ; tu es à moi, tu m'appartiens, et si la foudre doit m'écraser, ce ne sera du moins qu'après avoir goûté dans tes bras les délices de l'empirée !

Je restai si confondue, que je ne pus lui répondre ; mais la frayeur, en m'ôtant la voix, sembla doubler mes forces, et je parvins enfin à me débarrasser de l'infâme Victor. Il me quitta en proférant mille blasphêmes et en jurant qu'il obtiendrait de force ce qu'il ne pouvait obtenir autrement. Soit qu'il éprouvât quelques remords, soit qu'il espérât que de bons procédés le feraient plutôt parvenir à ses fins, le lendemain, loin d'apercevoir dans ses regards la moindre trace de colère, il s'excusa de ce qui s'était passé, et ne me quitta qu'après avoir obtenu son pardon. Il fut pendant quelque temps sans faire de nouvelles tentatives ; mais il essayait par mille moyens de m'accoutumer à l'idée de m'en voir aimée. Il me disait que le préjugé seul avait élevé une barrière entre le frère et la sœur ; mais que cet amour, loin d'avoir rien de révoltant, était dans la nature, et sans doute bien légitime, puisque, dans les temps d'innocence où vivaient nos premiers parens, l'amour fraternel était toujours couronné par les mains de l'hymen ; que les Égyptiens, un des peuples les plus sages, épousaient leurs sœurs plusieurs milliers de siècles après la création ; et que maintenant encore il est des contrées respectées du crime, d'où la pureté des mœurs bannit le vain scrupule, et où la vierge innocente se livre sans remords à l'amour qu'elle inspire dès le berceau. Son frère l'aime ! et qui plus que lui aurait des droits sur son cœur ? Le même sein les a portés, le même lait les a nourris, le même tombeau les unira et le passant lira sur leur tombe : Ils s'aimèrent, ils furent heureux !

Cependant le bouillant Victor voyait avec une espèce de rage échouer tous ses projets ; il me remettait souvent devant les yeux que mon sort dépendait absolument de lui. Sans doute, me disait-il les yeux étincelans d'amour et de colère, il est plus sage, lorsqu'on en a le choix, de captiver que d'irriter son maître. Depuis quelques mois il avait recommencé ses entreprises avec une nouvelle fureur ; mais craignant sans doute que mes cris ne fussent entendus, il n'avait pas encore osé en venir aux extrémités ; enfin, sous le prétexte de me faire faire une promenade agréable, il m'avait amenée ce soir au bois de Boulogne. Après avoir laissé la voiture à la porte, il me mena de sentier en sentier jusqu'à l'endroit où vous nous avez trouvés ; et là, se croyant sans doute assez éloigné pour n'avoir rien à craindre de mes cris, il me déclara en tirant un poignard de son sein, qu'il était résolu à obtenir sans plus de délai ce qu'il désirait depuis si long-temps ; et si vous n'étiez arrivée, madame, l'infortunée Mélanie n'existerait plus maintenant.

Ce récit fut souvent interrompu par les larmes de la touchante Mélanie. Nous étions tous extrêmement attendris ; mais l'émotion de M. Dorset semblait encore surpasser la nôtre. Il s'approcha d'elle, et s'efforça de lui trouver quelques sujets de consolation ; mais dans sa position la chose n'était pas aisée : si elle parvenait à se soustraire au pouvoir de son frère, elle était sans aucun moyen d'existence, et si elle se résignait à retourner chez lui, c'était de nouveau s'exposer à toutes ses fureurs. Voilà ce que Mélanie répondait à M. Dorset, et malheureusement ces raisons étaient sans réplique. Mais, reprit-il, après un moment de réflexion, n'avez-vous pas quelque ami chez qui vous puissiez être en sûreté, en attendant que l'on voie s'il n'y a pas quelque moyens d'améliorer votre sort ?

— Hélas ! monsieur, répondit la belle affligée, je n'ai pas un seul ami, je n'ai pas un seul asile. Depuis long-temps mon frère a pris soin d'écarter de moi tous ceux qui auraient pu me servir de protecteurs.

— Ah ! que ne puis-je ; s'écria M. Dorset en étouffant un soupir, vous offrir dans ma maison l'asile que toute âme honnête doit à l'innocence opprimée ! Mais je n'ai pas de femme, et votre âge ne me permet pas de me livrer à l'impulsion de mon cœur !

— M. Dorset, en finissant ces mots, jeta les yeux sur Rosa, comme pour lui reprocher de ne pas partager ses sentimens.

— Je vous entends, s'écria-t-elle, le sort de cette infortunée ne me touche pas moins que vous ; l'intéressante Mélanie peut rester chez moi aussi long-temps que sa sûreté l'exigera, et plus encore, si cela peut lui plaire.

— Mélanie, pour toute réponse, baisa la main de ma tante, qu'elle arrosa de ses larmes ; mais ses regards exprimaient mieux sa reconnaissance que ne l'aurait pu faire le discours le plus éloquent.

Nous fûmes tous charmés de la bonne action de ma tante, et M. Dorset l'en remercia avec autant de vivacité, que si elle lui eût été personnelle.

M. Dorset était chevalier de Saint-Louis ; c'était un homme d'environ quarante à quarante-cinq ans. Ses manières étaient aisées, ses traits pleins de noblesse ; son air grave annonçait l'austérité de ses mœurs ; mais le sourire de la bienveillance venait souvent adoucir la sévérité de son regard : il s'attendrissait aisément, et ne s'égayait jamais. Il n'avait hérité de ses pères que d'un nom recommandable et d'une fortune très-médiocre ; mais ses besoins étaient si bornés, ses goûts si simples, qu'il trouvait l'abondance où tout autre n'aurait trouvé que le nécessaire. M. Dorset venait souvent à la maison, surtout depuis que nous étions à la campagne, parce que nous y vivions fort retirées. Ma tante avait pour lui la plus grande estime ; pour moi, il m'inspirait une espèce de vénération.

L'offre que ma tante avait faite à Mélanie paraissait avoir calmé sa douleur. Elle ne pleurait plus ; un sourire céleste errait sur ses lèvres de rose. Dieu ! qu'elle était belle ! Malgré l'horreur que la passion de son frère m'inspirait, en la regardant je le trouvais moins coupable, et je concevais alors que les liens du sang n'eussent pas été assez forts pour le garantir de l'amour que Mélanie devait inspirer à tous les hommes qui la voyaient.

Il était tard lorsque M. Dorset prit congé de nous ; il demanda la permission à Rosa de venir le lendemain s'informer de la santé de la belle Mélanie. Il fut convenu qu'il viendrait passer avec nous la journée entière. Je conduisis Mélanie dans la chambre qui lui était destinée : c'était celle qu'occupait Céline. Cette chambre n'était séparée de la mienne que par un cabinet. Comme nous n'avions envie de dormir ni l'une ni l'autre, je restai quelque temps avec elle. Dès que nous fûmes seules, je lui dépeignis, avec mes manières ingénues et caressantes, combien elle m'avait intéressée. Mélanie avait cessé pour moi d'être étrangère, dès l'instant qu'elle était entrée dans la chambre de Céline. Cet endroit me rappelait si vivement mon amie, et les entretiens que j'avais avec elle, qui souvent duraient une partie de la nuit, que je croyais la voir et lui parler encore. Cette illusion prêtait tant de force et d'intérêt à tous mes discours, que je fis passer dans le cœur de Mélanie une partie des douces sensations dont le mien était plein. Ses beaux yeux étaient encore humides de larmes ; mais la douleur ne les faisait plus couler, c'étaient les pleurs de la sensibilité. Mes caresses franches et naïves dissipèrent enfin les nuages qui obscurcissaient son front. Elle parut oublier entièrement ses chagrins, pour ne s'occuper que du plaisir de répondre à mes caresses. Que je dois remercier le ciel, me disait-elle en m'embrassant, de m'avoir envoyé, au moment où je n'en espérais plus de secours, non-seulement des protecteurs, mais encore une amie telle que vous !

Nous nous séparâmes enfin, et je lui promis que le lendemain matin je viendrais moi-même la réveiller.

Lorsque j'entrai dans sa chambre, elle était déjà toute habillée. Je lui proposai de venir avec moi embrasser Rosa : c'était toujours par-là que je commençais la journée. Ma tante était encore au lit, lorsque nous entrâmes dans son appartement. Elle nous fit asseoir près d'elle, et nous traita toutes les deux avec la même amitié. Mélanie répondait avec une grâce extrême à cet accueil flatteur. Enfin Rosa se leva, et j'allai me promener au jardin avec Mélanie, en attendant le déjeûner.

M. Dorset ne manqua pas de se rendre à l'invitation de Rosa. Il vint même de meilleure heure que de coutume. Aussitôt qu'il fut entré, ses yeux cherchèrent Mélanie. Dès qu'il l'eut aperçue, le plaisir anima ses traits ; il vola près d'elle, et s'informa de sa santé avec un air qui décelait l'intérêt extrême qu'il prenait à elle. Chaque fois que M. Dorset adressait la parole à Mélanie, ou qu'il entendait seulement le son de sa voix, son émotion devenait si visible, qu'elle n'échappait à personne. Mélanie ne fut pas la dernière à s'en apercevoir ; elle me parut en être bien aise, et je remarquai que, depuis ce moment, elle ne négligeait rien de ce qui pouvait accroître l'amour qu'elle avait si subitement inspiré.

Partie II

J'ÉCRIVIS à Céline l'histoire de Mélanie. Je lui dis que l'amitié avait sans doute voulu me dédommager de l'abandon dans lequel me laissait la femme que j'aimais le mieux, en m'envoyant une nouvelle amie. Céline, qui savait profiter des moindres incidents, me répondit qu'elle s'apprêtait à partir au moment où elle avait reçu ma lettre ; mais que, sa place étant occupée, la crainte d'être incommode la forçait de se priver du plaisir qu'elle se promettait à Chaillot.

Camille continuait à m'écrire les lettres les plus tendres ; mais, ce qui m'étonnait beaucoup, c'est qu'il ne me parlait plus de Céline, depuis qu'il était reçu chez elle, et que Céline, à son tour, imitait son silence.

Si quelque chose pouvait me dédommager de l'absence de Céline, c'était sans doute la société de Mélanie. Le caractère de celle-ci n'avait aucune analogie avec le mien ; mais c'était pour cela même que nous nous convenions davantage. Entre Céline et moi, tout devenait un objet de rivalité ; nos moyens de plaire étaient semblables ; même esprit, même vivacité, même coquetterie, même désir de dominer. Il fallait, pour que l'union régnât entre nous, que je fisse abnégation de ma volonté, et ce sacrifice sans doute était bien grand, puisque je ne l'ai jamais fait que pour elle. Entre Mélanie et moi, au contraire, s'il n'y avait aucun rapport, il n'y avait non plus aucun sujet de jalousie. Elle était peut-être plus belle que moi ; mais j'avais beaucoup plus d'esprit qu'elle. Ses yeux étaient toujours pleins d'une douce langueur, les miens semblaient jeter des étincelles. Elle était tendre et mélancolique, et rien ne pouvait égaler mon enjoûment et ma vivacité. Céline était pleine de caprices, et ne voulait pas supporter les miens. Mélanie n'en avait jamais, et trouvait toujours tout à son gré. Je m'aperçus bientôt de la différence qui existait entr'elles, et je ne pus m'empêcher de regretter que Céline ne ressemblât pas à Mélanie ; mais celle que j'avais aimée la première devait, selon moi, quels que fussent ses défauts, avoir sur mon cœur des droits exclusifs.

M. Dorset, depuis que nous possédions Mélanie, venait dîner tous les jours à la maison : il fut le dernier à s'apercevoir de l'amour qu'il avait pour elle ; mais dès qu'il sentit que ce qu'il éprouvait était plus que de l'amitié, loin d'en faire un mystère, il déclara hautement qu'il s'estimerait le plus heureux des hommes, si Mélanie voulait l'accepter pour époux.

Mélanie semblait partager les sentimens de M. Dorset, et pourtant la seule barrière qui s'opposait à leur union était le refus, qu'elle n'avait cessé de faire, de donner sur sa famille les renseignemens qu'on avait droit d'attendre d'elle après ce qui s'était passé, et qui devenaient indispensables dans le cas où elle aurait épousé M. Dorset. Le prétexte qu'elle avait donné d'abord, pour s'excuser de ce singulier refus, était la crainte que l'on inquiétât son frère ; « car, disait-elle, malgré tous les torts dont il est coupable envers moi, j'aimerais mieux mourir que de lui causer le moindre chagrin. » On admirait son bon cœur, sans oser insister davantage ; mais lorsque M. Dorset se fut déclaré, et qu'il eut donné sa parole d'honneur de ne faire aucune démarche qui pût lui attirer le moindre désagrément, alors Mélanie, n'ayant plus de raison plausible à donner, eut recours aux larmes. Son obstination nous paraissait inconcevable, et désespérait M. Dorset ; mais elle était si belle lorsqu'elle pleurait, que, loin de se fâcher, il en devenait encore plus amoureux.

Les choses en étaient là, lorsque Saint-Albin revint du Havre. Son retour avait été si précipité, qu'il n'avait pas eu le temps d'en prévenir madame de Saint-Albin, de sorte qu'il arriva au moment où on l'attendait le moins. Lorsqu'il entra dans le salon, il n'y avait que madame de Saint-Albin et Rosa. Peu de momens après, je vins les rejoindre avec ma fidèle Mélanie. Dès que Saint-Albin nous aperçut, il se leva pour venir à ma rencontre ; il allait m'embrasser, lorsque jetant les yeux sur ma compagne : Que vois-je, s'écria-t-il ; c'est Rosine ! Rêvé-je ? Rosine ici ?

— Pourquoi pâlir ainsi ? demanda ma tante à la tremblante Mélanie. Mais vous, Saint-Albin, ajouta-t-elle avec finesse, depuis quand connaissez-vous Rosine ?

— Oh ! c'est une ancienne connaissance, reprit-il en riant ; mais, encore un coup, par quel hasard se trouve-t-elle ici ?

— Mais ne vous trompez-vous pas ? reprit Rosa sur le même ton ; notre Rosine est-elle bien la vôtre ?

— Oh ! c'est bien la mienne, madame, je puis vous l'assurer ; au surplus, mon droit n'est pas exclusif, et cela ne l'empêche pas d'être celle de beaucoup d'autres.

— Ah ! c'en est trop ! s'écria Rosine presque suffoquée. Elle était restée immobile à la vue de Saint-Albin, dont elle semblait attendre son arrêt ; mais, quand elle vit qu'elle n'avait rien à en espérer, elle fit un mouvement pour sortir. Arrêtez, mademoiselle, lui cria ma tante d'une voix sévère ; vous allez, s'il vous plaît, nous expliquer ce mystère, et vous voudrez bien vous ressouvenir que la protectrice de Mélanie n'est plus que le juge de Rosine !

— Quoi ! s'écria Saint-Albin, Rosine serait-elle cette Mélanie que vous avez trouvée dans le bois ?

— Eh ! oui, m'écriai-je naïvement ; c'est elle que son frère voulait violer !

— À ces mots, Saint-Albin partit d'un grand éclat de rire, et le sérieux de ma tante en fut ébranlé. Ce trait héroïque, s'écria Saint-Albin avec malignité, me ferait douter, si la chose était possible, que mademoiselle soit la véritable Rosine.

— C'est assez de plaisanteries, reprit Rosa ; de grâce, que l'un de vous s'explique.

— Hélas ! madame, s'écria la fausse Mélanie en se jetant aux genoux de Rosa, je l'aurais déjà fait, si j'avais pu me flatter d'obtenir mon pardon ; mais, plus vous avez eu de bontés pour moi, et plus je suis criminelle : quelle que soit votre indulgence, j'ai tout à craindre de votre justice.

— Vous voyez, lui dit ma tante en la relevant, que désormais la feinte serait inutile : ainsi, ce que vous avez de mieux à faire maintenant, c'est de nous parler avec sincérité : expliquez-nous donc ce mystère, et songez à ne me rien cacher.

— Si le premier auteur d'une faute, reprit Rosine, en était le seul coupable, ou si l'on pouvait en rejeter le blâme sur celui qui vous force à la partager, j'espérerais être trouvée moins criminelle ; mais, quelle que soit la noirceur de M. Précourt, sa complice n'en est pas moins indigne du pardon.

— Que parlez-vous de Précourt ? lui demanda Rosa ; quelle analogie ses torts ont-ils avec les vôtres ? Cherchez-vous encore à m'en imposer ?

— Daignez m'écouter, s'écria Rosine effrayée du ton menaçant qu'avait pris Rosa, je vous proteste que je ne vous dirai que l'exacte vérité ; si je manque à ma parole, puisse ma punition égaler mes fautes !

« Il y a deux ou trois mois, continua-t-elle, que je fis la connaissance de M. Précourt ; j'étais alors dans la plus grande détresse ; il m'en retira, et n'épargna rien pour m'attacher à lui. Lorsqu'il crut, par ses bienfaits, s'être suffisamment assuré de moi, il me confia la haine qu'il vous portait, et ses désirs de vengeance. Je ne puis, me dit-il, avoir un instant de repos que je n'aie en ma possession la nièce de cette femme ; le dédain avec lequel elle a reçu l'offre de ma main, ne restera pas impuni : si je n'ai sur elle les droits d'un époux, j'aurai du moins le plaisir de la déshonorer !

— Elle le serait déjà si j'avais pu corrompre ses domestiques ; mais l'or n'a pu les tenter, et j'ai vainement essayé plusieurs moyens de m'introduire chez elle ; le désir de la vengeance s'est accru en proportion de la difficulté. Je me suis enfin arrêté à un plan qui répond entièrement à mes vues : mon projet est hardi, mais il est praticable, et c'est de vous seule que dépendra le succès. De moi, lui dis-je, et que puis-je y faire ? Il faut, me répondit-il, que nous trouvions le moyen, non-seulement de vous faire admettre chez madame Adam, mais que vous restiez quelque temps chez elle, et que vous deveniez l'amie de sa nièce : la chose est difficile, mais cela fait, le succès est certain. Vous vous introduirez sous un nom supposé, vos grâces et votre air de candeur en imposeront facilement ; une fois maître du terrain, il vous sera facile de me faire parvenir jusqu'à Julie ; vous aurez en outre, pendant le temps que vous resterez avec elle, mille moyens de lui gâter le cœur ; et si vous n'y réussissiez pas, il suffira que l'on sache que vous avez habité ensemble pour qu'on la croie perdue. Vous voyez, ajouta-t-il, que ma vengeance sera complète : il ne s'agit plus que d'exécuter ce plan.

» Je me défendis long-temps de devenir l'instrument de cet affreux projet ; mais Précourt ayant joint les plus fortes menaces aux plus brillantes promesses, il fallut enfin y consentir.

» Ayant appris que vous alliez tous les soirs vous promener dans le bois, il imagina la ruse dont vous avez été témoins ; elle n'a que trop bien réussi. Il fut convenu qu'à l'instant où nous vous entendrions je jetterais de grands cris, et qu'il se sauverait aussitôt. Tout réussit au gré de ses désirs ; vous m'amenâtes chez vous, et ne suivant que l'impulsion de votre bon cœur, vous m'offrîtes un asile. Depuis un mois que je suis ici, Précourt, par ses lettres, me presse sans cesse de l'introduire la nuit ; mais bien que rien ne me fût si facile, ce crime me causait tant d'effroi, que je ne pouvais m'y résoudre, et je lui peignais toujours la chose comme impossible. Je n'ai pas mieux servi ses ordres à l'égard de la séduction qu'il m'avait recommandé d'employer avec mademoiselle Julie ; l'idée seule de corrompre me causait trop de répugnance pour que je descendisse jamais si bas. Enfin, madame, vos bontés m'avaient tellement pénétrée, et le rôle que je jouais ici me causait de si vifs remords, que je me serais jetée vingt fois à vos pieds pour vous faire l'aveu de mon crime et solliciter mon pardon, si l'amour que j'ai inspiré à M. Dorset ne m'avait aveuglée au point de croire mon mariage possible. Je savais, qu'en vous dévoilant cet affreux mystère, il faudrait au même moment renoncer à cet hymen, et je voulais au moins prolonger l'illusion ; mais jamais, non jamais, madame, je n'aurais exécuté les projets infernaux de M. Précourt. »

Quelle scélératesse ! s'écria Rosa : que ce Précourt est vil ! Ô ma Julie ! à quel sort affreux tu viens d'échapper ! Allez, mademoiselle, ajouta ma tante en s'adressant à Rosine, allez attendre mes ordres dans votre appartement. Je fis un mouvement pour la suivre, Rosa me dit de rester. Je n'ai jamais rien vu de si noir, s'écria Saint-Albin lorsqu'il fut un peu revenu de son étonnement ; Précourt est un grand scélérat !

— Mais quelle est cette Rosine ? demanda ma tante. Rien, ni dans ses discours, ni dans ses manières, n'a pu jusqu'alors me donner le moindre soupçon que ce fut une fille de cette sorte. Je n'en suis pas surpris, répondit Saint-Albin, Rosine a reçu de l'éducation ; elle aurait pu faire une femme très-estimable, si l'on avait eu soin de cultiver ses heureuses dispositions. Elle est fille d'un bon bourgeois de Paris : elle eût à seize ans, le malheur d'être séduite par son maître de danse, qui la rendit mère. Dès que Rosine se fut aperçue de son accident, elle alla se jeter aux pieds de son père ; mais celui-ci, au lieu d'être touchée de ses pleurs et de ses regrets, l'accabla de mauvais traitemens et la mit à la porte, en lui disant qu'il ne voulait plus entendre parler d'elle : en vain l'infortunée le supplia-t-elle d'avoir égard à son état, et de lui accorder, pour toute grâce, une retraite dans un couvent où elle pleurerait sa faute le reste de ses jours, rien ne put fléchir cet homme vindicatif ; la pauvre Rosine fut chassée de la maison paternelle sans avoir aucune ressource. Rosine alla trouver l'auteur de ses infortunes ; elle imaginait qu'elle en serait reçue à bras ouverts. Mais celui-ci était un mauvais sujet, qui ne la vit pas plutôt sans asile qu'il la traita à peu près comme avait fait son père ; cependant il consentit à la recevoir pour quelques jours.

Les mauvais traitemens que Rosine avait reçus, et la douleur de se voir dans une situation aussi triste, la firent accoucher deux ou trois jours après. Son amant la laissa se rétablir, sans lui parler de la renvoyer ; mais aussitôt qu'elle eut recouvré la santé, il lui dit qu'il ne pouvait la garder davantage, mais qu'au surplus elle avait un excellent moyen d'éviter la misère. Un jeune homme fort riche, ajouta-t-il, est devenu amoureux de vous, il m'en a parlé ; ses propositions sont très-avantageuses, et vous n'avez rien de mieux à faire que de les accepter. L'affreuse nécessité força Rosine à commettre cette seconde faute. Ce nouvel amant l'abandonna bientôt ; on ne s'arrête pas dans le chemin du vice : au lieu d'un amant, elle en eut plusieurs, enfin elle devint presque publique.

Un jour, après avoir fait une espèce d'orgie avec plusieurs de mes amis, l'un de nous proposa de nous mener voir de jolies filles, qu'il connaissait depuis peu. La partie fut acceptée, et Rosine me tomba en partage : voilà d'où date ma connaissance avec elle. Madame de Saint-Albin, ajouta-t-il en prenant la main de sa femme, me pardonnera cette petite infidélité ; elle sait que, si je ne suis pas le plus fidèle des maris, j'en suis au moins le plus constant, et que si mon naturel léger m'a rendu coupable de quelques erreurs, son aimable indulgence et son rare mérite m'ont toujours ramené près d'elle.

— Il faut bien vous pardonner, répondit-elle en souriant : d'ailleurs, on est convenu depuis longtemps qu'on ne devait pas parler des vieux péchés.

Rosa demanda à Saint-Albin quelle conduite elle devait tenir envers Rosine.

— L'indulgence et la sévérité, répondit-il, ont également leurs inconvéniens ; mais l'essentiel est d'empêcher que cette aventure ne transpire, car, comme l'avait remarqué Précourt, on ne pourrait apprendre la résidence que cette femme a faite ici, sans que cela ne portât atteinte à la réputation de Julie. Il faut donc, par quelque moyen que ce soit, l'engager ou la forcer au silence.

— Je suis entièrement de votre avis, reprit Rosa ; mais l'exécution ne m'en paraît pas moins embarrassante. Les moyens de rigueur me répugnent, et pourtant si je ne sévis pas, comment compter sur la parole d'une femme de cette espèce ? Cependant j'avoue que celle-ci m'inspire un sentiment de pitié que je ne saurais vaincre. Si ses regrets étaient sincères, si son âme était encore capable de sentimens vertueux, je m'estimerais heureuse de pouvoir la retirer de ses égaremens. Croyez-vous qu'elle acceptât maintenant l'asile saint que son père lui a refusé avec tant de barbarie ?

— Je l'ignore ; mais vous ne risquez rien de le tenter, et ce serait assurément ce qui pourrait arriver de plus heureux.

Ma tante fit aussitôt appeler Rosine ; elle arriva baignée de pleurs, et se soutenant à peine. Elle avait l'air d'un criminel qui vient recevoir son arrêt de mort ; mais quel juge assez sévère aurait pu la condamner, en la voyant si belle et si pleine de repentir !

— Approchez, lui dit Rosa d'une voix faite pour la rassurer ; je pourrais, ajouta-t-elle, vous faire punir d'une manière exemplaire ; mais l'intérêt que vous m'avez inspiré, quoique ce fût sous de fausses apparences, plaide encore en votre faveur. Je veux voir si la nécessité vous a seule entraînée dans le chemin du vice, et si la voix de la vertu peut encore pénétrer jusqu'à votre âme. Choisissez donc, ou d'une vie couverte d'opprobres, ou d'une retraite tranquille où vous pourrez pleurer vos erreurs, et même les expier par un sincère repentir.

— Si je pouvais balancer un moment, répondit Rosine, je serais indigne d'un tel excès de bonté. Menez-moi, madame, dans cet asile sacré ; je brûle d'implorer, aux pieds des autels, le pardon des fautes dont je me sens coupable.

— Ce zèle me plaît, répondit ma tante, et me fait tout espérer. Je connais à Paris la supérieure d'un couvent où vous serez très-bien ; je lui laisserai ignorer vos égaremens, afin que vous n'ayez pas à rougir, même devant elle ; et ma protection vous y assurera le respect.

Rosine témoigna sa reconnaissance de la manière la plus vive, et comme aucun motif ne pouvait retarder son départ, ma tante déclara qu'elle ne voulait pas perdre un moment, et qu'aussitôt que la voiture serait prête, elle la mènerait dans le couvent qu'elle lui destinait.

— Ah ! que va dire ce pauvre M. Dorset, s'écria Rosine ?

— Ce n'est pas là le moindre des torts que vous ayez à vous reprocher, répondit ma tante ; vous avez troublé le repos de l'homme le plus estimable qui soit au monde, et peut-être l'aurez-vous rendu malheureux pour le reste de sa vie.

— Ah ! Dieu veuille qu'il m'oublie bientôt, répondit Rosine en soupirant ; mais pour moi j'y penserai long-temps !

— On vint avertir que la voiture attendait ; ma tante se leva et fit signe à Rosine de la suivre ; je me jetai dans ses bras par un mouvement dont je ne fus pas maîtresse. Adieu, lui dis-je en la pressant sur mon cœur, adieu, ma Mélanie !

— Oh ! oui me répondit-elle, appelez-moi Mélanie, qu'elle vous soit encore chère ! Si Rosine est indigne de vous, Mélanie du moins pourra mériter quelques regrets.

— Rosa nous sépara, et je montai dans mon appartement, pour me livrer au triste plaisir de répandre des larmes en liberté.

Il me serait impossible d'exprimer les regrets que cette séparation me causa : j'avais trouvé dans Rosine tout ce qui peut charmer dans une amie ; ses égaremens n'excitaient en moi que la pitié, et n'altéraient en rien mon attachement pour elle. En quoi, me disais-je, Rosine est-elle plus blâmable d'avoir subi les lois de l'impérieuse nécessité, que mille autres femmes qui, guidées par leurs seuls caprices, se livrent sans remords aux mêmes excès, mais que leur rang ou leur fortune mettent à l'abri de la censure ?

Quelque vive que fût ma douleur, elle ne put égaler celle de M. Dorset. Quoiqu'on lui eût appris ce fatal événement avec tous les ménagemens possibles, son désespoir fut si grand, qu'il fit craindre pour sa vie. Il parut, pour la première fois, prêt à abjurer la sévérité de ses principes : peu s'en fallut qu'il ne persistât dans le projet d'épouser Rosine ; mais il rougit bientôt de cet excès de faiblesse, et rappelant toute sa philosophie, il essaya de se rendre maître d'une passion qui ne pouvait que le conduire au déshonneur.

Il y avait si long-temps que Céline m'avait quittée, que je n'espérais plus la voir revenir à Chaillot. Madame de Saint-Albin devait s'en retourner avec son époux. Je redoutais l'ennui que j'allais éprouver, lorsque je serais seule avec ma tante. Je fis tous mes efforts pour l'engager à quitter la campagne. La perte de son amie l'y fit aisément consentir, d'autant plus qu'elle craignait que Précourt ne profitât de l'isolement dans lequel nous allions nous trouver, pour tenter encore quelque scélératesse.

Dès que je fus de retour à Paris, mon premier soin fut d'aller voir Céline. Je la trouvai seule avec Camille, elle était loin de m'attendre, et plus encore de me désirer. Ils rougirent tous deux, dès qu'ils m'aperçurent ; mais l'embarras de Céline fit bientôt place aux démonstrations d'amitié les plus vives, car c'est l'usage, en pareille circonstance, de dédommager par le nombre de ce qui manque du côté de la réalité.

Je remarquai, non sans quelque secret dépit, le désordre de sa toilette, et surtout la manière voluptueuse dont elle était mise. Il n'y avait plus moyen de douter qu'elle n'eût employé, pour captiver Camille, toutes les ressources de la coquetterie. Cette certitude diminuait la joie que j'avais de la revoir. Cependant je me disais, en admirant les grâces de celui qu'elle cherchait à m'enlever, s'il faut renoncer à l'un des deux, ce ne sera pas à Céline. Lorsque je parus prête à sortir, Camille me demanda la permission de me reconduire ; un regard que Céline lança, lui peignait combien elle se trouvait offensée de cette offre ; mais, comme j'avais accepté, il fallut bien qu'elle cachât son dépit, sauf à s'en dédommager au premier tête-à-tête.

Dès que nous fûmes sortis, je ne pus m'empêcher de plaisanter Camille sur sa nouvelle conquête, et sur l'embarras qu'avait causé ma présence. Avouez que vous m'en voulez bien, lui dis-je, d'avoir troublé ce charmant tête-à-tête, et surtout de l'espièglerie avec laquelle j'ai profité de votre distraction ?

— De quelle distraction parlez-vous ? me demanda Camille.

— De celle qui vous a fait m'offrir de m'accompagner.

— Oh ciel ! pouvez-vous appeler cela distraction ! croyez-vous que rien aurait pu me faire renoncer au plaisir d'être avec vous quelques instants de plus ? songez donc que voici la première fois que j'ai le bonheur de vous parler sans témoins.

— Ce bonheur pourra vous coûter cher ; car, quand on fait la cour à deux amies, il est bien difficile de n'en pas mécontenter une.

— Ce soupçon m'offense ; je n'ai jamais eu le désir de plaire à Céline, et son seul mérite à mes yeux est de vous être chère. Mais, dites-moi, charmante Julie, quand pourrai-je, délivré de tous témoins importuns, vous entretenir de l'amour dont je brûle pour vous ; quand pourrai-je…

— Quand je me rendrai chez Céline, lui répondis-je en l'interrompant.

— Hé quoi ! toujours chez Céline ! ne vous verrai-je jamais ailleurs ? Songez donc combien sa présence me fait souffrir, combien près d'elle j'éprouve de contrainte ; si mon cœur vole sur mes lèvres pour vous exprimer mon amour, il faut toujours qu'elle partage ce qu'il ne m'inspire que pour vous seule.

— Mais où pourrai-je donc vous voir ?

— Ce soin me regarde, promettez-moi seulement que demain ou tel autre jour, je vous trouverai dans un endroit convenu, accompagnée de votre fidèle Cécile ; la liberté que vous avez de sortir seule avec elle vous rend maîtresse de vos actions, et comme elle est instruite de mon amour, et vous a toujours servie avec zèle, vous n'avez rien à craindre de son indiscrétion. Fiez-vous donc à moi, ma chère Julie, et si vous m'aimez, prouvez-le moi.

— Je voulus en vain m'en défendre ; Camille me pressa si vivement de lui accorder un rendez-vous, il me promit d'être si respectueux, mon cœur plaida si fortement en sa faveur, que je finis par y consentir, en mettant toutefois pour condition expresse, que Cécile ne nous quitterait pas.

Dès qu'on nous sut de retour à Paris, nous fûmes accablées d'une foule de visites ; tout me promettait un hiver agréable ; mais les plaisirs que j'espérais goûter avec Camille surpassaient à mon gré ce que Paris pouvait m'offrir de plus délicieux.

Au jour marqué, je me trouvai au rendez-vous ; Camille m'y attendait avec une voiture de louage ; nous y montâmes Cécile et moi. Je n'y fus pas plutôt que je me repentis de cette démarche, et j'aurais payé de mon sang la liberté d'en sortir ; mais ces regrets étaient aussi inutiles qu'ils auraient paru peu sincères ; toutes les femmes, en pareil cas, font les mêmes simagrées, elles croient par-là donner plus de prix à la faveur qu'elles accordent ; mais ce moyen est tellement usé, que le repentir le plus véritable ne paraît aux yeux des hommes que le repentir le mieux imité. Cependant on ne pourrait, sans injustice, les blâmer d'être incrédules ; car il est certain que c'est lorsque les femmes désirent avec le plus d'emportement, qu'elles vantent le plus leur sagesse. Écoutez-les, la vertu semble être leur idole, rien ne les y feraient renoncer ; mais admirez ce nouveau culte, ce n'est point à l'idole que l'on sacrifie, c'est elle-même qui sert d'holocauste. Au moment où elle est expirante, on la pare, on chante ses louanges ; on semble craindre que la victime n'ait pas assez de prix, et la femme qui succombe pour la dixième fois, s'écrie encore comme à la première : Non, jamais je ne pourrai m'y résoudre.

Quant à moi, j'étais du très-petit nombre de celles qui craignent véritablement leur défaite. Je sentais que par mon imprudence je m'étais mise au pouvoir de Camille, et j'envisageais avec effroi le moment où j'allais me trouver seule avec lui. Je cherchais en vain les moyens d'échapper au péril dont j'étais menacée. Plus j'y réfléchissais, et plus la victoire de Camille me paraissait certaine : cependant je me promettais, s'il devenait trop téméraire, de me défendre comme s'il en voulait à ma vie.

— Plaisantes réflexions pour une femme de seize ans, qui s'en va déjeûner en partie fine avec le plus beau jeune homme de Paris !

— Au surplus, mes scrupules ne purent être pour Camille un sujet de plaisanteries. J'en sentais tout le ridicule, et je les cachais avec autant de soin qu'une autre en aurait pris à parler de ceux qu'elle n'aurait pas eus. Il me vint à l'esprit que le meilleur moyen de n'accorder que ce qui me plaisait, était de paraître disposée à tout accorder.

— Je serai doublement unique, me disais-je ; car on obtient d'une femme jusqu'à la dernière faveur, sans qu'elle ait jamais dit oui ; et moi je la refuserai toujours, sans avoir jamais dit non.

Camille avait fait de vains efforts pour me tirer de ma rêverie. J'entendais à peine ce qu'il me disait ; enfin la voiture s'arrêta devant une jolie maison : il me donna la main pour descendre ; je baissai mon voile qui ne me cachait pas assez au gré de mes désirs, et je le suivis en tremblant. Après avoir traversé plusieurs salons où régnait la plus grande élégance, nous entrâmes dans une espèce de boudoir qui semblait être le temple de la volupté. Des piles de carreaux étaient jetées sans ordre sur un divan dont la mollesse invitait à venir y prendre les plus doux ébats ; le plafond était tout en glace, et la tapisserie représentait quatre sujets tirés de la mythologie, aussi libres que bien exécutés ; enfin une profusion de fleurs qui semblaient avoir triomphé de la saison pour parer ce lieu charmant, répandaient un parfum délicieux qui achevait de porter le trouble dans tous les sens.

On nous servit un déjeûner exquis ; le vin de Champagne n'y fut pas épargné. Je me ressentis bientôt de l'effet de ce vin charmant ; mes craintes s'évanouirent, et, sans que je m'en aperçusse, firent place à la douce confiance et à l'aimable enjoûment. J'avais exigé que Cécile restât avec nous ! mais, en confidente discrète, elle s'était mise à la croisée ; et, comme les rideaux étaient fermés sur elle, il lui était impossible de nous voir. Camille, par sa gaîté, excitait encore la mienne ; il me faisait mille larcins qui semblaient le faire délirer. Le fruit qu'avait touché ma bouche était le seul dont il voulût goûter, et souvent il portait l'audace jusqu'à venir le prendre sur mes lèvres.

Nous n'avions qu'un seul verre pour nous deux : il me faisait toujours boire la première, puis il cherchait avidement l'empreinte légère que mon haleine y avait laissée. Ô vous ! femmes sensibles, qui avez intérêt à être cruelles, gardez-vous d'approcher vos lèvres de cette liqueur dangereuse ! C'est l'écueil de la vertu ; l'amant qui verse à grands flots ce nectar des humains, et toujours sûr de la victoire, Lorsque l'Amour trouve un cœur rebelle, lorsqu'il a vainement épuisé son carquois, il trempe une de ses flèches dans cette liqueur pétillante. Dès qu'on en est atteinte, le cœur s'enflamme, l'œil étincelle, et l'on brûle d'éteindre dans les plaisirs le feu dont on est dévoré.

Cécile, que sans doute son rôle n'amusait pas, s'était échappée sans que je m'en aperçusse. Camille me le fit remarquer avec un sourire malin. Pour l'en punir, je lui dis d'aller sur-le-champ la rappeler ; il se leva sans me le faire répéter. J'avoue que je ne pus m'empêcher de rire tout bas de cet excès de soumission ; mais rien ne fut égal à ma surprise, lorsque je le vis, au lieu d'exécuter mes ordres, fermer les verroux sur nous. Il revint aussitôt vers moi d'un air triomphant, puis me prenant dans ses bras, il me jeta sur le sopha. La chose était trop naturelle pour m'en scandaliser ; aussi cachai-je de mon mieux la frayeur que me causait ce préambule ; si l'attaque fut vive, la défense ne le fut pas moins. L'ennemi s'empara des alentours, mais il ne put parvenir jusqu'à la citadelle. Fidèle au plan que je m'étais tracé, je ne me défendais qu'en riant ; et toujours un baiser ou quelque tendre caresse accompagnaient le refus que je ne semblais faire qu'à regret. Camille, qui s'attendait à des torrens de larmes, à des accès de désespoir, ne fut pas peu surpris de me trouver si apprivoisée ; mais il le fut encore davantage, de voir que je me défendais si bien.

Il fallut enfin nous séparer. Camille ne pouvait s'y résoudre. Il voulait, disait-il, ne me quitter qu'en vainqueur ; mais je le menaçai, s'il me retenait encore, de n'y plus revenir. Il céda, et je m'en retournai mille fois plus gaîment que je n'étais venue. Mon triomphe surpassait mon espoir, et j'avais raison de m'en glorifier, car j'étais sûrement la première qui fût sortie vierge de ce boudoir. Camille ne savait s'il devait partager ou s'offenser de l'excès de mon enjouement. Il imaginait que je riais à ses dépens. J'ignore s'il se trompait ; mais ce qu'il y a de certain, c'est que je ne suis jamais revenue d'un rendez-vous que remplie de la gaîté la plus folâtre. Les plus grandes jouissances n'auraient pu égaler le plaisir que je goûtais à déjouer les espérances de ceux qui se flattaient de triompher de moi. Aussi le plus hardi en obtenait-il moins que le plus timide. Si j'eusse rencontré un homme assez modeste pour m'aimer sans rien espérer, sans doute celui-là seul aurait tout obtenu ; mais où trouver un pareil phénix ?

Ma tante allait voir souvent Mélanie (c'est ainsi que Rosine avait prié qu'on continuât de l'appeler). Elle se conduisait fort bien, et Rosa se flattait d'en faire une très-bonne religieuse. Cette vocation m'étonnait ; mais on avait vu, dans ce genre, des choses non moins extraordinaires, et les Madelaines sont sans doute les dévotes les plus ardentes. J'avais demandé plusieurs fois à ma tante la permission de l'accompagner, lorsqu'elle allait au couvent ; mes prières ne purent jamais l'y faire consentir ; c'était la première fois, je crois, que je la trouvais inflexible.

Saint-Albin, depuis son retour, avait repris toute sa gaîté ; n'ayant plus de desseins sur moi, et ne craignant plus d'éveiller les soupçons, il avait cessé de me traiter comme un enfant. J'étais, au contraire, le premier objet de ses galanteries ; mais son cœur n'y était plus pour rien ; ce n'était que le désir de faire briller son esprit. Heureusement je n'avais plus le moindre désir de lui plaire ; tous les hommes m'étaient devenus indifférens, je ne pensais plus, je ne vivais plus que pour Camille.

La cour de Céline n'était ni moins nombreuse ni moins folâtre que l'année précédente. J'étais toujours fêtée chez elle ; mais elle semblait enfin se lasser de l'enthousiasme que j'excitais. Rien ne plaisait autant que mon extrême ingénuité ; je disais les choses les plus piquantes avec un si grand air d'innocence, que les plus clairvoyans y étaient trompés. Ce contraste donnait tant de sel à mes saillies, qu'on s'en amusait de plus en plus. Céline ne pouvait me pardonner de fixer sur moi tous les regards ; chaque hommage que l'on me rendait était, selon elle, un vol fait à ses charmes. Elle se repentait de m'avoir admise dans une si grande intimité, et surtout de m'avoir confié ses secrets, car c'était le seul motif qui l'empêchait de rompre avec moi. Pour une femme aussi prudente, c'était l'avoir été bien peu ; mais elle ne s'était mise à ma discrétion que dans l'espoir de m'engager à l'imiter. Céline ne pouvait se consoler d'avoir échoué dans ses projets, et je crois que, si elle en eût trouvé l'occasion, elle m'aurait livrée à Précourt, sans le moindre scrupule. Dès qu'une femme a quelques fautes à se reprocher, il semble qu'elle devienne l'ennemie déclarée de la vertu. Sa plus grande occupation est de tendre des pièges à l'innocence ; son plus grand triomphe, de l'y voir tomber !

Cette idée m'a toujours révoltée. Mélanie, selon moi, se serait rendue plus coupable en servant les projets de Précourt, qu'elle ne l'avait été pendant tout le cours de sa vie.

Quoique je m'aperçusse du changement de Céline, mon affection pour elle n'en était pas moins vive. L'amitié a toujours été mon idole ; ce sentiment m'a fait faire autant de folies que l'amour en fait faire aux autres. J'ai souvent rencontré des amies fausses et perfides ; mais, loin de les haïr, je leur pardonnais de me tromper, en faveur de la douce illusion dont elles me faisaient jouir.

Camille me faisait tous les jours solliciter par Cécile de lui accorder un nouveau rendez-vous ; j'y consentis enfin, et, sans me promettre d'en rapporter un triomphe aussi complet que la première fois, je me laissai conduire au temple du plaisir.

Rassurée par mes derniers succès, je me livrai avec moins d'inquiétude aux caresses du charmant Camille ; l'obscurité qui régnait dans le boudoir, en favorisant sa témérité, semblait la rendre plus pardonnable. À chaque instant je devenais moins farouche ; la voix du plaisir commençait à se faire entendre à mon cœur, et je me livrais, avec une espèce de délire, à tous les jeux du folâtre Camille. Nous fîmes assaut de blancheur ; malgré la finesse de sa peau, la mienne était encore plus belle ; il convoitait depuis long-temps deux jolies pommes d'ivoire que je n'avais pas encore voulu lui livrer. Il s'avisa de me dire, en me montrant deux petits boutons de rose, que je n'en possédais pas d'aussi jolis ; aussitôt, piquée du défi, j'écartai mon fichu, et je lui prouvai que je ne l'emportais pas moins par le coloris que par la blancheur. L'heureux Camille, au comble de ses vœux, couvrit mon sein de ses brûlans baisers. Jamais faveur ne causa de plus vifs transports ; je crus qu'il allait expirer de plaisir.

Ah ! combien, sous ce maître habile, je me perfectionnai dans l'art de jouir ! Combien Camille était voluptueux ; comme il savourait jusqu'à la moindre caresse, et que de prix il savait lui donner ! Il semblait créer de nouvelles jouissances, il variait tout jusqu'aux baisers : tantôt sa bouche amoureuse ne faisait qu'effleurer la mienne ; il y déposait, il en recevait mille baisers dans un moment. Tantôt, il les prolongeait avec un art délicieux ; nos âmes semblaient se confondre, mon haleine était pour lui le souffle de la vie, et je ne respirais que l'air que sa bouche avait embaumé. Sa langue amoureuse excitait la mienne à lui rendre ses caresses : nos dents se frappaient doucement, et souvent dans un moment de délire, les siennes laissaient sur mes lèvres une légère empreinte qui en augmentait encore le vermillon. Il feignait quelquefois de se dérober à mes baisers, de se refuser à mes caresses : c'était alors que je devenais plus ardente. Plus il fuyait, plus je le poursuivais ; ma main timide encore, mais qui s'enhardissait par la résistance, se glissait furtivement, puis se retirait avec crainte, puis enfin s'écartait davantage et parcourait tous les trésors que l'on cherchait à lui ravir.

Heureux celui qui sent le prix de ces premières jouissances, qui sait différer le plaisir pour en augmenter la vivacité : c'est là vraiment savoir jouir !

— Ce n'est point à celui qui, doué d'une force d'Hercule, répète, sans s'émouvoir, une jouissance qui vous tue, que la palme de la volupté doit être donnée, c'est à celui qui sait prolonger le plaisir.

— Ces premières caresses avaient pour nous tant d'attraits, que Camille oubliait souvent dans mes bras qu'il n'était heureux qu'à moitié. Mais ces momens d'oubli ne faisaient que redoubler ses transports. Ses désirs, que tout contribuait à exciter, et qui n'étaient jamais satisfaits, se changeaient quelquefois en une espèce de fureur, il employait alors jusqu'à la force pour obtenir ce que je ne voulais pas accorder. Lorsque j'avais vainement essayé d'arrêter sa bouillante ardeur, j'avais recours aux larmes : aussitôt il revenait à lui et me demandait mille fois pardon de sa violence ; il séchait mes pleurs avec ses baisers, il me jurait de renoncer, si je l'exigeais, à cette précieuse faveur. Mais pourquoi, me disait-il, pourquoi me la refuser ? D'où vient cette étrange manie ? Pour qui réservez-vous ces prémices si chères ? M'en croyez-vous indigne ? Julie, vous ne m'aimez donc plus ?

— Je ne lui répondais que par mes brûlantes caresses, je lui fermais la bouche avec des baisers : comment aurait-il pu se plaindre encore ? Aussi ne se plaignait-il plus, ou du moins c'était d'une manière si touchante, qu'il en était plus aimable encore.

Jamais je n'eus d'amant si tendre et si emporté tout à la fois que l'était Camille ; il passait, avec la rapidité de l'éclair, de la fureur à la soumission, de la mélancolie la plus noire à la gaîté la plus vive. Si pendant un moment il montrait de l'indifférence, celui d'après était témoin des caresses les plus voluptueuses ; enfin Camille était un composé de tous les extrêmes. Mais cet assemblage bizarre d'agrémens et de défauts composait un tout si aimable, que je ne n'ai jamais rencontré d'homme qui possédât à un plus haut degré l'art de plaire, quoique j'en aie connu de plus parfaits.

J'ai assez souvent remarqué qu'un homme de quarante ans est beaucoup plus dangereux qu'un jeune homme. Camille, il est vrai, fut plus entreprenant qu'Adolphe ; mais il le fut moins que Saint-Albin. Dans la jeunesse on veut tout obtenir de l'amour. Ce n'est pas assez que d'être heureux, il faut encore que celle que l'on aime partage et la tendresse et le plaisir qu'elle inspire ; mais dans l'âge mûr les hommes ne sont pas si délicats, leur but est de jouir ; la manière de satisfaire leurs désirs leur importe peu, ils ne regardent les femmes que comme l'instrument de leurs plaisirs ; qu'elles les rendent heureux de force ou de gré, qu'elles partagent leur ivresse, ou n'en sentent pas la moindre émotion, pourvu qu'elles leurs aient fait goûter la félicité suprême, ils sont satisfaits.

Jamais je ne passai d'hiver plus agréable, jamais je ne fus plus complètement heureuse ; les bals, les concerts et les spectacles remplissaient une grande partie de mes momens, et partout ou j'étais invitée, j'avais le bonheur d'égaler ou de surpasser les meilleures cantatrices et les plus habiles danseuses. Mes succès redoublaient encore le goût naturel que j'avais pour ces deux arts, nous aimons toujours ce qui nous attire des louanges. J'avais pour amant l'homme le plus beau et le plus aimable que je connusse : nos rendez-vous, il est vrai, n'étaient pas fréquens ; mais cette rareté même augmentait le plaisir que nous avions à nous voir ; une seule chose me chagrinait, c'est que Céline que j'aimais avec la même tendresse, semblait de jour en jour devenir plus froide avec moi ; elle ne pouvait me pardonner la préférence que m'avait donnée Camille ; le goût qu'elle avait eu pour lui s'était passé en le satisfaisant, ainsi ce n'était plus la jalousie qui l'excitait contre moi ; mais mon crime n'en était pas moins présent à sa mémoire ; son amour-propre offensé lui demandait vengeance, et voici comment elle s'y prit pour le satisfaire.

Lorsque Céline m'avait quittée pour revenir à Paris, Dorval s'étant aperçu que sa place était prise, avait été chercher fortune ailleurs ; quand le nouveau caprice de Céline fut passé, ou plutôt que Camille l'eut abandonnée dans la crainte de me perdre, elle chercha à renouer avec Dorval ; mais n'ayant pu y réussir, elle prit pour amant un jeune homme nommé Félix, qui venait chez elle depuis peu de temps. Son choix n'avait été dicté que par le dépit, aussi fut-il des plus mauvais. Félix n'avait ni fortune, ni naissance, c'était un jeune aventurier dont le seul mérite était d'avoir un beau physique ; mais la bêtise perçait tellement à travers ses grands yeux noirs, sa bouche vermeille était si souvent béante, sa main blanche gesticulait toujours si mal-à-propos, toutes ses manières enfin étaient si gauches, que c'était un vrai modèle de ridicule. Quoi qu'il en soit, Céline en devint éperdûment amoureuse. D'abord elle se conduisit avec assez de prudence ; mais son amour s'augmentait au lieu de diminuer, elle voulut que Félix vînt la voir tous les jours. Ses assiduités furent enfin remarquées par la cousine de Céline, et bien que cette dame lui laissât la liberté de recevoir qui bon lui semblait, Félix se trouvait si déplacé chez elle, qu'elle en fut choquée ; elle fit part de son mécontentement à Céline, et lui dit de congédier Félix, ou qu'elle s'en chargerait elle-même. Celle-ci promit tout ce qu'on voulut ; mais les visites de Félix ne continuèrent pas moins ; cette dame finit par se fâcher sérieusement. Céline voyant qu'il n'y avait plus moyen de reculer, voulut au moins tirer parti du sacrifice que l'on exigeait d'elle ; comme sa cousine paraissait très-irritée, elle lui demanda mille fois pardon avec un repentir simulé, et lui assura que l'extrême amitié qu'elle avait pour moi avait seule été capable de la porter à la désobéissance ; je sens bien, ajouta l'insidieuse Céline, que j'ai eu tort de me prêter à cette intrigue, je ne l'aurais pas fait si j'avais pu prévoir qu'il en résulterait de si fâcheuses conséquences. Julie raffole maintenant de Félix, je l'ai mille fois désapprouvée, j'ai même été jusqu'à la menacer d'en avertir sa tante ; mais elle m'a pressée si vivement de lui garder le secret, que j'ai continué jusqu'alors cette coupable indulgence.

Céline mit dans ses discours un si grand air de bonne foi, que sa cousine en fut entièrement la dupe : tous ses soupçons se tournèrent sur moi ; elle alla jusqu'à s'étonner de n'avoir pas encore remarqué l'intelligence prétendue qui régnait entre moi et Félix, elle rappelait mille bagatelles, qui venaient à l'appui du récit de Céline, et jusqu'à l'air de mépris que j'affectais souvent en parlant à Félix, fut regardé comme une preuve incontestable de mon amour pour lui. Enfin Céline, pour achever de convaincre sa parente, joignit à ce beau roman tant d'anecdotes scandaleuses dont elle me faisait l'héroïne, que cette dame, outrée d'avoir reçu chez elle une femme telle qu'on me dépeignait, déclara qu'elle n'entendait pas qu'il y eût aucune liaison entre Céline et moi, et que l'amant et la maîtresse pouvaient aller chercher ailleurs une maison commode : je ne leur pardonnerai jamais, ajoutait-elle, d'avoir choisi la mienne pour le lieu de leur rendez-vous ; au surplus, j'instruirai madame Adam de l'inconduite de sa nièce. Ces derniers mots remplirent Céline de craintes ; une explication aurait tourné contre elle son odieuse calomnie ; car il m'eût été facile de me disculper, et combien alors elle eût paru méprisable !

Aussi employa-t-elle toute son éloquence pour dissuader sa cousine de parler à ma tante de mes prétendues fautes ; l'extrême amitié qu'elle feignit d'avoir pour moi lui fournissait de brillans prétextes ; elle se donnait à peu de frais des airs de générosité. Enfin Céline fit si bien que sa cousine, touchée de son bon cœur, lui promit de garder le silence.

Une visite que je fis le jour même à Céline pensa faire découvrir son affreux mensonge, tout autre à ma place n'eût pas manqué sans doute de le tourner contre elle, c'était la moindre vengeance que l'on en pût tirer. Lorsque j'arrivai chez Céline, on me dit qu'elle était sortie ; je m'apprêtais à sortir lorsque sa cousine parut et me pria d'entrer un instant ; cette demande et l'air sévère dont elle fut accompagnée me causèrent une égale surprise. Je cherchais en vain à deviner ce que cette dame avait à me dire, elle ne me laissa pas long-temps en suspens. Dès que nous fûmes assises, elle me raconta, dans des termes assez peu ménagés, tout ce qu'elle avait appris sur mon compte : elle me prodigua des reproches amers, et combla Céline des plus brillans éloges. L'étonnement que me causa d'abord une accusation si imprévue et si peu fondée, put me donner l'air coupable, du moins ce fut ainsi que mon juge interpréta mon émotion je m'aperçus de son erreur, mais loin d'essayer de la détruire, je voulus bien laisser prendre mon silence pour un aveu tacite. Je ne pouvais me disculper sans perdre Céline, et quoique son indigne procédé me perçât le cœur, je ne pus me résoudre à m'en venger d'une manière aussi cruelle. Qu'on me croye coupable ou non, me disais-je, je n'en ai pas moins perdu mon amie ; que me fait l'opinion de sa cousine ? presque rien ; mon amour-propre seul me porte à la désabuser ; mais irai-je donc, pour le satisfaire, ôter à Céline la seule protectrice qu'elle ait au monde ? Non, je n'aurai pas un tel reproche à me faire ; son ingratitude ne m'autorise pas à l'imiter, quel que soit le motif qui l'ait portée à me calomnier ainsi, je le lui pardonne, je ne serai jamais pour elle une source de chagrin.

Ces réflexions me donnèrent le courage d'écouter jusqu'au bout un sermon des plus ennuyeux ; lorsque je crus qu'il n'était plus possible d'y rien ajouter, je me levai froidement, et plus froidement encore j'assurai que je ne comprenais rien aux crimes dont on m'accusait, mais qu'au surplus je ne prendrais pas la peine de me disculper. Cette manière hautaine servit encore à confirmer les accusations de ma perfide amie ; enfin je m'en allai, laissant sa cousine confondue de l'excès de mon assurance.

De retour à la maison, je me livrai toute entière à la douleur d'avoir perdu mon amie : ses mauvais procédés m'irritaient moins qu'ils ne m'affligeaient, mon cœur se brisait à l'idée de ne la plus revoir ; en vain me répétais-je qu'elle était indigne de l'attachement que j'avais pour elle, j'aurais voulu l'ignorer encore, j'aurais voulu qu'elle me trompât toujours.

Pour surcroît de malheur, le printemps approchait, et ma tante parlait déjà de retourner à Marseille. Perdre mon amie, quitter Paris, abandonner Camille, n'était-ce pas là le comble de l'infortune ?

Cette terre, où j'avais passé des instans si doux, ne me paraissait plus qu'une solitude affreuse, lorsque je la comparais à Paris. Je n'étais plus d'humeur à courir après des papillons, il me fallait des plaisirs plus solides ; disons mieux, il me fallait des amans. Être fêtée, adulée, courtisée, me paraissait le bien suprême, et je ne pouvais penser sans frémir à l'instant où je cesserais d'être environnée d'une cour nombreuse. L'idée de quitter bientôt Camille me le rendait plus cher encore ; nos rendez-vous étaient plus multipliés ; j'espérais, en le voyant souvent, épuiser, pour ainsi dire, l'amour dont je brûlais pour lui ; mais il nous restait trop à désirer pour que la satiété vint affaiblir la passion que nous avions l'un pour l'autre : aussi le moyen dont je me servais pour l'éteindre, ne faisait que l'irriter davantage. Ivre d'amour, brûlante de désirs, je fus vingt fois sur le point de tout accorder à Camille. J'ignore comment j'eus la force de lui résister ; comment avec des sentimens aussi vifs, un amant aussi beau, aussi pressant, dont les seuls baisers me causaient une véritable ivresse, j'ignore, dis-je, ce qui put m'empêcher de me livrer toute entière. C'est un miracle, me direz-vous ; mais, mon cher Armand, avoir su vous résister est-il moins extraordinaire ?

Le jour de notre départ fut enfin fixé. Lorsque Camille le sut, son désespoir surpassa tout ce qu'on peut imaginer ; ma douleur n'était pas moins excessive. Nous passâmes plusieurs heures à gémir, à nous désoler, nous n'imaginions point de termes à nos maux ; pour moi, je les croyais vraiment sans remède. Camille me jura mille fois que ses regrets et son amour seraient éternels ; je ne jurai rien, cela me donna sur lui l'avantage de n'être point parjure.

Nous partîmes, regrettant et regrettées de tous nos amis. Pendant la route, je parus inconsolable ; mais arrivée à Marseille, où ma tante avait résolu de passer quelque temps pour revoir ses anciennes connaissances, les hommages que je reçus de tous les hommes me firent bientôt oublier Camille, Paris, et tous ceux que j'y avais laissés. Il y avait dix-huit mois que j'avais quitté Marseille, ce temps avait produit en moi les changemens les plus heureux ; j'avais acquis ce degré d'assurance qui souvent tient lieu d'esprit, et qui double celui qu'on a. La certitude de plaire ajoutait à ma gaîté, mes saillies étaient d'autant plus vives et d'autant plus fréquentes que je me permettais tout ; malheur à qui me déplaisait ; je ne ménageais que ceux dont je me croyais aimée, et comme aucun ridicule ne m'échappait, les autres étaient continuellement exposés à mes sarcasmes. Ces manières m'attirèrent bientôt la haine de toutes les femmes ; mais les hommes me portaient aux nues. J'étais divine, céleste ; rien n'étaient plus piquant, plus aimable que moi ; enfin je devins tellement à la mode, que tous les hommes de Marseille s'empressaient de se faire présenter chez ma tante. Un tel enthousiasme ne pouvait manquer de me plaire, aussi les Marseillais surpassaient, à mon avis, tous les peuples de l'univers.

Un seul homme ne paraissait pas et c'était précisément celui que je désirais le plus. Adolphe, mon cher Adolphe, n'était pas encore venu chez ma tante, et je ne sais quelle crainte m'empêchait de demander de ses nouvelles ; je brûlais de me retrouver avec lui, de lui dire… que j'avais suivi ses conseils, que j'étais vierge encore ; que malgré les écueils dont j'avais été environnée, malgré mes propres désirs, j'étais sortie victorieuse de tous les combats ! Le plus grand plaisir que je m'étais promis, en résistant, était la haute idée qu'Adolphe en devait prendre de moi. Désolée de ne pas le voir, je voulus enfin en savoir la cause, et j'appris que depuis trois mois il avait quitté Marseille ; je ne peux dire combien cette nouvelle me désespéra ; le séjour de cette ville semblait m'avoir rendu tout l'amour que j'avais eu pour lui. Je n'ai jamais rien désiré modérément ; j'aurais donné la moitié de mon existence pour me trouver une heure avec Adolphe : voyant que j'essayais en vain de l'oublier, et que rien ne pouvait le remplacer près de moi, je résolus de lui écrire pour l'engager à hâter son retour. S'il m'aime encore, me disais-je, il volera dans les bras de sa Julie, et s'il ne vient pas, la certitude de n'être plus aimée me guérira bien vîte de mon fol amour. Enchantée d'avoir trouvé un moyen qui me paraissait infaillible, j'écrivis ce peu de mots : « Adolphe, je brûle de te voir ; hésiteras-tu à revenir, lorsque tu sauras que, malgré Paris et mes dix-sept ans, je suis Julie toujours vierge ?»

— J'attendais avec anxiété la réponse d'Adolphe ; mais quelle fut ma joie, quel fut mon ravissement, lorsque je le vis arriver lui-même ?

— La célérité qu'il avait mise à revenir ne me permettait plus de douter de son cœur ; nous pensâmes tous deux mourir de plaisir en nous revoyant. Est-ce bien toi, Julie ? me disait-il en me pressant dans ses bras. N'est-ce pas un prestige ? Des rêves flatteurs m'ont tant de fois présenté ton image chérie, que je crains encore que ce soit une illusion.

Il fallut lui raconter tout ce qui m'était arrivé à Paris. Mes brûlantes caresses lui prouvèrent que je n'avais pas été sage par tempérament ; j'en eus plus de mérite à ses yeux : cependant il pensa se repentir des principes qu'il m'avait donnés ; il voulut du moins que j'y renonçasse en sa faveur. Que risques-tu ? me disait-il ; résiste à tout l'univers ; mais sois tout entière à moi. Sans les conseils de ton Adolphe, te serais-tu jamais distinguée des autres femmes ? N'est-ce pas à lui que tu dois ta supériorité ? Veux-tu donc, pour un aussi grand bienfait, le punir au lieu de le récompenser ?

— Mon cher Adolphe, lui répondis-je, ne te souvient-il plus de m'avoir dit qu'une femme initiée à ce délicieux mystère, essayerait en vain de résister au plaisir ? Puisque je ne pourrais t'accorder les faveurs que tu désires qu'en perdant tout l'empire que j'ai sur moi-même, il faut y renoncer : voudrais-tu détruire ton ouvrage ?

— Mes caresses eurent plus de pouvoir que n'en auraient eu les meilleures raisons du monde ; je lui prouvais que pour le rendre heureux, je n'avais pas besoin de lui tout accorder. Nos plaisirs surpassèrent ses espérances, et je le forçai de convenir que j'avais eu raison de lui résister.

Je passai six semaines à Marseille de la manière la plus agréable. Nous voyions les hommes les plus distingués de la ville. Je les recevais tous également bien ; le plus grand nombre se croyait sûr de me plaire. Je leur laissais cette douce erreur ; mais j'étais bien décidée, quoiqu'il y en eût plusieurs de très-aimables, à n'en distinguer aucun. Ces nombreuses conquêtes flattaient ma vanité ; mais Adolphe seul avait trouvé le chemin de mon cœur.

Nous étions prêts à partir pour la terre de ma tante, lorsqu'elle reçut une lettre d'un des amis de mon père, qui l'informait que M. d'Irini avait perdu sa femme, que lui-même était très-mal, et qu'il désirait nous voir toutes deux. Le danger de mon père réveilla dans mon cœur toute la tendresse que son indifférence m'avait forcé d'étouffer depuis long-temps. Rosa, qui avait toujours beaucoup aimé son frère, fut aussi désespérée que moi. Nous résolûmes de partir dès le lendemain ; ces vingt-quatre heures me parurent un siècle, j'aurais voulu me mettre en route à l'instant même.

Ni les plaisirs de Marseille, ni même Adolphe, que j'aimais avec délire, ne me causèrent le moindre regret : mon père seul occupait ma pensée. Tout l'univers disparaissait devant lui : je le voyais pâle, souffrant, prêt à rendre le dernier soupir. Ah ! que ce voyage fut long et douloureux ! Peut-être, hélas ! n'ai-je plus de père ! m'écriai-je en sanglottant ; peut-être ne trouverons-nous plus qu'un corps froid, inanimé !

Ma tante s'efforçait de me calmer ; mais elle conservait si peu d'espoir, qu'elle pouvait à peine ranimer le mien.

Enfin, nous arrivâmes à Naples, et, sans perdre un instant, nous nous fîmes conduire à l'hôtel de M. d'Irini. Qu'on se figure mon effroi, mon désespoir, lorsqu'à l'entrée de la rue où demeurait mon père, notre voiture fut arrêtée par un convoi funèbre ! À cette vue, ne doutant plus de mon malheur, je jetai un cri perçant, et je tombai évanouie dans les bras de Rosa.

Lorsque je revins à moi, je me trouvai dans le même salon et sur le même sopha où j'avais vu madame d'Irini pour la première et la dernière fois. J'étais entourée d'un grand nombre de domestiques, tous en habit de deuil. Mes yeux les interrogèrent long-temps avant que j'osasse ouvrir la bouche. Je craignais de leur entendre confirmer mon malheur : enfin, jetant les yeux sur un portrait de mon père, qui se trouvait devant moi, je m'écriai douloureusement : « Je ne le verrai donc plus ! »

— « Vous le verrez, me répondit une femme occupée à me faire respirer des sels ; il vient, au moment même, de vous envoyer demander. »

— « Se peut-il ! m'écriai-je en me relevant précipitamment ; quoi ! mon père vivrait encore ! »

— L'excès de mon ravissement fut égal à celui de ma douleur. Je me fis conduire auprès du lit de mon père, et je me précipitai sur sa main qu'il me tendit avec bonté. Mais combien ma joie fut courte et quel spectacle affreux m'offrit mon père ! Il était pâle, décharné ; sa voix était si faible, qu'on l'entendait à peine. Il semblait que nous n'étions arrivées que pour être témoins de son heure dernière. Nous fûmes, pendant plusieurs jours, à craindre continuellement pour sa vie. Ses médecins avaient perdu tout espoir. Je ne m'éloignais pas de son lit un seul instant ; je ne souffrais pas qu'une autre lui présentât le moindre breuvage. Il prenait tout de ma main, et souvent mes larmes coulaient sur ses joues flétries. Enfin, une crise heureuse vint rendre mon père à la vie, et nous délivrer de nos cruelles anxiétés. Les médecins déclarèrent qu'il n'y avait plus de danger, mais que sa convalescence serait extrêmement longue. La certitude de le conserver me fit renaître avec lui. Je redoublai de soins, de vigilance. Malgré les remontrances de Rosa, je voulus coucher dans sa chambre. J'étais attentive au moindre bruit. S'il se plaignait, s'il respirait avec difficulté, je me levais, inquiète, tremblante, marchant sur la pointe du pied, j'allais ouvrir doucement ses rideaux. Que de fois, tombant à ses genoux, et levant les mains vers le ciel, je le suppliai, avec une ferveur que je n'avais jamais connue, de me conserver mon père !

M. d'Irini paraissait extrêmement sensible à la tendresse que je lui témoignais. Cette longue maladie semblait avoir réveillé dans son cœur ces douces émotions de l'amour paternel, qu'il n'avait peut-être jamais éprouvées. Que de jouissances nouvelles et délicieuses je goûtai pendant le peu de mois que dura la convalescence de mon père ! L'amour que j'avais pour lui éteignait en moi tout autre sentiment. Un sourire, un baiser, la moindre de ses caresses, me paraissait le bonheur suprême ; mon seul désir était de lui plaire, ma seule étude, de l'amuser. Je lisais auprès de son lit pendant des heures entières : s'il se hasardait à sortir, je guidais ses pas chancelans. Je chantais, je jouais ses airs favoris ; enfin, tous mes momens étaient dévoués à cet être chéri.

M. d'Irini, en recouvrant la santé, reprit en même temps sa froideur naturelle. L'affection qu'il m'avait montrée, diminuait en proportion de ce que mes soins lui devenaient moins utiles. Il finit par me traiter avec une hauteur et une rigidité qui me furent d'autant plus sensibles que ces manières étaient tout-à-fait nouvelles pour moi. Ce changement me causa le chagrin le plus vif. Je m'efforçai de fléchir ce caractère altier par la soumission la plus entière et les démonstrations de la tendresse la plus excessive. Je me flattais en vain de pouvoir l'adoucir : M. d'Irini était trop égoïste pour aimer jamais d'autre que lui.

Lorsqu'il fut entièrement rétabli, ma tante, qui n'était pas non plus fort bien traitée, jugea qu'un prompt départ serait également agréable à tous les trois. Elle fit part à M. d'Irini du dessein qu'elle avait de retourner à Marseille. Il lui répondit qu'elle en était la maîtresse, mais qu'il avait résolu de me garder avec lui. Qu'on se figure le chagrin de Rosa, en apprenant cette triste nouvelle. Comment se séparer de sa chère Julie ? N'était-ce pas son seul bien, son unique consolation ?

Ce fut en vain qu'elle supplia M. d'Irini de lui rendre sa fille adoptive. Ses larmes même ne purent le toucher. Il alla jusqu'à trouver mauvais qu'elle voulût insister. Rosa, ne conservant plus aucun espoir, se décida à lui proposer de nous suivre en France. Mon père parut se radoucir, et lui promit de l'accompagner. Ah ! ma fille, s'écria Rosa, en me serrant sur son cœur, je ne te quitterai donc pas !

J'étais si émue, que je ne pus lui répondre que par mes caresses et mes larmes. Cette scène sembla déplaire au frère de Rosa. Je vous laisse, s'écria-t-il avec un air de dédain, jouir de votre félicité ; je craindrais que ma présence ne la troublât. Nous ne fîmes rien pour le retenir ; il n'avait que trop bien deviné.

L'extrême froideur de mon père devait nécessairement détruire l'amour excessif que j'avais conçu pour lui. Dès qu'il cessa d'être mon idole, le désir de plaire se réveilla dans mon cœur avec une force nouvelle ; mais en vain regardais-je autour de moi, le temps des amours semblait être passé. Le palais de M. d'Irini était un vrai désert ; la jeunesse folâtre en était bannie : au lieu de cette agaçante familiarité qui régnait chez Céline, et de cette gaîté décente qui faisait le charme de la société de Rosa, on n'apercevait sur tous les visages que la contrainte et l'ennui. Le deuil de mon père durait encore ; cette situation ne lui permettait de recevoir que ses plus proches parens, et leur société me déplaisait à un tel point, que la solitude me semblait préférable. Il était pourtant décidé que nous passerions encore trois mois dans ce triste séjour, temps nécessaire pour terminer les affaires de M. d'Irini avec la famille de sa femme.

Adolphe, mon cher Adolphe ! tu m'attendais vainement ; l'espoir même de te revoir était perdu pour moi. Nous devions retourner à Paris, sans nous arrêter à Marseille : ce plan me désespérait ; mais mon père l'*avait résolu*, et ses arrêts étaient irrévocables.

Ma solitude me devenait de jour en jour plus insupportable : je ne jouissais plus que par des souvenirs ; et qu'est-ce que des souvenirs à dix-huit ans !

Un jour, en ouvrant le miroir de ma toilette, je fus très-surprise d'y trouver une lettre : je la lus avec empressement ; c'était une déclaration d'amour faite avec tant d'esprit, qu'elle me donna la meilleure opinion de celui qui l'avait écrite. Cette lettre n'était pas signée, et je cherchai vainement qui pouvait en être l'auteur. Je sonnai Cécile (qui m'avait suivie a Naples), ne doutant pas qu'elle ne fût instruite, car elle seule pouvait avoir mis ce papier où je l'avais trouvé. Mais Cécile, à mon grand regret, protesta ne rien savoir. Mon incertitude et ma surprise redoublèrent encore le lendemain, en trouvant une seconde lettre au même endroit, quoique j'eusse ôté la clef du cabinet. Le jour suivant j'ordonnai à Cécile de ne pas le quitter. J'espérais par-là découvrir le mystère ; mais mon attente fut encore trompée. Ce fut dans mon forté-piano que je trouvai l'épître. On m'y conjurait, dans les termes les plus tendres, de daigner y répondre, et l'on m'indiquait, pour déposer ma lettre, un arbre creux qui se trouvait au bout du jardin de mon père. Sans réfléchir à quoi je m'exposais, j'écrivis au mystérieux personnage un billet où je lui laissais voir l'étonnement que me causait sa conduite, et j'ajoutais que l'empressement que je daignais montrer à le connaître, en lui ôtant tout motif de crainte, ne lui en laissait aucun pour garder l'incognito.

Notre correspondance dura quelque temps, l'inconnu alléguait toujours la crainte de n'être pas aimé, et moi l'impossibilité de donner mon cœur à un homme que je ne connaissais pas. Ma curiosité était à son comble ; pour la satisfaire, j'aurais donné ma vie, c'est-là où l'on voulait m'amener. J'avais été quelques jours sans recevoir de lettres, je commençais à en concevoir de l'humeur, lorsque je trouvai à la place accoutumée un billet qui ne contenait que ces mots : « Si le désir de me connaître est aussi vif que vous daignez me l'assurer, venez ce soir dans la grotte qui termine le jardin de votre père ; j'ai choisi cet endroit à raison de son obscurité ; si le motif qui me décide était pour vous un obstacle, amenez votre femme de chambre. »

N'écoutant que ma curiosité, je me rendis le soir même à la grotte, accompagnée de ma fidèle Cécile qui resta en dehors pour faire le guet.

Les sinuosités de la grotte en rendaient l'intérieur absolument obscur ; elle était terminée par un lit de mousse, qui n'aurait sûrement pas eu moins de mystères à révéler que le joli sopha rose ; je m'avançai lentement jusqu'au fond de la grotte ; étonnée de ce que l'inconnu ne venait pas à ma rencontre, j'allais m'asseoir lorsque je me sentis presser dans les bras d'un homme, et à l'instant même, un second me mit un mouchoir dans la bouche, et l'attacha de manière à me faire perdre la respiration ; une porte qui m'était inconnue s'ouvrit aussitôt, une berline nous y attendait ; les deux inconnus m'y firent monter, on baissa les stores, et nous nous éloignâmes avec la plus grande rapidité. Au bout de deux heures, la voiture s'arrêta, nous descendîmes dans une maison qui me parut absolument isolée ; l'un des deux inconnus me fit entrer dans un appartement meublé avec élégance ; là, on dénoua le mouchoir qui me fermait la bouche ; dès que j'eus recouvré l'usage de la parole, je m'en servis pour demander du ton le plus menaçant de quel droit on osait me priver de la liberté. Du droit du plus fort, me répondit-on ; du droit dont votre père s'est prévalu pour exercer la plus féroce de toutes les vengeances !

— Ciel ! que va devenir Rosa ? m'écriai-je en fondant en larmes, lorsqu'elle ne retrouvera pas son enfant chéri !

— Et vous ne vous inquiétez pas de ce que deviendra votre père, reprit l'inconnu d'un air inquiet et farouche ? hé quoi ! lorsque j'ai cru frapper ma victime dans l'endroit le plus sensible, me serais-je donc trompé ?

— Mais bénissez le ciel, poursuivit-il en se radoucissant, de ce qu'au lieu d'un tyran cruel, tel que devrait l'être pour vous le plus ardent ennemi de votre père vous ne trouvez en moi qu'un homme prêt à vous pardonner si vous consentez à satisfaire ses désirs ; j'avoue que la vengeance est le seul motif qui m'ait porté à vous enlever ; j'ai cru que je détruirais à jamais le repos de votre père, en lui ravissant sa fille unique ; j'avais des projets dont l'idée seule maintenant me fait frémir ! mais Julie, adorable Julie ! daignez partager un amour, hélas ! trop indigne de vous ; et le malheureux Alberti ne vivra plus que pour vous adorer.

La personne d'Alberti n'avait rien qui pût contribuer à l'horreur que ses premières paroles m'avaient inspirée ; il avait au plus trente ans, sa taille était haute et bien prise, ses grands yeux noirs avaient un éclat que l'on pouvait à peine soutenir, sa bouche était vermeille et garnie des plus belles dents du monde ; je ne pouvais douter de son esprit, ses lettres étaient très-bien écrites ; il voulait se venger de mon père, mon père était donc l'agresseur ? Alors l'action d'Alberti me paraissait moins criminelle, mon examen et mes réflexions furent aussi rapides que l'éclair ; et me voyant en sa puissance, je crus, comme le disait le frère de Mélanie, qu'il valait mieux subjuguer mon maître que de l'irriter.

Laissant donc de côté tous ces sentimens sublimes que ne manquent jamais d'avoir les héroïnes de romans, je ne rougis pas de baisser le ton, et j'eus le plaisir de voir à mes pieds celui que peut-être j'aurais été forcée d'implorer à genoux, si j'avais employé moins d'adresse.

Alberti me quitta aussi enchanté de mon esprit, que reconnaissant de la douceur que je lui avais montrée, douceur à laquelle il ne devait sûrement pas s'attendre. On m'enferma dans mon appartement, où je restai seule jusqu'au lendemain soir. Que cette journée me parut longue ! je n'en avais jamais passé de pareille ; je n'avais aucune ressource qui pût tromper l'ennui cruel dont j'étais dévorée, aucun livre, aucun instrument de musique : je m'en plaignis aux gens qui vinrent me servir ; mais je n'en fus pas plus avancée ; ils me répondirent que leur maître ne leur avait donné aucun ordre à ce sujet.

Ce fut avec une véritable impatience que j'attendis l'arrivée d'Alberti. Il m'avait dit qu'il reviendrait le soir ; ma solitude me déplaisait tellement, que sa présence même me semblait devoir l'embellir. Son intention, en me privant de toute espèce de distraction, avait été de se faire désirer : ce moyen était infaillible.

Alberti revint le soir comme il l'avait promis. Sa parure était recherchée ; mais il avait un air sauvage qui me fit douter qu'il eût pris ce soin pour me plaire. La colère, le désir et la crainte se peignaient tour-à-tour dans ses traits ; et cet homme que la veille je croyais avoir soumis, me paraissait plus redoutable que jamais.

J'avoue que je me sentis intimidée ; je craignais que les projets affreux dont il m'avait parlé le jour précédent, ne lui revinssent à l'esprit. Je me gardai bien de lui laisser apercevoir mes soupçons, et je m'efforçai de dissiper la rêverie à laquelle il était en proie. Mes soins furent inutiles, à peine en étais-je écoutée. La contagion me gagna, et nous gardâmes tous deux le silence. Soudain Alberti se leva d'un air égaré, et jetant sur moi des regards terribles : Oui, s'écria-t-il, elle périra !

— Quelque coupable que soit mon père, m'écriai-je, craignez de vous rendre encore plus coupable en me faisant subir les peines d'un crime que j'ignore ! Hé ! comment pouvez-vous m'en rendre responsable, moi qui vous aimai avant de vous connaître, et qui vous aime encore après avoir acquis le droit de vous haïr ! Vous m'aimiez ! vous pourriez m'aimer encore ! répéta-t-il avec émotion ; ah ! Julie, si je pouvais me le persuader un moment ! Mais que dis-je ? prouvez-le moi à l'instant même, prouvez-le moi.

À ces mots, Alberti me prit dans ses bras et fit un mouvement pour m'entraîner sur mon lit ; saisie d'un effroi que l'idée même de la mort n'avait pu m'inspirer, je jetai un cri perçant et je m'élançai loin de lui.

— Ne craignez rien, me dit Alberti, avec une fureur concentrée, le barbare d'Irini, par un crime exécrable, m'a ravi jusqu'au moyen de satisfaire mon amour et ma haine !

Ce n'est plus que dans le sang que je dois laver mon injure, il périra !

— L'excès de ma frayeur me fit évanouir : lorsque j'ouvris les yeux, je n'aperçus que le furieux Alberti, je les refermai pour ne le plus voir. Ce n'était pas assez, au gré de mes désirs ; j'aurais voulu pouvoir m'empêcher de l'entendre.

Mais quelle fut ma surprise, lorsqu'au lieu de cette voix foudroyante, qui avait porté la mort dans tous mes sens, Alberti m'adressa la parole avec des accens qui pénétraient jusqu'à mon cœur. Ô vous que je voudrais haïr, et que je ne puis qu'aimer ! me disait-il en me pressant sur son sein, Julie, pardonnez-moi des fureurs que vous seule étiez capable d'adoucir ; si vous connaissiez l'étendue de mes maux, si vous saviez ! Mais à quoi servirait-il de vous apprendre ce fatal secret, je suis maintenant pour vous un objet de crainte, je ne serais plus qu'un objet de mépris ! Julie, Julie ! il pousse un soupir qui retentit jusqu'au fond de mon cœur. Pendant mon évanouissement, il s'était emparé de moi en vainqueur, sa bouche se colla sur la mienne, sa main s'empara du reste de mes charmes : il était brûlant de désirs, et ses yeux étaient remplis d'amour. Tant d'ardeur excita bientôt en moi les sensations les plus voluptueuses : alors, par un mouvement spontané, ma bouche répondit à la sienne, mes bras l'entourèrent, et oubliant à la fois et ses fureurs et mes dangers, je ne songeai plus qu'à mon ivresse. Ses lèvres amoureuses et volages me couvraient de ses brûlans baisers ; mon sein semblait être pour lui la source des désirs, il en pressait avec fureur le bouton délicat ! bientôt il déchira la batiste légère, qui seule s'opposait encore à ses regards avides. Cette nudité, tout à fait nouvelle pour moi, fit pousser un dernier cri à la pudeur expirante ; je me repliai sur moi-même, dans l'espoir de cacher une partie des attraits que le téméraire Alberti venait de découvrir. Ce mouvement si naturel tourna, malgré moi, au profit de la volupté ; la bouche d'Alberti se trouva dans l'endroit que sa main occupait peu d'instans auparavant, et celle-ci se réfugia vers deux formes rondes, dont les charmes irrésistibles ont fait souvent commettre des méprises volontaires.

Je n'avais jamais éprouvé de sensations aussi fortes ; ce passage subit, de la crainte de la mort aux délices de la volupté, semblait m'avoir créé de nouveaux sens pour jouir. L'excès du plaisir ne servit qu'à m'en faire désirer de plus grands encore. Oubliant en un instant tous mes principes, oubliant même que j'eusse jamais résisté, je ne songeai plus qu'à hâter ma défaite ; j'attirai doucement Alberti vers moi, sa bouche ne pouvait se détacher du sanctuaire de l'amour. Enfin, je respirai de nouveau son haleine ; tout mon corps tressaillit en se sentant pressé par le sien, je serrais entre mes bras ce fardeau précieux. Mais ce bonheur suprême, qui nous met au niveau des dieux, cette jouissance unique que j'avais si souvent refusée et que j'étais prête à implorer, hélas ! je la désirais en vain ! Alberti semblait vouloir venger son sexe ; je l'aurais cru, si des larmes brûlantes, qui tombèrent sur mon sein, ne m'avaient convaincue qu'il souffrait encore plus que moi.

N'écoutant plus que les transports qui m'animaient, je voulus connaître la cause de la singulière conduite d'Alberti ; ma main, retenue jusqu'alors par la timidité, se glissa furtivement vers l'objet de mes plus chers désirs : mais que devins-je, en n'apercevant aucuns signes de cette heureuse contraction que je faisais toujours naître !...

— Outrée de ce que je prenais pour un défaut de désir, je repoussai Alberti loin de moi. Oh ! ne me repoussez pas avec ce mépris, s'écria-t-il, plaignez plutôt un malheureux que la jalouse fureur de votre père a réduit dans cet affreux état !

— Comment, lui répliquai-je, étonnée de ce que je venais d'entendre, et ce que pourtant tout autre à ma place aurait deviné depuis long-temps, mon père aurait pu !... Je craignis un instant que sa fureur ne recommençât ; je mis tout en usage pour le calmer, j'y réussis au-delà de mes espérances. Quoi ! s'écriait-il, vous ne me trouvez pas indigne de votre tendresse ! Ma disgrace vous est connue, et vous me donnez des baisers, vous permettez mes caresses ! Ah ! Julie, que ne puis-je, par un miracle d'amour, vous prouver ce que tant de bontés excitent en mon âme !

— Lorsque j'eus recouvré mon sang-froid, je rendis grâces à mon étoile de m'avoir préservée de ce nouveau danger ; c'était la première fois que je consentais à me rendre, et pour la première fois, un obstacle aussi imprévu qu'insurmontable m'avait arrêtée sur le bord même du précipice ! Combien peu de femmes, à ma place, auraient tiré si bon parti d'un semblable accident ?

Après avoir épuisé tous le plaisirs qui étaient en notre puissance, les épanchemens de l'amitié remplacèrent le délire de l'amour. Ce fut alors que je demandai à Alberti ce qui avait porté mon père à exercer sur lui une vengeance aussi cruelle.

« M. d'Irini, me répondit-il, car je veux oublier qu'il est votre père, épousa, il y a neuf ans, une femme dont j'étais très-amoureux. J'étais sur le point d'obtenir la main d'Alcine, lorsqu'il se présenta ; j'avais alors peu de fortune, ce motif décida les parens de ma maîtresse à me préférer mon rival. Elle-même, éblouie par le luxe qu'affichait M. d'Irini, se prêta sans répugnance à leur nouveau projet. Cette préférence excita d'abord toute ma colère ; mais Alcine fut si cruellement punie de son ingratitude envers moi, que je finis par la plaindre et lui pardonner.

» Six mois après ce mariage, le bonheur d'Alcine s'était évanoui, ou plutôt, depuis ce fatal hymen, elle ne le connut jamais. La hauteur et les caprices de d'Irini le rendaient, pour sa femme, un objet d'aversion : il y joignit bientôt une froideur à laquelle une femme aussi belle qu'Alcine ne devait pas s'attendre.

» Depuis le mariage de madame d'Irini, j'avais cessé de la voir ; je la rencontrai par hasard : je l'aimais encore. Son air triste me fit deviner aisément qu'elle n'avait pas trouvé dans cette union le bonheur qu'elle espérait. Je lui fis part de ma crainte dans des termes qui lui prouvèrent combien je la plaignais ; j'étais le premier qui cherchât à la consoler. Elle ne vit en moi qu'un ami qui partageait sa peine ; moi-même je croyais ne sentir pour elle que de la pitié. Nous nous revîmes, elle me parla de nouveau de ses chagrins ; et je m'acquittai du rôle de consolateur avec tant de zèle, qu'Alcine oublia, non-seulement ses douleurs, mais celui qui les causait.

» Je n'ai pas besoin de vous dire que nous ne nous en tînmes pas là ; nos rendez-vous devinrent si fréquens, qu'ils donnèrent des soupçons à d'Irini. Il nous fit épier, et, convaincu de l'infidélité de sa femme, il mit tous ses soins à nous surprendre. Un jour, accompagné de six hommes armés, il vint lâchement m'attaquer. Seul et sans défense, je ne pouvais opposer à ces assassins aucune résistance. Ils me lièrent les mains, et, sur ce même sopha, si souvent témoin de mes plaisirs, je fus honteusement mutilé !

» Je jurai, au fond de mon cœur, la perte de celui qui venait de m'ôter plus que la vie. D'abord j'en voulais à ses jours. Mais je trouvai cette punition trop douce ; j'aurais voulu qu'il passât sa vie dans l'opprobre et le désespoir ; j'aurais voulu inventer de nouveaux tourmens, et les lui faire éprouver tous ensemble. Une prison éternelle me semblait répondre à mes vues, chaque jour j'aurais pu varier ses souffrances et me repaître de ses pleurs !

» Mais, quelque délicieuse que cette idée fût pour moi, la puissance et le crédit de mon ennemi la rendirent impraticable. Depuis quatre années, je n'ai d'autres soins ni d'autres désirs que de lui faire éprouver une partie des maux qu'il m'a causés. Ne pouvant me venger ouvertement, Je contrarie ses projets ambitieux, je trouble son repos domestique ; enfin mon imagination active ne laisse échapper aucune occasion de le tourmenter, et c'est dans l'espoir de lui déchirer le cœur que je vous ai arrachée de la maison paternelle. »

Alberti poussa un profond soupir en achevant son récit. Je vis que le seul moyen de ravoir ma liberté était de lui persuader que je n'étais point aimée de mon père. J'avais mille preuves à donner de son indifférence pour moi : je les lui dépeignis sous les couleurs les plus fortes, et j'y joignis des plaintes amères. Je m'aperçus avec plaisir que mes insinuations produisaient leur effet. Cependant je ne me hasardai pas encore à lui demander de me rendre à ma famille. Je m'efforçai de lui faire croire que je l'aimais véritablement, et je fis si bien par mes caresses et mes discours, que bientôt il n'en douta plus. Ce fut alors que j'osai réclamer ma liberté. Comment pouvez-vous, lui disais-je, punir une femme que vous aimez, d'un crime commis par un homme que vous haïssez ? Comment pouvez-vous confondre deux êtres aussi différents ? Vous n'avez connu l'un que pour votre malheur, et l'autre que pour vos plaisirs !

Je réussis si bien par mon adresse, qu'au bout de quinze jours Alberti consentit enfin à me rendre la liberté. J'eus peine à contenir l'excès de ma joie, et, croyant que je ne pouvais lui donner une plus grande preuve de ma reconnaissance, qu'en lui promettant le secret, je lui jurai que rien ne pourrait m'arracher le nom de celui qui m'avait retenue prisonnière. Loin de désirer ce serment, me répondit Alberti, j'exige que vous instruisiez mon ennemi que c'est *moi* qui avait enlevé sa fille. Ce n'est point assez de troubler son repos, je veux encore qu'il sache que c'est *moi*, que c'est *toujours moi* qui, sans cesse attaché à ses pas, ne cesserai qu'avec ma vie de le persécuter.

Jamais je n'avais eu de plus belle occasion de faire briller mes talens dans l'art de jouir. Alberti ne *pouvait* pas plus que je ne *voulais*. Aussi se prêtait-il avec fureur aux plaisirs que je semblais faire naître, et ses fantaisies singulières surpassaient encore ce que j'avais imaginé jusque-là. Cependant, malgré les raffinemens que nous employâmes l'un et l'autre pour tromper nos sens, je n'éprouvai plus ces transports délicieux qui, la première fois, avaient su triompher de ma raison. Pas un seul moment de délire ne vint m'offrir l'image du bonheur. Je ne regrettais pas la réalité, mais je déplorais la perte de l'illusion. Cette jouissance, dont j'étais privée, acquérait à mes yeux un charme que je ne lui avait jamais attribué. Je pouvais bien renoncer à la félicité suprême, lorsque j'avais la gloire de la résistance ; mais lorsqu'on est privé du triomphe, il faut au moins trouver le plaisir.

Alberti me fit conduire au même endroit où l'on m'avait prise, et me donna une clef de la grotte, qu'il s'était procurée par un des gens de M. d'Irini, qu'il ne voulut pas me nommer, et qui était le même qui s'était chargé de remettre toutes les lettres où je les avais trouvées.

Avec quelle joie je me revis dans le jardin de mon père ! Avec quel empressement je courus à l'appartement de Rosa !

Je la trouvai pleurant avec Cécile : je me jetai dans ses bras ; l'excellente Rosa pensa mourir de l'excès de sa joie. — Est-ce bien toi ? me disait-elle, est-ce bien ma Julie ? est-ce bien ma fille que je revois, que je serre dans mes bras ? Eh ! qu'es-tu devenue pendant un si long temps ? Qui a pu t'engager à quitter ta Rosa, à la jeter dans le désespoir ?

— Moi, vouloir vous quitter ! m'écriai-je, ah ! je n'aurai jamais une aussi coupable pensée : la force seule m'a éloignée de vous pendant ces quinze mortels jours, la force seule pourra jamais m'en séparer.

Je racontai à Rosa que, me promenant dans le jardin avec Cécile, je m'étais enfoncée dans la grotte, comme cela m'arrivait souvent, et que là j'avais été saisie par plusieurs hommes qui m'avaient enlevée. Le récit que Cécile avait fait était absolument conforme au mien. Quant aux lettres et au rendez-vous, il n'en fut fait aucune mention.

Rosa me dit à son tour qu'on ne s'était aperçu de mon départ qu'à la nuit. Cécile, étonnée de ce que je ne revenais pas de la grotte, avait été m'y chercher. Son étonnement fut extrême en ne m'y trouvant pas. Après m'avoir inutilement appelée plusieurs fois, elle alla faire part de ses frayeurs à Rosa, qui en instruisit aussitôt M. d'Irini. Celui-ci ne montra que de la colère. Il fut décidé qu'on mettrait le plus grand secret dans les démarches qu'on allait faire pour me retrouver, afin de ne compromettre ni ma réputation, ni l'honneur de ma famille. Mais Alberti avait si bien pris ses mesures, que, jusqu'à l'instant de mon retour, on n'avait pu rien découvrir.

Je ne cachai pas à mon père que c'était Alberti qui m'avait enlevée. Cet homme ne cessera jamais de vous persécuter, lui dis-je, et le seul moyen de vous soustraire à sa haine, c'est de hâter votre voyage en France. Ma tante appuya cette idée avec transport ; il lui semblait qu'à Naples tout était conjuré pour lui ravir sa Julie. Les affaires de mon père étaient presque terminées : rien ne s'opposant plus à notre départ, il fut décidé que nous quitterions Naples huit jours après.

Notre voyage n'eut rien de remarquable que l'excès du plaisir que me causa la vue de Paris. Il me semblait que j'étais une reine détrônée qui revenait prendre possession de ses états. Les ris et les amours, disais-je, vont donc encore une fois embellir ma vie ! Plus de tourmens, plus d'ennuis ; le plaisir, et toujours le plaisir !

M. d'Irini sembla perdre à Paris une partie de sa taciturnité ; l'air gracieux qu'il voyait sur tous les visages, l'esprit et la gaîté qu'il rencontrait dans les cercles ; et plus que tout cela, les grâces des Françaises parvinrent à dérider son front. Cependant il semblait vouloir user envers moi d'une sévérité qui n'était nullement de mon goût, et que je n'avais trouvé supportable à Naples que parce que je n'y avais aucune occasion d'user de ma liberté.

Mon premier soin fut de m'informer de ce qu'était devenue Céline ; j'appris avec une vraie douleur qu'elle était dans la plus grande détresse ; la passion que lui avait inspirée ce jeune aventurier s'était accrue à un tel point, par la résistance qu'elle avait trouvée chez sa cousine, qu'elle s'était fait enlever une seconde fois. Mais elle ne trouva pas dans Félix les mêmes ressources que dans son prince allemand. Pour un enlèvement comme pour toute autre chose, il est fâcheux de déroger.

Félix ne possédant rien, la malheureuse Céline fut obligée de travailler pour pourvoir à sa propre subsistance. Mais, quand on n'a jamais eu d'autre soin que celui de varier ses plaisirs, il est bien dur de travailler pour vivre !

Les ouvrages de broderie dont elle s'occupait lui fournissaient à peine le nécessaire : tant que son amour pour Félix avait duré, elle avait supporté sa misère sans se plaindre ; mais cet amour s'évanouit bientôt ; galante par habitude, elle devint débauchée par nécessité, et Céline était, au moment où je recueillis ces informations, le rebut de la nature.

Je versai des larmes de sang sur le sort de cette infortunée, et je lui envoyai tout l'argent que je possédais ; j'aurais voulu lui porter les consolations de l'amitié. Mais à un cœur aussi perverti, sa voix ne peut plus se faire entendre ; d'ailleurs, je ne pouvais, sans m'avilir, aller chez une Messaline.

Je ne la revis plus.

Ma tante, de son côté, ne manqua pas d'aller au couvent de Mélanie ; celle-ci s'était enfuie il y avait environ un mois, et l'on ignorait ce qu'elle était devenue.

Nous fûmes pendant quelque temps accablés de visites ; la liaison que Rosa avait formée avec madame de Saint-Albin, leur convenait trop bien à toutes deux pour n'être pas durable, et bientôt il s'établit entre mon père et Saint-Albin une intimité non moins grande que celle de ces deux dames.

Ma cour était nombreuse, les hommages que je recevais de toutes parts m'enorgueillissaient tellement, que je ne pouvais trouver d'homme qui me semblât digne de lui jeter le mouchoir. Moins je sentais le besoin d'aimer, plus j'éprouvais le désir de plaire : parmi vingt jeunes gens qui composaient ma société habituelle, aucun n'était préféré, et tous s'imaginaient l'être. J'étudiais les goûts et les caractères des personnes que je voyais souvent ; j'étais, tour-à-tour pour leur plaire, vive, sentimentale, folâtre ou réservée. Un seul jour me voyait prendre mille formes différentes, et j'en avais tellement l'habitude, qu'il ne m'était plus possible de démêler quel était mon véritable caractère.

Parmi les femmes de notre société, mon père distingua bientôt madame de Saint-Amand. Cette dame avait environ trente ans ; mais elle ne s'en donnait que vingt-cinq ; elle était petite et bien faite ; hautaine par caractère, sémillante par habitude : elle affectait des manières enfantines, et une pétulance qui n'était supportable que pour ses amans ; sa figure était intéressante, son esprit cultivé, c'était une de ces femmes qui plaisent toujours et ne fixent jamais.

Non-seulement M. d'Irini lui fit la cour ; mais, malgré la futilité de son caractère qui frappait à la première vue, il lui accorda toute sa confiance ; bientôt madame de Saint-Amand me fut citée pour modèle, et sans devenir son amie, je devins sa plus fidèle compagne. Comme sa société était composée d'hommes très-aimables, cette liaison devint pour moi une nouvelle source de plaisirs, et je fis chorus avec mon père pour chanter les louanges de madame de Saint-Amand, non-seulement dans l'intention de plaire à celui-ci, mais parce que j'ai toujours eu pour principe de dire du bien des femmes avec lesquelles je paraissais liée, quel que fût le mal que j'en pensasse.

Plusieurs hommes de la société de madame de Saint-Amand cherchèrent à me plaire ; deux seulement reçurent de moi quelques encouragemens ; mais je n'avais au fond du cœur aucun désir de réaliser leur espoir. L'un des deux, qui se nommait Auguste, joignait aux grâces de la jeunesse tous les défauts qu'elle seule peut faire pardonner ; rien n'était plus léger, plus indiscret, plus étourdi qu'Auguste ; mais ces défauts, qui devraient épouvanter toutes les femmes, ne les charment que trop souvent. L'autre s'appelait St.-Charles ; il était plus âgé qu'Auguste, sa personne et son esprit étaient fort ordinaires, et je ne l'aurais jamais distingué de la foule, si je ne m'étais aperçue qu'une femme, que je n'aimais pas, avait de l'inclination pour lui ; aussitôt, pour faire perdre tout espoir à ma rivale, je permis à Saint-Charles de tout espérer.

Nous étions à la fin de l'automne, nous profitâmes d'un reste de beaux jours pour aller voir une très-belle maison de campagne que possédait depuis peu madame de St.-Amand : Auguste et St.-Charles furent de la partie. Rosa, qui n'aimait pas la favorite de M. d'Irini, refusa de nous accompagner ; j'y fus seule avec mon père. Comme cette partie avait été imaginée par madame de Saint-Amand, pour favoriser avec plus de liberté M. d'Irini, on se doute bien que j'eus un appartement séparé. Toutes les personnes qui se trouvaient chez madame de Saint-Amand étaient d'une égale gaîté ; on attribuait à l'air pur de la campagne le plaisir que l'amour seul causait, car chaque femme avait avec elle son amant ; moi seule j'en avais deux, et ce surcroît de bien me causait plus d'embarras que de plaisir.

Auguste et Saint-Charles m'obsédaient d'une telle manière, que je ne savais plus que devenir ; ces deux présomptueux espéraient, qu'à la faveur de la nuit, ils verraient couronner leur amour. Je frémissais à cette seule idée ; car un homme qui se croit aimé ne doute jamais que l'on ne partage ses transports.

Jusqu'alors mon adresse avait empêché que les deux concurrens ne s'aperçussent de leur rivalité ; un quart d'heure de ce jour fatal suffit pour leur ouvrir les yeux : ils n'eurent plus qu'un doute, ce fut de savoir lequel des deux je préférais. Il s'établit entre eux une petite guerre qui m'aurait amusée beaucoup si je n'en avais craint les suites. Ils s'épiaient avec tant de vigilance, que j'espérais qu'ils me garantiraient mutuellement des pièges l'un de l'autre ; effectivement, Auguste m'avertit pendant le souper, que Saint-Charles s'était emparé de la clef de la chambre qui m'était destinée, et qu'il en avait substitué une autre. Je ne pouvais me plaindre de cet attentat sans faire connaître les desseins de Saint-Charles, et l'on n'aurait pas manqué de croire que j'avais, par mes faveurs, autorisé son audace ; il fallut donc garder le silence. Mais dès qu'on eut quitté la table, je le menaçai de faire connaître son vol à madame de Saint-Amand, s'il refusait de me le rendre.

— Elle le sait, me répondit-il, elle-même m'en a donné l'idée.

— Eh bien ! j'en avertirai mon père !

— Il est déjà retiré, et je doute, ajouta-t-il avec un malin sourire, que vous le trouviez dans son appartement ; d'ailleurs l'occasion jusqu'ici nous a seule manqué ; et puisqu'elle me favorise, je me garderai bien de la laisser échapper.

Lorsque je vis que Saint-Charles était déterminé à défendre sa proie, je sentis un si grand désespoir, que j'en versai des larmes de rage : je ne sais quelle vertu la nature a attachée aux larmes des femmes ; mais il y a peu d'hommes qui sachent y résister, Saint-Charles me livra son trésor, en se contentant de me dire que son amour méritait une autre récompense.

Enchantée de ma victoire, et craignant que Saint-Charles ne se ravisât, je courus m'enfermer dans mon appartement ; ma frayeur n'était que trop bien fondée ; il me suivit avec précipitation ; une seconde plutôt il entrait avec moi ; il me supplia, au travers de la serrure, de lui accorder cinq minutes d'audience. Je sortirai de suite, me criait-il ; mais il faut absolument que je vous parle. Je ne daignai pas lui répondre, et je me félicitais de plus en plus d'avoir échappé si heureusement au danger dont j'avais été menacée, lorsque j'entendis une voix argentine prononcer doucement mon nom ; je me retourne et je vois... Auguste, vêtu d'un simple pantalon de basin, qui sortait de dessous mon lit.

Cette vue me pétrifia.

L'embarras et la douleur qui s'emparèrent de moi, ne peuvent se décrire. Ma situation était horrible ; je ne pouvais parler à Auguste sans être entendu de Saint-Charles, je craignais même qu'il ne le vît au travers de la porte ; mon premier mouvement fut d'éteindre la bougie. Auguste imagine que c'est le signal de son bonheur, il m'enlève dans ses bras, nous sommes tous deux sur mon lit, et ce lit se trouve précisément contre la simple cloison qui me sépare de Saint-Charles.

— Je ne pouvais rompre le silence sans me perdre ; je ne pouvais le garder sans m'exposer au déshonneur !... Oui, au *déshonneur*, car quelle qu'ait été jusqu'alors la légèreté de ma conduite, je n'en étais pas moins attachée à la vertu, j'oserais même dire que je ne m'en étais pas écartée, puisque, d'après mes principes, l'honneur ne consistait que dans cette fleur précieuse que j'avais été si souvent sur le point de perdre, et qui m'était devenue chère à proportion de ce qu'elle m'avait coûtée.

J'étais heureusement, à cause du froid qui commençait à se faire sentir, plus vêtue qu'à l'ordinaire, et, plus heureusement encore, l'impatient Auguste s'était montré avant que je fusse déshabillée. J'arrangeai de mon mieux mes vêtemens pour qu'ils me servissent de remparts contre les entreprises d'Auguste, qui, malgré tous ses efforts, ne put parvenir à se débarrasser de cette barrière incommode.

Ma vive douleur ne s'exprimait que par des larmes ; Auguste s'aperçut avec étonnement que mon visage en était baigné, il me pressa avec émotion contre son cœur, puis imaginant que ce n'était qu'une feinte, il recommença ses attaques avec une vigueur nouvelle. Le silence pénible que j'étais obligée de garder, semblait autoriser son audace ; s'il n'avait partagé la crainte que j'avais d'être entendue, assurément mes forces n'auraient pas suffi pour lui résister. Je le repoussais, je voulais m'élancer hors du lit ; mais tous mes efforts, pour me séparer d'Auguste, étaient aussi superflus que ceux qu'il faisait pour s'identifier avec moi. Enfin, après une heure de résistance, les désirs d'Auguste se trouvèrent excités à un si grand degré, qu'il se pâma dans mes bras, en me donnant un baiser de flamme.

Dans l'espoir que le calme allait enfin succéder à la tempête, et ne croyant plus qu'Auguste put être dangereux, je me livrai avec une espèce de sécurité à ses délicieuses caresses. Jusqu'alors j'avais tout refusé, jusqu'aux plus légères faveurs. Mais, excédée de ce long combat, mes forces s'évanouirent avec le péril. Je reçus, je rendis de brûlans baisers. Mon fichu se trouva perdu ; ma robe, dont je n'avais cessé de me faire un rempart formidable, s'était dérangée ; mes jambes, jusqu'alors croisées fortement, avaient aussi repris une position plus naturelle. On se doute bien qu'Auguste profitait avec avidité de ces heureux changemens ; mais cette espèce de nonchalance dans laquelle je trouvais un plaisir indéfinissable, fut bientôt troublée par une seconde métamorphose. Auguste avait retrouvé, dans mes caresses, sa première vigueur. Mes craintes, en se renouvelant, mirent un terme à mon extase. Nouveau combat, plus vif encore, et surtout bien plus inégal : j'avais perdu la moitié de mes avantages en changeant de position. Auguste, qui s'était aperçu combien la première avait contrarié ses projets, m'avait empêché de la reprendre. Enfin, par un mouvement que je n'avais pas prévu, je me trouvai tellement en sa puissance, que la force et l'adresse me devinrent également inutiles : l'ennemi s'avançait sur moi avec une hardiesse effrayante, rien ne pouvait plus me sauver... N'écoutant plus que mon désespoir, je le mordis au sein si fortement, qu'il lâcha prise en jetant un cri aigu. Le sang avait jailli dans ma bouche ; je m'élançai hors du lit avec horreur, et le malheureux Auguste, aussi confus de sa mésaventure, qu'irrité de sa douleur, retourna sans bruit dans son appartement, maudissant un caprice auquel il ne pouvait rien comprendre, et qui venait de lui coûter si cher.

Le lendemain de cette nuit si fatale pour Auguste, fut pour moi assez ennuyeux ; mes refus avaient trop indisposé Auguste et Saint-Charles, pour qu'ils ne me boudassent pas ; le dernier, dont je ne me souciais nullement, reçut son congé dans les formes ; je me débarrassai par ce moyen d'un être incommode, et je m'en fis un mérite auprès d'Auguste, qui compensait les torts qu'il prétendait avoir à me reprocher. Nous retournâmes le même soir à Paris, avec autant de plaisir que nous en avions eu à le quitter.

Mes liaisons avec Auguste n'offrent rien de bien piquant. Je n'avais pas éprouvé d'amour pour lui. S'il avait un instant enflammé mon imagination, c'est que mon cœur se trouvait parfaitement libre. Il fallait toujours que j'aimasse, ou que je crusse aimer quelque chose. Mais bientôt un nouvel objet, beaucoup plus digne de mon attention, me fit abandonner le sémillant Auguste aux femmes qui me l'enviaient.

J'avais dix-huit ans, c'était l'âge de me choisir un époux : l'immense fortune qui m'était destinée multipliait chaque jour le nombre de ceux qui prétendaient à ma main ; il était bien difficile que parmi cet essaim de cavaliers, dont chacun avait des droits à faire valoir, le choix de mon père, celui de ma tante et le mien, tombassent sur le même individu ; je regrette de n'avoir pas alors conçu une passion violente, que cette passion n'ait point été contrariée, persécutée à outrance, cela aurait fourni un heureux contraste à mes nombreux caprices, et sans doute des événemens bien intéressans.

Mais ma destinée n'était pas d'endurer les tourmens d'un amour malheureux ; le marquis de Bellegrade, le plus zélé de mes admirateurs, le plus digne d'en être distingué, le protégé de Rosa, l'ami de mon père, fut celui auquel, en secret, je donnais la préférence, et qui bientôt l'obtint publiquement de ma famille.

Je reçus l'ordre de recevoir M. de Bellegrade comme un homme qui m'était destiné pour époux ; je ne manifestai pas le plaisir que cet ordre me causait, ce plaisir aurait détruit, aux yeux de mon père, le mérite de mon obéissance ; mais je ne fis pas difficulté d'avouer au marquis combien cette alliance s'accordait avec mes désirs ; les sentimens qu'il m'inspirait étaient un titre de plus à sa tendresse ; il me répéta mille fois le serment de m'aimer toujours, et l'assurance de la réciprocité le rendit le plus heureux des hommes.

Le marquis atteignait sa trentième année, sa taille était au-dessus de la moyenne, et ses proportions admirables. On ne pouvait se récrier sur la beauté de sa figure ; mais un air de candeur et de bonté, répandu sur tous ses traits, ne laissait rien à désirer : et qui pourrait peindre son âme ! c'était le siége de toutes les vertus ; son cœur était le trône de la bienfaisance.

Il joignait l'instruction à la modestie, il aurait craint d'offenser un enfant ; il n'ouvrait la bouche que pour dire des choses gracieuses ; il possédait au plus haut degré l'art d'embellir ces jolis riens qui font le charme de la société ; mais ce qui surtout contribuait à me le faire chérir, c'est la manière dont il savait aimer ! Que de soins, que de prévenances !

Il s'oubliait pour ne penser qu'à moi ; j'étais l'unique but de ses pensées, de ses désirs, de ses actions ; et sa morale austère, et la pureté de ses mœurs, qui ne le faisaient pas moins distinguer que ses belles actions, m'assuraient que le marquis serait aussi bon époux que tendre amant.

Je ne sais pour quelle raison mon père ne voulut pas nous unir de suite. On décida que notre mariage n'aurait lieu que dans une année ; en attendant, on permit à Bellegrade de me faire journellement sa cour.

Je ne doute pas que, si j'eusse épousé le marquis à cette époque, son amour excessif pour moi, joint à ses qualités précieuses, n'eussent enfin fixé la mobilité de mon caractère ; je le crois d'autant plus, que j'étais légère par système, et mon goût pour Bellegrade étant alors très-vif, la raison empruntant l'organe de l'amour m'aurait fait facilement renoncer à mes principes erronés.

Mais celui qui règle nos destinées ne permit pas qu'il en fût ainsi ; ce délai si peu raisonnable détruisit à jamais l'espoir que j'avais conçu de goûter une félicité parfaite. Cette chimère tant caressée, de ne vivre que pour Bellegrade, de consacrer à son bonheur tous les instans de ma vie, de renoncer à tous les hommes, pour me rendre digne d'un seul, hélas ! il n'y avait sans doute que l'hymen qui pût me donner la force de réaliser ces rêves enchanteurs ! En me donnant à mon amant toute entière, je me serais ôté la possibilité de devenir infidèle ; j'aurais, comme épouse, servi de modèle à la postérité ; tel était mon projet, ma volonté ; mais l'homme propose, et Dieu dispose.

Pendant les six premiers mois, nous jouîmes dans toute son étendue du bonheur que peut procurer une passion ardente et légitime ; j'avais renoncé en partie à ces bruyans plaisirs, aussi enchanteurs pour une âme indifférente qu'insuportable pour un cœur vraiment épris.

C'était au sein de l'amour et de l'amitié que je cherchais, que je trouvais toutes mes délices. On s'aperçut bientôt de la préférence qu'avait obtenue le marquis ; mes amans, désespérés, allèrent se consoler ailleurs, mais à peine m'aperçus-je de leur fuite. Bellegrade était avec moi, toujours avec moi, et pourtant j'aimais assez !

L'amour que j'avais eu pour mes autres amans n'était rien en comparaison de celui que j'éprouvais pour le marquis, ou plutôt cet amour était d'une espèce absolument différente ; avec lui, ce n'était pas mes sens qui étaient émus, c'était mon âme ; elle semblait vouloir s'identifier avec la sienne, elle volait au-devant de ses pensées, de ses désirs ; pour la première fois, je sentais le besoin de cette douce confiance, que je n'avais jamais connue ; Bellegrade, en me la dépeignant, me l'avait inspirée ; lorsque je lui parlais, mon cœur volait sur mes lèvres ; j'avais retrouvé près de lui toute la candeur de mon enfance ; en un mot, je l'aimais comme on aime dans les romans.

Le marquis finissait d'arranger un hôtel qui avait été bâti pour son père, et que nous devions habiter aussitôt après la célébration de notre mariage. Que de soins il prenait pour embellir l'appartement que je devais occuper ! chaque jour il y ajoutait de nouvelles recherches ; rien n'était assez frais, assez joli pour mon boudoir ; rien n'était assez magnifique pour mon salon ; et ma chambre à coucher, quel plaisir il prenait à l'orner ! on voyait qu'elle avait été le principal objet de ses soins délicats. C'est-là, ma Julie, me disait-il en tressaillant de plaisir ; c'est sur ce lit que ton heureux époux te couvrira de ses brûlantes caresses ; c'est-là que la pudeur entrouvrant son voile, recevra des mains de l'amour la coupe de la volupté. Ah ! ma Julie, quelles délices, lorsque ton époux, ou plutôt ton amant, car Bellegrade le sera toujours, lorsque ton heureux amant, oubliant dans tes bras la nature entière, succombera sous le poids de sa félicité !

C'était ainsi que Bellegrade s'exprimait ; ce n'était pas par l'esprit qu'il brillait, c'était par le sentiment ; on ne citait pas de lui des mots piquans, des saillies heureuses, mais des traits généreux et de belles actions : son âme, bonne avec tout le monde, avec moi distillait l'amour. — Je l'aimais trop pour ne pas l'imiter ; chaque jour je devenais meilleure, chaque jour on me chérissait davantage ; à qui devais-je mon bonheur, ma bonté, ma sagesse ? c'était au digne, à l'excellent Bellegrade !

Cette félicité parfaite, dont je m'enivrai pendant six mois, devait être bientôt troublée. Ce fut l'homme en apparence le plus timide et le moins dangereux qui réussit insensiblement à me détacher de Bellegrade. Comment fus-je assez aveugle pour cesser d'adorer celui qui ne vivait que pour moi, et dont l'illusion, toujours entretenue par un excès d'amour, ne lui permit jamais de voir en moi que la plus parfaite des femmes !

Mais non, je ne fus pas infidèle ; mon cœur ne cessa jamais d'être à Bellegrade ; lui seul sut m'inspirer ce sentiment sublime, aussi pur que délicieux, qui émane de l'ame, et qui porte avec lui son plaisir et sa récompense.

Bellegrade ne produisait rien sur mes sens ; lui-même dédaignait les plaisirs grossiers qu'ils procurent. Je pouvais donc, sans lui faire injure, accepter les hommages d'un autre.

Octave avait à peine vingt ans ; sa figure était composée des traits les plus réguliers et les plus gracieux. Un léger duvet commençait à brunir son menton, et son front d'un blanc d'albâtre était le siége de la pudeur. Ses formes délicieuses ne pouvaient être comparées qu'à celles d'Adonis. Sa main était la plus jolie du monde ; mais ce qui le rendait plus dangereux encore que toutes ces perfections, c'était la perfide sécurité que donnait son air modeste et craintif. Il parlait peu dans le monde, et, lorsqu'il se trouvait seul auprès d'une femme, du moins lorsqu'il se trouvait seul avec moi, sa timidité s'accroissait à un tel point, qu'il rougissait chaque fois qu'il ouvrait la bouche. Le hasard lui faisait-il toucher ma robe, il tressaillait aussitôt ; mais si c'était ma main que rencontrait la sienne, comment peindre ce qu'il éprouvait ! Il la retirait avec précipitation ; au lieu de rougir, il pâlissait ; on aurait dit qu'il ressentait pour moi de la haine.

Cette conduite, tout-à-fait nouvelle pour moi, ne fit d'abord que m'amuser ; Octave venait rarement à la maison ; je l'invitai à multiplier ses visites, et le charmant, le timide Octave, qui passait pour fuir toutes les femmes, et surtout les jeunes, renonça en ma faveur à sa misanthropie. Malgré les perfections d'Octave, il était impossible de concevoir de lui la moindre défiance, d'autant plus qu'à son extérieur modeste il joignait la meilleure réputation qu'un jeune homme ait jamais eue. Au lieu de se livrer aux plaisirs, il consacrait tout son temps à l'étude ; il possédait au suprême degré tous les arts agréables, c'était un titre de plus à mes yeux, et le meilleur des prétextes pour me voir souvent sans donner d'ombrage à mes argus.

Le premier duo que nous chantâmes, Octave et moi (j'avoue que je l'avais choisi fort tendre), lui fit verser des larmes ; j'ignore si c'était de plaisir, d'attendrissement, ou d'amour ; mais ces larmes me firent un effet impossible à décrire.

Je pris sa main, sans songer à ce que je faisais, et la posant sur mon cœur : Sentez comme il bat, lui dis-je ! Octave frissonna de la tête aux pieds, puis retirant sa main, il y imprima un baiser. Dieux, quel baiser ! je portai envie à cette heureuse main, et pourtant elle ne devait son bonheur qu'à celui de m'avoir touchée.

Une autre fois, assis l'un près de l'autre sur un sopha, nous examinions, en apparence très-froidement, une collection de mes dessins ; je posai par hasard la main sur ses genoux, il tressaillit : je voulus aussitôt retirer ma main, qui, soit par maladresse, soit par instinct, se heurta sur son passage contre quelque chose qui me fit tressaillir à mon tour. Qu'avez-vous donc ? me dit Octave en rougissant. Je ne répondis rien ; mais ma main ne s'égara plus.

L'habitude de nous voir fit perdre à mon jeune amant une partie de sa timidité, et à moi une partie de ma confiance. Je me surprenais souvent répondant par des soupirs aux soupirs d'Octave ; nos yeux se rencontraient toujours, sa main ne fuyait plus la mienne, souvent son genou pressait le mien... Mais jamais un mot d'amour n'était sorti de sa bouche.

Sans doute il ne m'aime pas, me disais-je (et cette idée me faisait soupirer) ; mais quand il m'aimerait, l'excès de sa timidité ne serait-il pas suffisant pour m'ôter toute inquiétude ? D'ailleurs j'aime tant Bellegrade, qu'aucune autre passion ne pourrait affaiblir dans mon cœur celle qu'il a su m'inspirer. C'est ainsi que je cherchais à me rassurer contre les progrès d'un amour naissant ; mais il était déjà trop tard.

Octave, plus hardi chaque jour, me donnait en rougissant des baisers de feu : ma main, que je ne songeais jamais à reprendre, était pressée par lui sur cette heureuse éminence, d'où elle avait fui si vîte la première fois. Un battement peu ordinaire dans cet endroit, en me prouvant le plaisir d'Octave, me faisait partager son émotion ; souvent penchés l'un sur l'autre, exhalant nos âmes dans nos brûlans baisers, j'attendais en soupirant qu'Octave devint plus téméraire ; mais le plus léger bruit se faisait-il entendre, aussitôt tremblant d'être surpris, il quittait son heureuse attitude. Le bruit cessait, il voulait la reprendre ; mais il avait perdu l'instant propice, la réflexion avait détruit en moi le désir, ou du moins la volonté de m'y livrer. Octave boudait, je me fâchais, puis nous finissions, comme on fait toujours, par nous réconcilier.

Revenu de ses frayeurs, Octave obtint de moi tout ce que je pouvais lui accorder, dans un appartement où nous étions exposés à chaque minute à être surpris ; c'est-à-dire, beaucoup plus que je ne devais, et beaucoup moins qu'il ne désirait. Il sollicita un rendez-vous, je m'y attendais, et je ne pouvais guère le lui refuser ; cependant je me fis prier long-temps, je craignais tant de succomber !

La joie qu'Octave éprouva en obtenant le rendez-vous tant désiré, fut extraordinaire ; j'étais bien loin de la partager, je ne pouvais me dissimuler combien cette démarche me rendait coupable envers

Bellegrade, que par une bizarrerie inconcevable j'imaginais toujours aimer autant.

Enfin, attendrie par les prières d'Octave, subjuguée par mes propres désirs, je me trouve au lieu du rendez-vous. J'y vois Octave plus ardent, plus amoureux que jamais. Je suis perdue, si, par quelque nouvelle ruse, je ne me dérobe à ses transports : il me vient une idée ; je l'exécute, je réussis. J'avais souvent remarqué que plus une femme résiste, et plus elle excite les désirs ; en ne me défendant pas, me dis-je, l'étonnement d'Octave influera nécessairement sur ses sens, et sans doute les refroidira. Effectivement, je reçois Octave dans mes bras, avec une nonchalance à laquelle rien n'avait pu le préparer ; ne trouvant pas de résistance, il dédaigne les préliminaires, et veut entrer en vainqueur dans la place. Je ne m'oppose à rien ; mais quel est son désespoir, sa rage, lorsqu'au lieu de cette vigueur qui ne lui manquait jamais, et que l'amour qu'il ressent devait redoubler, il ne trouve que l'impuissance la plus absolue !

En pareil cas, une femme se fâche toujours. Une bonne querelle n'aurait pas manqué de ranimer le pauvre Octave ; mais heureuse de ma découverte, et ne voulant pas détruire mon ouvrage, j'assurai froidement Octave que je me félicitais de son accident. Vous connaissez les liens qui m'attachent à Bellegrade, lui dis-je ; la passion que j'ai pour vous m'avait conduite au bord du précipice, un pouvoir inconnu m'en a retirée : reconnaissons notre aveuglement, et ne nous exposons plus à pareil danger.

À peine Octave m'écoutait-il, il versait des larmes de rage, il maudissait son existence, et n'osait plus s'approcher de celle qu'il croyait avoir si grièvement offensée. Bientôt ses larmes cessent, des signes non équivoques lui donnent l'espoir de tout réparer ; il fond sur moi comme le milan sur la craintive colombe, je renouvelle ma ruse et tremble qu'elle n'ait plus de succès ! Ô bonheur ! ô désespoir ! À l'instant d'immoler sa victime, le poignard s'évanouit !

Je chercherais inutilement à donner une idée de la douleur d'Octave à ce second échec ; c'était la première fois qu'il éprouvait une pareille honte : à son âge on doit peu s'attendre à de semblables accidens. Sa douleur était si vive et si immodérée, que je fus au moment de lui avouer l'espèce d'enchantement dont je m'étais servie ; mais livrer mon secret était en même temps livrer ma personne, et lors même que j'aurais aimé Octave avec assez de passion pour lui sacrifier ce que j'avais de plus cher au monde, le trésor auquel il aspirait ne m'appartenait plus, c'était celui de Bellegrade.

Il fallut enfin se quitter, et se quitter comme on était venu.

Octave s'en alla le cœur serré, les yeux gonflés de larmes, dans un état vraiment digne de pitié. Le lendemain à mon réveil, Cécile me remit ce billet : « Après le malheur qui m'est arrivé, il faut que je renonce à vous, et sans vous je ne puis vivre. Adieu pour jamais ! »

Effrayée du contenu de cette lettre, j'envoie à l'instant Cécile chez Octave, avec ordre de lui parler à lui-même. Elle arrive : un valet-de-chambre lui dit que son maître a défendu qu'on l'éveillât avant midi. Il faut que je le voie, reprit Cécile, j'apporte un billet de mademoiselle Julie. À ce nom, le domestique n'ose plus refuser, et va doucement frapper à la porte de son jeune maître : on ne lui répond pas ; il frappe de nouveau ; le silence continue : il veut ouvrir la porte ; Octave, qui ne s'enferme jamais, a mis les verroux. L'inquiétude s'empare du domestique, il enfonce la porte, il se précipite vers le lit de son maître. Octave est privé de sentiment, Octave n'est plus !…

On court chercher un médecin celui-ci rend un rayon d'espoir, auquel il défend presque de se livrer. Dans un coin de la chambre, il découvre un fourneau ; il n'y a plus de doute qu'Octave ne soit asphyxié ; mais il respire encore, peut-être est-il possible de le rendre à la vie !

La nature seconde les efforts de l'art ; Octave reprend connaissance, il semble sortir d'un songe pénible, il demande ce qu'on lui veut ? Je viens de la part de madame, lui dit Cécile, vous apporter ce billet. Donnez, répond l'impatient Octave, et ranimant ses forces, il saisit d'une main tremblante le billet que voici :

« Si vous étiez coupable, vous auriez raison de vouloir vous punir ; mais vous n'êtes que malheureux, il ne vous faut que des consolations, je me charge de vous les donner ; si vous m'aimez, vivez pour vous en rendre digne. »

Oui, dites-lui que je vivrai, dit Octave à Cécile, et que ce sera pour l'adorer toujours.

Qu'on juge de ce que j'éprouvai en écoutant le récit de Cécile, récit qu'elle fit avec toute la véhémence, que la scène affreuse dont elle venait d'être témoin peut inspirer.

Cette preuve extraordinaire que je recevais de l'amour d'Octave, ne me laissait plus que la cruelle alternative de sa mort ou de mon déshonneur.

Mon imagination était exaltée au plus haut degré, ma passion n'avait plus de bornes. Puis-je encore hésiter, me disais-je ; quand il dépend de moi de le rendre le plus heureux des hommes, irai-je l'assassiner ?

Mon incertitude est un crime ; Octave n'a pas balancé à me sacrifier sa vie : que puis-je maintenant lui refuser ? Mon amour l'a sauvé des portes du trépas, je n'aurai pas la barbarie de l'y replonger. Octave a mérité Julie, Julie sera la récompense d'Octave.

À peine avais-je pris cette résolution, que Bellegrade entra dans mon appartement : il vint à moi d'un air empressé. Qu'il y a longtemps que je ne vous ai vue, me dit-il, qu'avez-vous donc fait hier ? J'ai passé deux heures chez votre tante, mourant d'impatience et du désir de vous voir ; mais j'ai vainement attendu, La soirée s'est écoulée sans que j'aie joui du bonheur dont je ne puis plus me passer. Une journée entière sans voir ma Julie !

J'étais peu d'humeur à dédommager le marquis de la privation de la veille ; mais, trop accoutumé à mes caprices pour s'en étonner ou s'en plaindre, il essaya, par les vives expressions de sa tendresse, à remettre le calme dans mon âme ; il y réussit comme il faisait toujours. Eh ! comment aurais-je pu résister à tant de douceur, à tant d'amour !

Dans trois mois, me disait le marquis, je vais donc posséder ce modèle des femmes ! Julie sera mon bien, et je n'aurai jamais de rivaux dans son cœur !

Julie, tu n'as jamais aimé que moi ! Répète, oh ! répète-moi ces douces paroles ! tiens, mon amie, faut-il te l'avouer ? tes grâces, ta beauté, ton esprit, je dirais presque ton amour, n'auraient aucun prix à mes yeux, sans cette fleur virginale qui pare jusqu'à tes attraits, et sans laquelle tu n'en aurais plus pour moi.

Une femme qui me tromperait sur ce point me rendrait le plus malheureux des hommes. Je connais tous les sophismes du jour, inventés par le libertinage, ils sont faits pour éblouir ses victimes, bien plus que pour les excuser. Une femme, dit-on, ne doit compte de sa conduite à son mari que du moment où elle lui appartient.

Combien est grande l'erreur de celle qui ose se choisir un époux après avoir été souillée par un amant ! N'est-ce pas tromper d'une manière indigne celui qui la croit sage ? Un lapidaire, qui vendrait un diamant faux pour un vrai brillant, ne serait-il pas puni par les lois ? Et quel est le diamant comparable à la vertu d'une femme ? Pour moi, rien n'est d'un aussi grand prix à mes yeux ; et celle qui serait assez vile pour essayer de me tromper, serait accablée de ma haine et de mon mépris.

Mais à quoi bon, ma chère Julie, vous entretenir de crime dont vous n'avez pas même l'idée ! Ce n'est pas avec vous qu'on peut avoir de pareils soupçons ; votre innocence votre amour pour l'heureux Bellegrade, le mettent à l'abri de ces doutes cruels. Ah ! mon amie ! si vous saviez combien je trouve de charmes dans cette douce sécurité !

Je crois à ta vertu, Julie, comme à ma religion, et de l'une et de l'autre j'attends ma récompense. La première fera mon bonheur dans ce monde ; de la seconde j'attends une éternelle félicité.

Bellegrade me mettait au supplice avec ses cruels éloges. Ils me déchiraient le cœur, et me pénétraient de remords. Irai-je donc, me disais-je, me rendre coupable d'un aussi grand crime ? Il en est encore temps, je puis me conserver digne de lui ; je ne m'exposerai point à sa haine, à son mépris.

Octave, je te laisserai donc mourir !

Ô mortelles angoisses, combien vous me fîtes souffrir !

Un seul moyen se présente à mon esprit, de conserver et la vie d'Octave et l'estime de Bellegrade. Ce n'était qu'un palliatif, sans doute, un accommodement avec ma conscience ; mais, dans une pareille crise, que pouvais-je désirer de plus ?

Je ne puis nier un fait, me dis-je, c'est que je dois mes prémices à l'homme qui m'épousera : cet homme, il n'y a pas de doute, c'est le marquis de Bellegrade. Il lui importe peu qu'il les obtienne avant ou après mon mariage. Le point essentiel, c'est qu'*il les ait*. Quel que soit le respect qu'il ait pour moi, ses désirs et mon adresse en triompheront facilement. Dès qu'il aura cueilli cette fleur à laquelle il attache tant de prix, je serai maîtresse de disposer de moi, au moins jusqu'au moment de notre union : elle n'aura lieu que dans trois mois, j'aurai le temps de sauver Octave.

Quoiqu'il n'y eût plus de risque pour la vie de mon cher Octave, il était hors d'état de me venir voir avant quinze jours. Je résolus de mettre ce temps à profit pour *séduire* le marquis ; ce n'était point une entreprise aisée.

Plus le temps de notre union approchait, et plus on laissait au passionné Bellegrade la liberté d'être seul avec moi. Nous étions souvent tête-à-tête pendant des heures entières ; elles s'écoulaient toujours avec la rapidité du plaisir, et pourtant ces vives caresses, si précieuses aux amans, ne les embellissaient pas. Nos âmes jouissaient seules. Nous anticipions sans doute sur notre félicité à venir. Le bonheur que nous éprouvions ne pouvait être comparé qu'à celui des esprits célestes. Si Bellegrade posait la main sur mon cœur, c'était parce que son battement précipité lui prouvait mon amour : s'il me donnait un baiser, c'était pour unir son âme à la mienne. Il me pressait sur son sein ; mais n'y presse-t-on pas sa sœur ? Un jour que, seuls dans mon boudoir, nous nous livrions à ces douces extases, je mis dans mes discours plus de feu qu'à l'ordinaire, plus d'amour dans mes caresses : l'heureux désordre qui régnait dans ma parure était un chef-d'œuvre de l'art ; tout en moi excitait le désir, et rien n'effarouchait la pudeur.

Bellegrade regardait avec ravissement ce que sa main osait à peine effleurer. Désolée de sa retenue, mais voyant briller dans ses yeux tous les feux du désir, j'eus recours à un étouffement, qui m'obligea de me desserrer. Bellegrade, inquiet, coupe lacets et cordons, et deux globes d'ivoire, qu'il n'avait fait que deviner, s'offrent tout entiers à sa vue.

Mon mal se passe ; mais j'en éprouve encore quelques atteintes ; un léger frottement me soulagerait... Bellegrade s'empresse de me guérir. Respect, vertu, délicatesse, quel est donc votre pouvoir, si l'image, de la volupté suffit pour vous anéantir !

Bellegrade ne se connaît plus, il éprouve un vrai délire : il me couvre partout de ses brûlans baisers, il m'embrase de ses caresses. Bientôt mon ivresse est égale à la sienne, je le presse contre mon cœur, je lui prodigue les noms les plus doux ; mes transports redoublent son audace, il a franchi toutes les barrières, le sacrifice va se consommer. Je m'écrie d'une voix mourante : Bellegrade, sois mon époux !... Ce mot lui rend toute sa raison. Ah, ciel ! s'écrie-t-il avec effroi, en s'arrachant de mes bras, quel crime allais-je commettre ? J'allais moi-même déshonorer celle dont je dois en tout temps protéger l'honneur ! J'allais souiller ma propre femme ! ma Julie ! l'amant allait voler à l'époux ce qu'il n'aurait jamais pu lui rendre ! Ce nom d'époux a détruit l'illusion fatale qui s'était emparée de mes sens. Pardonne, ô ma tendre amie ! cette erreur d'un moment ; sois touchée des regrets qu'elle me cause !

Que faire avec un pareil homme ? Je m'y perdais, mon dépit était à son comble. Heureusement Bellegrade prit le change : le pauvre marquis n'attribua ma colère qu'à l'excès de sa témérité. Ah ! comment, à trente ans, ne savait-il pas qu'en pareille circonstance, le seul moyen d'appaiser une femme c'est de doubler l'outrage !

Je fis encore plusieurs tentatives ; mais la crainte de laisser deviner mes desseins à Bellegrade m'empêcha de les pousser aussi loin. Un jour cependant, m'étant levée plus tard qu'à l'ordinaire, Bellegrade fut très-étonné de me trouver encore au lit. Il me querella sur ma paresse, et tout en riant, tout en folâtrant, il oublia ses grands principes pour ne s'occuper que de ses plaisirs. Ses mains s'égaraient sous les voiles du mystère ; il caressait avec transport ces contours arrondis qui lui promettait de si douces jouissances. Ma main non moins indiscrète cherche à s'assurer de l'effet que je produis sur ses sens ; il est tel qu'aucun homme n'aurait pu leur résister. Je conçois l'espoir de vaincre. Ma bouche amoureuse se colle sur la sienne, je m'approche doucement de lui, plus doucement encore je l'attire vers moi... Il est sur le lit, j'ose à peine respirer ; ses deux bras m'enlacent, tout son corps frémit de plaisir en se sentant contre le mien ; ses regards avides semblent me dévorer ; il tremble, il brûle, il soupire. Bellegrade me serre contre son cœur avec une force nouvelle, il fait un mouvement, c'est le signal du plaisir !... non ! c'est celui du départ !

Il n'y a donc qu'un seul moyen de résister à la volupté, s'écrie Bellegrade, et ce moyen, c'est de la fuir. Oui, je commence à croire que les plus criminels sont moins à blâmer qu'à plaindre ; mes propres dangers me font juger des leurs : désormais j'aurai plus d'indulgence.

J'ouvris enfin les yeux sur l'impossibilité de triompher des scrupules de Bellegrade, et je ne tentai plus d'y réussir. Mon embarras, au sujet d'Octave, devint plus grand que jamais. Il était parfaitement rétabli ; je devais le voir le soir même. Il ne manquerait pas de solliciter un second rendez-vous ; que deviendrais-je, si je l'accordais ? que deviendrait-il, si je le refusais ?

Combien Octave était intéressant lorsque je le revis ! son excessive pâleur, en me retraçant les risques qu'il avait courus, m'ôta le courage de lui refuser la grâce qu'il sollicitait pour le lendemain. La nuit se passa sans que je dusse goûter un instant de sommeil, et, malgré les nombreux projets que je formai, aucun ne put me délivrer de ma cruelle anxiété.

J'arrive au rendez-vous. Mes yeux battus, ma pâleur annoncent une partie de ce que j'ai souffert. Je me jette dans les bras d'Octave ; un déluge de larmes inonde mon visage. Octave, attendri, me demande le sujet de ma douleur.

C'est vous ! lui dis-je.

— Moi ! Expliquez-vous !

— Octave, répliquai-je avec la plus vive émotion, vous voyez devant vous une victime qui s'est dévouée. Vous mourez, si vous ne me possédez ; si vous me possédez, je meurs ! Certaine de ne pas vous survivre si j'avais votre mort à me reprocher, j'ai préféré vous donner un témoignage éclatant de mon amour, et m'en punir après.

Julie ! s'écria le généreux Octave en se jetant à mes pieds, Julie, qu'oses-tu me dire ! Crois-tu que, comme un tyran barbare, je puisse me repaître des pleurs de ma tremblante victime, et l'immoler à mes plaisirs ? Connais mieux ton amant, Julie ; c'est de l'amour seul qu'il attend tes faveurs, il ne veut rien du désespoir. Si tu ne m'aimes pas encore assez pour me tout accorder, j'espère que ma constance et ma vive tendresse finiront par te fléchir, et je jure de ne te demander jamais ce que tu semblais prête à me sacrifier. Julie, je te dirai seulement ce que je souffre, tu me *consoleras quand tu m'en croiras digne*.

Octave, mon cher Octave ! combien ta délicatesse augmenta mon amour ! J'avais cru ma passion à son comble ; mais ce n'était qu'un sentiment ordinaire, comparé à celui qui vint embraser mon âme. Avant, je l'adorais ; après, je l'idolâtrai !

J'acceptai le serment d'Octave ; que dis-je ? ce fut lui qui me remplit de cette folle ivresse. Je lui fis répéter vingt fois qu'il n'exigerait jamais rien, et chaque nouveau serment était payé des plus douces caresses. Octave imagina que j'avais seulement voulu l'éprouver.

L'espoir rentra dans son cœur ; cet espoir ne fut pas réalisé, mais son serment l'empêcha de s'en plaindre.

Nous nous quittâmes ivres d'amour et de plaisir. Octave emporta le doux espoir d'être parfaitement heureux au premier tête-à-tête. Je ne le désabusai pas, cela eût été trop cruel.

Depuis notre retour à Paris, nous n'avions pas entendu parler de M. Dorset. Un jour, nous le rencontrâmes aux Champs-Élysées. Il passa si près de nous, que la politesse ne lui permit pas de nous éviter. Rosa lui reprocha d'avoir négligé ses anciennes amies. Il s'excusa de son mieux ; la conversation s'engagea. Ma tante lui parla de Mélanie, et la manière dont elle le fixa dans ce moment, me fit penser qu'elle croyait M. Dorset mieux instruit que nous sur le compte de cette femme.

Il est vrai, madame, répondit M. Dorset avec un visible embarras, que j'ai vu mademoiselle Mélanie depuis sa sortie du couvent.

— Vous l'avez vue, repris-je vivement, où cela, monsieur, je vous prie ?

Cette question, quoique fort simple, acheva de le déconcerter. On sait que M. Dorset était la candeur même ; l'intérêt et la curiosité que nous inspirait le sort de Mélanie nous rendirent si pressantes, que M. Dorset se trouva forcé de nous satisfaire. Il nous fit le récit suivant, avec l'air repentant et confus d'un pénitent qui va soulager sa conscience.

« Je fus surpris un soir en rentrant chez moi, nous dit M. Dorset, de trouver à mon domestique un air inquiet et embarrassé, que je ne lui avait jamais vu ; je lui demandai ce qui l'agitait ainsi, il me répondit qu'il était malade. Je l'envoyai se mettre au lit, lui disant que je me passerais de ses soins. J'entrai dans ma chambre, et, comme il était tard, je me couchai de suite. Jugez, madame, de ma surprise, lorsque je m'aperçus que mon lit était déjà occupé ; ma bougie était éteinte. Mon premier mouvement fut de me jeter à bas ; mais les gens qui en veulent à nos jours ne se cachent pas dans un semblable endroit : je ne fis donc aucune résistance, lorsque je me sentis tirer par le bras. Je me rapprochai de la personne qui m'avait causé une si grande surprise ; c'était une femme dans un déshabillé convenable à la place où elle se trouvait. J'allais lui demander qui elle était, lorsqu'une voix argentine prononça le nom de Mélanie.

Il suffit de savoir combien je l'avais aimée, pour juger de ce que j'éprouvai en la sentant si près de moi. Je ne ferai point ici parade d'un héroïsme que je n'eus pas alors ; je rendis à Mélanie ses brûlantes caresses : instruite dans l'art du plaisir, elle m'en fit goûter tous les charmes. Je fus complètement heureux dans ses bras, ou plutôt je fus complètement criminel. Lorsque je m'aperçus de ma faute, il n'était plus temps de la réparer.

» Revenu à moi, je demandai à Mélanie pourquoi elle avait quitté son couvent, et par quel hasard je la trouvais là ? J'ai quitté le couvent, me répondit-elle, parce que, depuis le départ de madame Adam, j'y suis sans cesse maltraitée ; les fautes que j'ai commises ne prouvent que trop que j'avais peu de vocation pour l'état de religieuse. Cependant le besoin d'exister et ma haine pour le vice m'auraient sans doute décidée à l'embrasser, si l'on avait eu pour moi les égards que j'exigeais, tout en m'avouant que je ne les méritais pas.

Au milieu de mes ennuis, je pensais sans cesse à vous : si j'étais M. Dorset, me disais-je j'accueillerais Mélanie avec délices ; peut-être me recevra-t-il sans rigueur ! Vous écrire aurait été chose inutile ; je vous connaissais assez pour être sûre que vous ne consentiriez à aucun de mes projets ; je n'avais qu'un seul moyen de vous persuader, c'était de vous rendre heureux malgré vous. Quand il connaîtra, me disais-je, l'impossibilité de résister à ce qu'on aime, peut-être me trouvera-t-il moins coupable : si je parviens à le fléchir, je n'aurai plus rien à craindre. Dorset pourrait-il livrer au désespoir Mélanie sortant de ses bras ?

» Je m'échappai sans peine de mon couvent, j'accours chez vous, j'apprends que vous ne rentrerez qu'à minuit : j'obtiens de votre domestique de me laisser ici jusqu'au moment de votre arrivée, et je lui recommande de trouver un prétexte pour ne pas vous y accompagner.

» Tout s'accorde au gré de mes vœux, je vous vois, je vous presse dans mes bras : vous m'aimez plus que jamais, du moins vous me le prouvez mieux. Votre amour est récompensé, le mien sera-t-il moins heureux ?

» Je l'avouerai, madame, je me laissai toucher par cette femme, aussi insidieuse que séduisante ; elle m'aveugla sans peine sur le crime d'un commerce illicite. Je m'isolai de toutes mes connaissances, je me livrai tout entier au bonheur de l'aimer, à celui plus grand encore de lui voir partager mon amour. Je n'épargnai rien pour la rendre heureuse, et pendant un temps bien court je crus l'être moi-même.

» Mélanie, exempte de chagrin, devenait tous les jours plus jolie. Un soir que nous étions à l'Opéra, je remarquai qu'un fort beau jeune homme ne cessait de la lorgner, je crus que sa charmante figure en était la seule cause, et j'avoue que je ressentis un secret plaisir à voir briller la femme que j'aimais. Mon erreur ne fut pas de longue durée ; en sortant de l'Opéra le même jeune homme passa près d'elle et lui serra la main : leurs yeux m'apprirent qu'ils étaient d'intelligence, et le lendemain une lettre adressée à Mélanie confirma tous mes doutes. Certain de sa perfidie, je lui déclarai, le plus froidement qu'il me fut possible, qu'il fallait nous séparer. Elle employa, pour me toucher, toutes les ressources de son sexe ; mais j'en avais déjà trop fait.

» Je renvoyai Mélanie comblée de tous les dons qu'elle tenait de mon fol amour. Depuis ce moment je ne l'ai pas revue ; mais un désir irrésistible m'a porté à m'informer de ce qu'elle devenait. Elle vit maintenant avec le jeune homme auquel elle m'a sacrifié. Dans tout ceci, madame, vous voyez que le seul à plaindre et le seul à blâmer, sans doute, c'est moi : je devais m'attendre à ce qui m'est arrivé ; mais vous daignerez remarquer que si j'ai laissé échapper quelques regrets, ce sont ceux du repentir et non ceux de l'amour. »

Il était temps que M. Dorset terminât son récit, car de grosses larmes qui roulaient dans ses yeux, étaient prêtes à s'échapper. Je le plaignis du fond de mon cœur, je me repentis de l'avoir forcé, pour ainsi dire, à nous révéler son secret. Il nous quitta en nous promettant de venir bientôt nous voir.

Octave continuait à venir tous les jours chez Rosa, et nos rendez-vous secrets devenaient très-fréquens, je ne pouvais plus me passer de lui ; l'amour qu'il m'inspirait commençait à absorber celui que je ressentais pour Bellegrade, et pourtant le marquis n'en concevait pas la moindre jalousie. Étrange est précieux aveuglement de l'amour, tu méritais une autre récompense !

Mais aussi, me faire attendre un an ! n'était-ce pas vouloir user ma passion avant que de la satisfaire ?

J'avais aimé Bellegrade pendant six mois, sans aucun partage ;

cette constance de sentiment (car notre amour était vraiment platonique) était un miracle pour moi ; le marquis n'avait donc pas le droit de se plaindre, il l'avait d'autant moins, qu'il était en partie cause de mon inconstance. Octave seul pouvait rivaliser avec lui dans mon cœur : pourquoi le marquis avait-il souffert ses assiduités ? pourquoi, lorsque le monde entier les remarquait, lui seul n'y songeait-il pas ?

Pourquoi ?... injuste Julie ! pouvais-tu raisonner ainsi, toi qui avais accoutumé Bellegrade à respecter tes volontés, à se soumettre à tes moindres désirs ? Tandis que tu osais lui faire un crime de son insouciance prétendue, peut-être son cœur était-il en proie au tourment de la jalousie, jalousie que la crainte de te déplaire l'empêchait de laisser paraître !

Mais non, j'aime mieux croire qu'il était confiant, que de penser qu'il était jaloux ; je n'aurai pas du moins à me reprocher de l'avoir rendu malheureux.

Peindrai-je les plaisirs que je goûtais avec Octave, l'impétuosité de ses désirs et l'excès de son désespoir lorsqu'ils n'étaient pas satisfaits ?

Je ne lui avais jamais dit qu'il fallait renoncer à la plus précieuse de mes faveurs ; mais pour le dédommager d'une si grande privation, je centuplais ses autres jouissances. Souvent enivré de volupté, il perdait, par un sacrifice involontaire, la force nécessaire pour cueillir de nouveaux lauriers. Mais à peine son extase était-elle terminée, qu'il retrouvait sa première vigueur : plus ardent que jamais, il faisait succéder la violence à la persuasion, les reproches aux prières. Irrité de l'inutilité de ses efforts, il versait des larmes qui me déchiraient l'âme ; des larmes que j'aurais voulu racheter au prix de mon sang, et qui pourtant ne me fléchissaient pas ! Presque toujours cette scène de plaisirs et de douleurs se terminait par des protestations d'en exiger moins, et des promesses d'en accorder davantage.

Quelquefois j'étais si touchée des marques d'amour que me donnait le charmant Octave, que je plaidais moi-même en sa faveur ; mais bientôt mon devoir et ma gloire venaient combattre ce mouvement favorable. Si mon amant avait pu deviner ce qui se passait alors dans mon âme, il aurait redoublé ses efforts, il aurait fini par me vaincre ; mais connaissant ce danger, je cachais sous les dehors de la froideur l'excès de mes brûlans désirs.

Le terme fixé pour mon union avec le marquis de Bellegrade allait enfin expirer ; tout le monde me félicitait du bonheur dont j'allais jouir ; Bellegrade pouvait à peine contenir les transports de sa joie, il en perdait la tête ; pour moi, certaine d'être complètement heureuse avec un époux aussi parfait et aussi amoureux que l'était le marquis, je ne savais si je devais me livrer au plaisir que me donnait mon mariage, ou me livrer à la douleur que me causait la perte d'Octave ; car quelque violente que fût ma passion, j'avais résolu de renoncer à lui du moment où je ne m'appartiendrais plus ; mais mon indécision fut bientôt terminée, Bellegrade parut, je ne songeai plus qu'au bonheur.

L'impatient Bellegrade n'avait plus que huit jours à attendre pour voir couronner son amour ; il avait passé la soirée chez Rosa, qui, à sa prière, avait fait interdire sa porte à tous les importuns ; nous avions passé cette délicieuse et trop courte soirée à nous entretenir du bonheur que nous allions goûter. Rosa, presqu'aussi heureuse que nous, embellissait encore des trésors de son cœur les rians tableaux que nous traçait le nôtre ; minuit sonne, Bellegrade se retire à regret ; mais des songes enchanteurs vont charmer des momens qu'il est forcé de passer loin de moi, et le lendemain à mon réveil il sera là pour recevoir mon premier baiser.

Bellegrade avait défendu à ses gens de l'attendre, il sortit accompagné d'un seul domestique ; en traversant une rue écartée, cinq hommes fondent sur lui, deux s'emparent de son domestique, les trois autres l'entourent ; il se défend avec furie. L'un des trois assassins, plus acharné que les autres, se précipite sur Bellegrade, et tous deux du même coup se percent de leurs épées et tombent baignés dans leur sang.

Le cliquetis des armes attire la garde, trois des assassins se sont enfuis ; Bellegrade et celui qu'il a blessé sont sans connaissance ; on s'empare de lui, ainsi que de son domestique et du second brigand. Le domestique du marquis nomme son maître et raconte sa malheureuse aventure ; on le fait transporter chez lui. Le scélérat que l'on interroge à son tour, intimidé par les menaces, avoue qu'il n'agit que par les ordres de celui qui a blessé le marquis ; il nous a engagés tous quatre, dit-il, à servir sa haine, à condition qu'il nous donnerait une forte somme d'argent, dont nous avons déjà reçu la moitié. Et comment nommez-vous cet homme ? demande la garde. Précourt, répondit l'assassin. Tous deux sont conduits en prison.

Bellegrade ramené chez lui, on envoie aussitôt avertir mon père ; il accourt chez son ami, et le trouve entre les mains de son chirurgien, qui déclare sa blessure mortelle. Les pleurs et la désolation succèdent au tumulte du plaisir ; le marquis reprend connaissance, un rayon d'espoir brille sur tous les visages ; l'air lugubre de l'Esculape le fait disparaître aussitôt. Bellegrade, d'une voix mourante, demande à me voir : on m'envoie chercher ; j'arrive inondée de larmes, je me précipite sur son lit, je le presse dans mes bras. Le chirurgien, craignant que la vive émotion du marquis ne lui devienne funeste, m'invite à me retirer ; l'infortuné l'entend, et rassemblant le reste de ses forces, il ordonne qu'on me laisse auprès de lui. Vous ne pouvez sauver mes jours, s'écrie-t-il ; mais au moins n'empoisonnez pas le peu de momens qui me reste ; la présence de Julie peut seule me faire supporter avec résignation les douleurs que j'éprouve ; elle restera *là* jusqu'à mon dernier soupir.

Épuisé de la véhémence avec laquelle il avait prononcé ce peu de mots, le malheureux Bellegrade laissa retomber sa tête sur mon sein, et parut prêt à s'évanouir de nouveau.

On voulut en vain me séparer de lui. Je déclarai que je ne le quitterais pas, qu'il ne me fût rendu ou enlevé à jamais.

La douleur que j'éprouve à retracer cet événement funeste, ne me permet pas d'en décrire les détails. Qu'il vous suffise de savoir que je passai deux jours et une nuit auprès du lit de mon malheureux amant ; ce que je souffrais était inexprimable. Je n'avais jamais su apprécier le marquis qu'au moment où je le perdais. C'est à cette heure funeste que je connus tout l'amour qu'il avait pour moi ; j'aurais voulu pouvoir le suivre au tombeau.

L'heure fatale approche ; Bellegrade la sent, il me presse sur son cœur. Je vais t'attendre dans le ciel, me dit-il ; oui, dans le ciel même j'oserai t'adorer ! Emportée par mon désespoir, je lui jure de n'avoir jamais d'autre époux que lui.

J'attendais cela pour mourir, répond-il en se penchant sur ma bouche. Il pousse un profond soupir, et je reçois son âme dans un dernier baiser !...

Mon âme fut prête à suivre la sienne. Je pressais dans mes bras son corps inanimé. Je l'appelais à grands cris ; puis écoutant dans le plus grand silence, j'attendais qu'il me répondit. Mon attente trompée me mettait en fureur. Mais que devins-je, quand on voulut m'arracher d'auprès de lui ! On fut obligé d'employer la violence. Je n'entendais pas les ordres de mon père, je n'étais pas plus sensible aux prières de Rosa. Un délire effrayant s'empara de moi ; je ne voyais que des assassins. Précourt surtout, l'infâme Précourt, s'offrait sans cesse à mes regards irrités. Monstre ! m'écriai-je, frappe-moi, mais épargne mon époux !

Cet affreux délire dura pendant un mois, sans aucun intervalle lucide : enfin je recouvrai la raison et la vie ; mais ce fut pour m'affliger de nouveau.

Ma convalescence fut longue, ma douleur le fut plus encore : je ne cessais de parler de Bellegrade. On craignit pendant quelque temps que mes organes ne fussent affectés. Ce fut dans ces momens de douleur qu'Octave me montra combien il m'était attaché. Il se prêtait avec un discernement que lui seul possédait, à tous les caprices de ma douleur. Jamais il ne me parlait de lui, toujours de Bellegrade. Il le peignait sous les plus aimables couleurs ; c'était un être céleste que je devais toujours chérir et toujours regretter. Je sais qu'il y a peu de mérite à vanter un rival que l'on ne peut plus craindre ; mais je crois qu'il y en a beaucoup à renoncer aux droits d'un amant pour remplir pendant plus de six mois le rôle de consolateur.

Aussitôt que je pus mettre de l'ordre dans mes idées, je demandai ce qu'était devenu Précourt. J'en voulais tirer une vengeance éclatante. J'appris que ce monstre, dont la blessure n'avait été que légère, avait subi le lendemain un interrogatoire, dans lequel il avait avoué que la haine qu'il portait à moi et à ma famille, l'avait déterminé à ce meurtre. On ajouta qu'étant convaincu qu'il ne pourrait se soustraire à une mort ignominieuse, il s'était poignardé dans sa prison. Je trouvai cette mort trop douce ; j'aurais voulu la lui donner moi-même, où plutôt j'aurais voulu qu'il pérît sur l'échafaud, afin que sa mémoire fût à jamais flétrie.

Enfin ma douleur se calma, ma santé ranima les roses de la jeunesse. Je n'avais plus cette gaîté piquante qui fait rendre les armes tout en badinant. Une douce mélancolie l'avait remplacée ; mais j'en étais plus intéressante. Le règne de Bellegrade avait fait envoler les amours ; après sa perte, ils revinrent en folâtrant me consoler de mon veuvage.

Octave, qui n'était plus que mon ami, se montra plus jaloux sous ce titre qu'il ne l'avait été lorsqu'il était mon amant. Accoutumée à ses soins délicats, à sa conversation toujours intéressante, je me gardai bien de l'éloigner de moi, comme j'avais l'habitude de faire toutes les fois qu'un amant devenait incommode. Bientôt l'amour, qui s'était déguisé sous les traits de l'amitié, reparut en vainqueur sous les siens. Pour la première fois je fus fâchée d'inspirer des désirs, et presque irritée de l'aveu que l'on osait m'en faire. Mais Octave connaissait trop bien tous les replis de mon cœur, pour s'étonner de la manière dont je l'écoutais. C'était l'effet d'une blessure encore mal cicatrisée, qui cause une vive douleur au moindre choc.

Je m'accoutumai sans peine à entendre de la bouche d'Octave des protestations d'amour, qui m'avaient tant de fois comblé de plaisir. Sa passion parvint à rallumer la mienne, et nos doux ébats recommencèrent. Octave est l'homme que j'ai aimé le plus long-temps et avec le plus de violence. Pendant deux années entières je fus sa maîtresse et son amie. Il m'aimait si éperdûment, qu'il finit par renoncer à ce que l'expérience lui avait appris qu'il désirait en vain. Heureux de goûter dans mes bras des plaisirs aussi vifs que variés, l'idée d'une félicité plus complète ne vint plus troubler ses jouissances.

L'amour que j'avais pour Octave, quelque vif et constant qu'il pût être, n'avait pas détruit en moi cet esprit de coquetterie qui me caractérisait. J'avais repris les rênes de mon empire ; le matin, à ma toilette, je donnais mes audiences, et le soir je faisais de nouveaux captifs. Ma main fut sollicitée par plusieurs hommes d'un grand mérite ; mais le serment que j'avais fait à Bellegrade, et peut-être mon goût pour l'indépendance, me firent refuser les plus brillans partis. Un seul homme pensa ébranler ma résolution ; ce fut le séduisant Octave. Voyant que je l'aimais toujours, et que je ne voulais écouter aucune proposition de mariage, il se flatta d'être la cause secrète de la répugnance que je montrais pour ce lien.

Octave profita d'un moment d'extase pour m'adresser sa timide prière. Julie, me dit-il, ne vous étonnez, pas si je réclame un titre qui seul peut m'assurer à jamais la possession d'une femme adorée. Si j'ai poussé la présomption jusqu'à me flatter, de vous obtenir, c'est que, vous ayant vu refuser la fortune et le mérite, j'ai cru que vous vous destiniez à servir de récompense à l'amour.

Octave avait en partage tout ce qui peut plaire dans un amant ; grâce, beauté, esprit, gentillesse, la nature ne lui avait rien refusé ; mais il n'avait ni titre, ni richesse, et ces deux choses me paraissaient indispensables dans un époux. Si j'avais trouvé l'amour dans une chaumière, je l'aurais pris volontiers pour amant ; mais il fallait posséder un palais pour obtenir la main de Julie.

Je n'épargnai rien pour adoucir mon refus ; je dis à Octave que le serment que j'avais fait était le seul obstacle qui pût m'arrêter ; mais que cet obstacle était insurmontable.

La liaison de mon père avec madame de Saint-Amand avait duré près d'une année : la jalousie de l'un et la coquetterie de l'autre avaient fini par rompre une chaîne dont ils étaient également las tous deux ; cependant je continuais à voir cette dame, j'étais fréquemment de ses parties ; elles étaient toujours charmantes. Mon père fut bientôt remplacé ; un médecin suédois, spirituel et bien fait, lui succéda : cette dame aimait les étrangers.

Madame de Saint-Amand avait un mari dont je n'ai point encore parlé : c'était un de ces hommes dont le monde fait peu de cas, faute de les bien connaître. Il s'était marié par inclination ; les intrigues de sa femme avaient détruit son bonheur et son repos. Après avoir employé vainement tous les moyens de la ramener à lui, il prit la résolution de s'en séparer ; il fallait, pour y parvenir, prendre sa femme sur le fait, il l'essaya long-temps sans y réussir. Enfin, son intrigue avec le Suédois, qui semblait avoir encore moins de retenue que ses autres amans, sembla lui présenter une occasion favorable.

Un jour que M. Wolmer (c'est le nom du Suédois) venait d'entrer chez sa maîtresse, M. de Saint-Amand se mit en embuscade, bien résolu de faire un éclat, puisque c'était le seul moyen de se débarrasser d'une femme qu'il ne pouvait plus souffrir.

Au bout d'une demi-heure, il monta chez madame Saint-Amand, par un escalier dérobé qui donnait dans un cabinet, d'où l'on pouvait distinguer tout ce qui se passait dans la chambre à coucher.

Quel spectacle frappa sa vue ! sa femme, couchée sur un sopha, tient dans ses bras son amant à moitié nu ; leur inactivité annonce la fin de leurs délices : ils se reposent des fatigues de l'amour.

Saint-Amand paraît, furieux, hors de lui ! il appelle ses gens, il crie au scandale ! Wolmer se relève, et sans perdre la fête, il s'avance vers Saint-Amand qui courait ouvrir la porte ; il le contient d'une main, et de l'autre répare son désordre. Il ne reste à madame de Saint-Amand, grâce aux vêtemens commodes de son sexe, aucunes traces de ce qui vient de se passer ; dès que son amant est prêt à paraître, elle-même court ouvrir la porte, elle se plaint à haute voix des violences de son mari. Est-il une femme plus malheureuse que moi, s'écria-t-elle ! tout porte ombrage à cet homme jaloux ; il voudrait m'interdire jusqu'aux visites de mon médecin, quoique ma santé soit visiblement altérée par les mauvais traitemens de ce tigre !

Que répondre à cela ? Rien ne prouvait ce qu'il *avait vu*, et l'étonnement que lui causait l'effronterie de sa femme, lui ôtait jusqu'au pouvoir de l'accuser. Désespéré de l'éclat inutile qu'il venait de faire, et renonçant de convaincre madame de Saint-Amand de ses fréquentes infidélités, il alla se renfermer dans une de ses terres, ne se sentant pas la force de soutenir les plaisanteries et les sarcasmes dont cette aventure allait le rendre l'objet. C'était la seule ressource qui restait à M. de Saint-Amand pour se soustraire au ridicule dont il s'était couvert. Dès le lendemain tout Paris sut son histoire : on la raconta de mille manières différentes. Madame de St.-Amand elle-même s'en amusa dans sa société intime ; mais ce qui la combla de joie, ce fut le départ de son mari.

Il y avait trois ans que nous habitions Paris, sans interruption. Ma tante soupirait après Marseille ; elle détermina mon père à l'y suivre, et dès que le printemps eut rajeuni la nature, nous quittâmes cette cité charmante, théâtre de ma gloire et de mes plaisirs.

J'aimais encore Octave, lorsque je quittai Paris, et sans cet événement, je crois que les amours d'Octave et de Julie seraient devenues plus fameuses que celles de Pyrame et Thisbé.

— Nos regrets furent véritables et réciproques. Mon heureuse philosophie vint bientôt mettre un terme à ma douleur ; mais je conservai longtemps pour lui la plus tendre amitié. Il s'établit entre nous une correspondance aussi active qu'amusante. Octave, qui ne rougissait plus, devint un homme à bonnes fortunes ; je consentis à être sa confidente. À deux cents lieues on ne rougit pas d'un pareil rôle ; je lui avais promis d'avoir avec lui la même sincérité ; mais comme il pensait avoir été mon premier amant, j'eus la bonté de lui laisser croire que personne après lui ne pouvait plus toucher mon cœur.

Nous ne restâmes qu'un mois à Marseille ; la belle saison invitait à jouir des plaisirs de la campagne. Rosa brûlait de parcourir ses bois et ses prairies ; nous partîmes pour sa terre, séjour vraiment enchanteur, et nous passâmes quatre mois sans regretter un seul moment les plaisirs de Paris.

Nous recevions presqu'autant de monde que si nous eussions habité Marseille. Les fêtes charmantes que l'on dormait au château y attiraient la plus brillante société ; nous jouions la comédie, nous donnions des bals, des concerts : enfin nous rassemblions à la fois les plaisirs bruyans de la ville et les amusemens plus simples, mais non moins variés du hameau.

Il ne me manquait qu'une chose pour rendre mon bonheur parfait, c'était un être digne de le partager ; mais après avoir aimé Octave et Bellegrade, quel mortel pouvait m'intéresser !

Plus ma conquête parut difficile, et plus on y mit de prix. On employa tout pour me soumettre ; les aimables du jour s'en firent un point d'honneur. Je m'amusai de l'espoir des uns, je m'enorgueillis des efforts des autres ; mais tous me trouvèrent également inflexible.

L'été se passa de cette manière. Je trouvais dans mes rigueurs une espèce de plaisir dont la nouveauté faisait le plus grand mérite ; aussi, bientôt j'en fus fatiguée, l'ennui s'empara de moi, l'amour choisit ce moment pour me blesser d'un nouveau trait.

La fin de la belle saison nous fit revenir à Marseille, où Rosa résolut que nous passerions l'hiver. Mon père reçut alors une lettre de Naples, qui lui annonçait la mort d'Alberti ; les craintes perpétuelles que lui causait ce dangereux ennemi de son repos l'avaient seules décidé à s'expatrier : la mort de sa victime, en dissipant ses terreurs, mit fin à l'espèce d'exil auquel il s'était condamné. M. d'Irini nous quitta pour retourner à Naples ; cette séparation ne parut pas beaucoup l'émouvoir ; nos regrets furent proportionnés aux siens.

Arrivée à Marseille, mon choix fut bientôt décidé ; ce fut l'homme le plus riche et le plus distingué de la ville à qui je jetai le mouchoir. Il s'était signalé par ses galans exploits, tout concourait à le rendre dangereux ; il avait reçu de la nature le physique le plus séduisant et l'esprit le plus aimable ; sa naissance était illustre, et sa fortune assez considérable pour soutenir son rang avec magnificence : enfin il possédait tout ce qui peut faire le bonheur et exciter l'envie.

Versac, c'était le nom de ce mortel fortuné, pouvait difficilement trouver une cruelle. Les femmes volaient au-devant de lui ; on se vantait de l'*avoir eu*. Pour moi, quelque mérite que je lui trouvasse, je ne m'en serais jamais occupée, sans l'amour dont il prétendit brûler pour moi ; mais Versac, amoureux, était irrésistible. Je lui dis que je le trouvais aimable, c'était tout ce qu'il désirait. « Lorsqu'on sait m'apprécier, disait-il plaisamment, ma victoire est sûre. »

Versac, qui ne m'avait encore vue qu'en public, et qui s'ennuyait du rôle de soupirant, me sollicita vivement de lui accorder un tête-à-tête. On est convenu qu'une femme qui donne un rendez-vous n'a plus le droit de rien refuser à celui qui l'obtient. Versac, dont l'heureuse expérience l'avait confirmé dans cette idée, se trouva presque offensé de la résistance que j'opposai à ses désirs. « Je ne devais pas, s'écria-t-il, m'attendre à de pareils refus, ne suis-je pas ici de votre aveu ?

— Et c'est également de *mon aveu*, repris-je avec fierté, que vous devez attendre jusqu'à la moindre de mes faveurs ; en vous admettant seul chez moi, j'ai bien voulu vous accorder une marque de préférence, mais non vous donner sur ma personne des droits que vous n'aurez peut-être jamais. Versac, vous donnez trop d'extension au mot de *rendez-vous*, et trop peu de prix à la chose.

Rien ne rend un homme soumis comme la hauteur d'une femme. Versac, honteux d'avoir manqué son but, s'efforça de réparer ses torts de la manière la plus séduisante, il déploya tous ses moyens de plaire ; il faut l'avouer, il était enchanteur.

Heureuse d'avoir trouvé son endroit faible, je me promis d'en profiter pour l'asservir à mes volontés ; mais ne voulant pas me punir de ses torts, je quittai mon air sévère pour me livrer à ses douces caresses ; mes moindres faveurs avaient doublé de prix par la résistance momentanée que j'avais opposée à ses désirs. Au lieu de l'impétuosité que Versac avait montrée d'abord, il savourait avec délices tout ce que je lui abandonnais, et semblait rendre un hommage particulier à chacune de ses conquêtes ; il me quitta, plus épris de mes charmes, et moins confiant dans son mérite : son air soumis et tendre acheva de me gagner. Versac timide ! ce miracle m'était réservé.

Versac, accoutumé à régner seul, se montra jaloux avant que d'en avoir les droits ; loin de céder à ses fréquens caprices, sa jalousie me rendit plus coquette. Le plaisir que je trouvais à le tourmenter surpassait celui que j'avais à le rendre heureux ; il est vrai que mon amour-propre était plus intéressé que mon cœur dans cette nouvelle intrigue. En général, je n'ai jamais aimé les hommes à la mode ; sans la gloire attachée à leur conquête, ce titre seul aurait suffi pour les exclure de chez moi. Chaque jour Versac obtenait quelque nouvelle faveur, bientôt il ne lui resta plus que la dernière à désirer ; c'était là le point difficile. Versac était sans doute de tous les hommes, celui qui supporterait le plus impatiemment cette privation. Ma seule ressource était de reculer le moment décisif ; j'inventais mille prétextes pour ne pas me trouver seule avec lui. Il s'en contentait si facilement, que je finis par en être piquée ; mais ce n'était qu'une ruse de guerre pour endormir ma vigilance, et profiter de ma sécurité.

Versac donna un bal magnifique, où les plus belles femmes de Marseille se trouvèrent réunies. Une seule me déplut dans ce cercle nombreux, ce fut madame de ***, que j'appellerai Caroline ; cette femme, que je rencontrais partout, s'était hautement déclarée ma rivale, et c'était sans doute la plus dangereuse que je puisse avoir. Caroline avait au moins ma taille ; ses formes, quoique très-prononcées, étaient parfaites, son maintien était rempli de dignité, et sa figure enchanteresse ; c'était Minerve parée de la ceinture de Vénus.

Caroline était la seule dont la beauté put égaler la mienne. Elle avait plus de majesté, mais j'avais plus de fraîcheur ; en un mot, elle causait l'admiration, et moi j'inspirais l'amour.

Je fus piquée des avances que cette dame fit à Versac ; ce dernier semblait y répondre avec un empressement qui acheva de me désespérer. Pour la première fois j'éprouvais les tourmens de la jalousie ; mais ce sentiment, au lieu d'augmenter mon amour l'anéantit entièrement. Versac cependant quitta bientôt Caroline pour moi ; nous dansâmes ensemble une partie de la soirée ; il n'avait jamais été si aimable, si empressé ; il ne parla plus à ma rivale : j'étais aux nues !

Après avoir dansé plusieurs contre-danses, Versac m'entraîna, sous je ne sais quel prétexte, hors du salon. Nous traversâmes, tout en causant, une longue file d'appartemens, et nous nous trouvâmes dans un boudoir délicieux, dont Versac ferma soigneusement la porte dès que nous y fûmes entrés.

Je fis un mouvement qui décela mon inquiétude. Rassurez-vous, charmante Julie, me dit Versac avec malignité, vous savez que je suis un homme sans conséquence, n'avez-vous pas mille preuves de ma docilité ! Je n'ai eu d'autre dessein que de causer un quart d'heure avec vous. Ce réduit n'est-il pas enchanteur, continua-t-il en m'entraînant sur une couche moelleuse ? les parfums qu'on y respire jettent le trouble dans tous les sens ; il faut avoir votre froideur pour rester ici sans éprouver d'émotion.

Versac, tout en faisant l'éloge de son boudoir, parcourait avec avidité des charmes que je m'efforçais en vain de défendre : mon costume de bal offrit bien peu de résistance, c'était une légère gaze d'argent attachée sur les épaules avec des agraffes de diamant, j'avais la gorge et les bras découverts ; le pied et le bas de la jambe s'offraient également à l'œil curieux ; rien de plus voluptueux que cet ajustement. Je n'avais jamais été si jolie ; mais plus j'étais séduisante, plus je courais de dangers. Versac me couvrait de caresses passionnées, il avait à ces premières faveurs des droits incontestables ; sentant le ridicule d'une résistance trop tardive pour qu'il la crût de bonne foi, je me résignai à partager ses plaisirs.

L'adroit Versac, avant d'essayer à remporter de nouveaux myrtes, mit tout en œuvre pour exciter mes désirs au plus haut degré ; il y réussit sans peine : la danse avait fait passer dans mon âme une douce ivresse que ce lieu voluptueux accroissait encore. Rassurée sur les projets de Versac, qui avait l'air plus amoureux qu'entreprenant, je m'abandonnais sans contrainte aux sensations les plus délicieuses.

Versac, maîtrisé par la violence de ses désirs, détruisit bientôt, en s'y abandonnant, l'heureuse erreur à laquelle je devais des momens si doux. N'écoutant plus que ses transports, il s'élance sur moi avec la rapidité de l'éclair : mes forces, épuisées par la fatigue et le plaisir, se raniment à la vue du danger ; mais quelle résistance puis-je opposer à sa fougue amoureuse ?

  Une main, qui, malgré sa jolie forme, suffirait seule pour me faire demander grâce, s'empare des miennes et me prive de leur faible secours. Un bras nerveux me sert de ceinture et me comprime fortement ; un genou vient séparer les miens : je résiste, peine inutile ! Versac, se souciant peu de la douleur qu'il me cause, redouble de vigueur et parvient à s'ouvrir un passage. Je suis perdue, c'est en vain que je le supplie de m'épargner. Il est sourd à mes cris, il s'avance avec une audace effrayante, il se croit déjà vainqueur !... Mais une résistance inattendue s'oppose à ses fougueux désirs ; il me heurte avec une nouvelle violence, il me meurtrit, il me déchire. Ne pouvant plus supporter l'excès de ma douleur, je fus prête à lui livrer le temple dont mon adresse a su lui dérober l'entrée ; mais je m'aperçois que ses efforts commencent à se ralentir. Ce rayon d'espoir me fait oublier mes souffrances. Versac, excédé, lâche enfin sa proie, et je triomphe à mon tour.

  Une plus longue séance dans le boudoir aurait été aussi inutile que désagréable pour Versac et pour moi, nous imaginions tous deux avoir grièvement à nous plaindre l'un de l'autre ; je ne pouvais lui pardonner d'avoir employé la violence pour obtenir ce que je ne voulais pas accorder, et Versac trouvait, peut-être à juste titre, ma résistance très-déplacée. Si j'avais su, me disait-il en se rajustant devant une glace, que vous voulussiez me tenir rigueur, assurément je ne me serais pas porté à de pareilles extrémités ; mais rien jusqu'alors, il faut en convenir, n'avait pu me préparer à ce bizarre dénouement.

  — Si j'ai bien voulu, répartis-je d'un air dédaigneux, vous accorder quelques faveurs, cela ne vous donnait aucuns droits d'en exiger de nouvelles : mais je vous avais, dites-vous, permis de tout espérer ; je n'en disconviens pas : je fais plus, je le répète, oui sans votre indigne conduite, vous pouviez tout attendre du temps et d'un heureux caprice.

  Versac me regarda d'un air moitié surpris, moitié suffisant, qui disait : ce langage est nouveau pour moi.

Nous sortîmes enfin de ce fatal boudoir. Personne ne s'était aperçu de notre absence, excepté Caroline, qui sans doute était loin de s'imaginer à quoi nous avions passé notre temps. Aussitôt qu'elle m'aperçut, ses yeux se fixèrent sur moi avec l'expression du dépit ; elle s'approcha de Versac qui peut-être ne la cherchait pas, mais qui fut bien aise que je le visse avec elle. Le cruel ne manqua pas son but : tous les tourmens de la jalousie vinrent m'assaillir ; que je la haïssais cette Caroline ! que j'étais humiliée par son air de triomphe ! Ce n'était pas assez de m'enlever mon amant, elle voulait encore que je n'en doutasse pas. Chaque fois que je changeais de place, elle me suivait avec affectation. Versac ne la quittait pas, et l'air satisfait qu'ils avaient tous deux ne prouvait que trop leur nouvelle intelligence.

Enfin je vis finir ce bal où je m'étais promis tant de plaisirs, et où je n'avais rencontré que contrariétés et souffrances.

Je m'en revins bien affligée ; les galanteries et les assiduités que m'avaient prodiguées la plupart des hommes, ne diminuaient en rien le désespoir d'avoir vu triompher ma rivale. Hé quoi ! me disais-je, voilà donc le prix d'une résistance qui m'a tant coûté ! Ce moyen de subjuguer que je croyais infaillible, ne sert qu'à me faire abandonner ! Une femme moins jeune, moins aimable que moi, et qui n'est pas plus belle, l'emporte par la seule raison qu'elle consent à céder ! Me serais-je donc trompée ? N'aurais-je jusqu'alors caressé qu'une chimère ? Mais non, ma longue expérience doit me rassurer ; n'ai-je pas été aimée avec idolâtrie ? ai-je jamais été quittée ? Si Versac me préfère à Caroline, c'est qu'il n'a jamais rien senti pour moi ; nous avons cherché l'un et l'autre à nous inspirer une passion que nous ne partagions pas ; sa perte est peu de chose, au point où nous en sommes ; mais si j'avais eu la faiblesse de lui tout accorder, Versac, perfide aussitôt qu'heureux, aurait fait le malheur du reste de ma vie.

Je trouvais donc dans ma disgrâce même des motifs pour fortifier mes étranges principes ; mais j'eus bientôt lieu de m'en applaudir tout-à-fait.

Le lendemain du bal, Versac vint chez moi ; comme il avait fait tous ses efforts pour exciter ma jalousie, il s'attendait à de vifs reproches ; il espérait que le désir de ramener un volage, me forcerait enfin à lui tout accorder. Mais je trompai doublement son attente ;

je cachai mon dépit sous un air enjoué, et je le plaisantai sur sa nouvelle conquête ; je ne m'étonne pas, lui dis-je, que vous me préfériez Caroline ; sa rare beauté suffirait pour faire rendre les armes ; mais son humeur facile est sans doute le plus grand charme qu'elle ait à vos yeux. Peu accoutumé à vaincre les obstacles, si toutes les femmes avaient au même degré que moi la manie de la résistance, vous seriez obligé de renoncer à vos fréquens triomphes.

— Épargnez-moi, interrompit Versac, j'avoue mes torts ; mais ils sont moindres que vous ne l'imaginez. Je n'ai jamais eu l'intention de vous sacrifier à Caroline.

— Le sacrifice serait assez singulier, interrompis-je vivement : pour sacrifier une femme, il faut la posséder, et voilà précisément, mon cher Versac, la bizarrerie de votre aventure ; c'est que vous êtes inconstant avant que d'être heureux ; vraiment cette idée m'amuse ; cela vous est-il arrivé souvent ?

Je continuai ce persiflage assez long-temps ; mais croyant m'apercevoir que Versac se fâchait tout de bon, je craignis d'avoir été trop loin, et je m'efforçai de réparer mes torts par les choses les plus aimables. Versac espéra que l'heure du berger allait sonner pour lui ; il devint entreprenant ; j'étais chez moi, et par conséquent je n'avais aucune violence à craindre. Je me livrai, avec une voluptueuse fureur, à ses brûlantes caresses. Je goûtai, dans ses bras, des plaisirs indicibles. Anéanti par la jouissance, une jouissance plus enivrante encore me rendit à la vie ; je n'avais jamais éprouvé d'ivresse aussi complète ; je rendis l'objet de mon bonheur presqu'aussi heureux que moi ; et pourtant, fidèle à mon système, je me gardai bien de laisser effeuiller la rose.

Je vois bien, s'écria Versac après cette scène voluptueuse, qu'il faut renoncer à vous, puisque vous résistez même en ne vous défendant pas ! J'avoue que cette tactique est tout-à-fait nouvelle pour moi ; je m'y perds : quel est donc votre but en agissant ainsi ?

— Mon but, repris-je un peu surprise, et craignant d'être devinée, je n'en ai pas. Je conviens avec vous de la singularité de ma conduite ; mais tout mon secret consiste à ne suivre que l'impulsion de mes désirs ; vous m'avez amenée par gradation au point où nous en sommes ; si vous avez si bien réussi jusqu'alors, c'est que chaque nouvelle faveur que vous obteniez me procurait un nouveau plaisir ; faites-moi désirer la dernière, au même instant je vous l'accorde.

Ce raisonnement est spécieux, reprit Versac ; mais entre nous, il est trop égoïste ; si jusqu'à présent vous n'avez agi que pour vous, il est temps que mon tour vienne : n'attendez pas, pour me rendre heureux, un désir que je désespère de faire naître ; daignez accorder quelque chose à l'amour, et le plaisir acquittera sa dette.

Il est moins difficile, en fait d'amour, de rétorquer des argumens que de résister à des caresses ; aussi Versac s'efforça-t-il en vain de me persuader. Il me quitta désespéré de ma résistance ; mais comme je croyais son orgueil plus intéressé que son cœur dans ce désespoir, il me toucha peu.

J'eus bientôt le mortel déplaisir de me voir entièrement abandonnée de Versac. Caroline, à force de manège, parvint à me l'enlever. Pour la première fois je crus qu'on pouvait trouver un plaisir bien vif à se venger ; mais comme il ne s'offrit à mon imagination que des moyens extrêmes, je les rejetai avec horreur ; bientôt le hasard m'offrit l'occasion d'en tirer une vengeance aussi singulière qu'amusante, je résolus d'en profiter.

Il y avait cercle chez Rosa ; chacun racontait les nouvelles du jour. Versac ne tarda pas à être sur le tapis. Caroline s'affiche, pour ce fat, d'une manière indécente (dit une dame qui avait cherché vainement à plaire à Versac) ; elle l'avoue publiquement ; une fille ne se conduirait pas avec plus d'effronterie.

— Ah ! je suis sûre que ce sont des calomnies, reprit une autre en souriant d'un air fin ; Caroline, loin d'avoir un amant, ne cherche que des maîtresses ; j'ai eu la gloire de lui inspirer une passion fort comique, mes rigueurs ont pensé la faire mourir de désespoir.

— On rit beaucoup de cette méchanceté ; ce fut pour moi un trait de lumière. Je trouvais délicieux de me faire *adorer* par Caroline, et de lui reprendre Versac. Ce double triomphe servait au mieux ma vengeance, et m'offrait une nouvelle source de plaisir. Je résolus de mettre tout en œuvre pour être bientôt la favorite de cette moderne Sapho.

Depuis que Caroline m'avait enlevé Versac, elle ne venait plus chez Rosa. Comme je ne l'avais jamais pu souffrir, loin de chercher à la voir, j'avais évité toutes les occasions de me trouver avec elle, et par cette raison je ne lui avais rendu que les visites indispensables.

Partie II

Aller chez elle dans la circonstance présente, avait presque l'air de réclamer Versac. Cette idée m'arrêta ; mais, ne trouvant pas d'autre moyen de me trouver seule avec elle, je finis par m'y résoudre.

Le lendemain matin je me rendis chez Caroline dans le négligé le plus galant. Je n'avais rien épargné pour être séduisante : la conquête que je méditais était la plus importante de ma vie.

Comme on m'avait annoncée, je ne pus m'apercevoir de l'effet que produisait sur Caroline ma visite inattendue. Elle avait eu le temps de composer son visage : probablement je n'y perdis rien ; elle me reçut d'un air assez gracieux.

Vous excuserez ma visite, lui dis-je en l'abordant d'un air ouvert ; je n'ai pu résister plus long-temps au désir de vous voir, et je viens vous reprocher l'abandon où vous nous laissez.

Caroline me répondit d'une manière polie ; la conversation s'anima, on eût dit que nous étions les meilleures amies du monde. Sous prétexte de chaleur, j'ôtai mon doliman, et je livrai aux regards avides de Caroline une gorge enchanteresse, voilée d'une simple dentelle. Ses yeux se portaient souvent sur ces jolies globes d'ivoire ; mais elle se contentait de *regarder*, et je commençais à craindre d'avoir fait d'inutiles avances. Par une adroite mal-adresse je fis tomber le peigne qui retenait mes cheveux. Vous connaissez, mon cher Armand, leur extrême beauté ; ils ne pouvaient manquer d'exciter l'admiration : c'est ce que je voulais, j'y réussis.

Caroline vint avec empressement rattacher mes grandes tresses noires. Quel charmant contraste, disait-elle en les approchant de mon sein ! l'œil en est ébloui. Mais, continua-t-elle avec un air d'intérêt, en promenant sur moi une main caressante, vous vous blessez, ma chère, avec vos vilains corsets ; vous êtes beaucoup trop serrée.

— Vous vous trompez, lui dis-je, je n'ai mis ce matin qu'une simple ceinture.

— Quoi ! reprit Caroline en cherchant à s'en assurer, ces formes délicieuses ne doivent rien à l'art ? vous avez la blancheur et la fermeté de l'albâtre.

— Ce que je vois n'est pas moins admirable, repris-je en imitant ses gestes.

— Quelle proportion ! quelle fraîcheur ! s'écriait Caroline en continuant son voluptueux examen. Mais ce n'est pas la seule chose que j'admire en vous : l'éclat de vos dents et l'incarnat de vos lèvres sont ce que j'ai vu de plus parfait ; que votre bouche doit être fraîche !

Et ma belle curieuse, afin de s'en assurer, déposa un baiser fort sonore sur mes lèvres entr'ouvertes. Pour le coup, je me tins assurée de ma conquête, et, bien persuadée qu'on n'en resterait pas là, je résolus de laisser faire tous les frais à Caroline, craignant qu'à l'exemple des hommes, elle dédaignât les faveurs qu'elle obtenait trop facilement.

J'ignore jusqu'où Caroline aurait poussé la témérité, et moi la condescendance, dès cette première entrevue, si quelqu'un n'était venu troubler notre tête-à-tête. Elle me fit, lorsque je m'en allai, les démonstrations d'amitié les plus vives, et me promit de me rendre bientôt ma visite.

Effectivement, deux jours après Caroline vint me voir ; malheureusement ma tante était dans mon appartement, elle y resta par politesse. Caroline qui se mourait d'impatience, devinant le motif de Rosa, et désespérant d'obtenir un tête-à-tête, me proposa de venir faire une promenade avec elle. J'y consentis, et nous partîmes.

Il fait bien froid pour se promener, dit Caroline, dès que nous fûmes dans sa voiture, ma chère petite, si nous allions chez moi ?

— Volontiers, lui répondis-je, et deux minutes après nous arrivâmes.

Jusqu'alors Caroline m'avait reçue dans un salon. Pour la première fois je fus introduite dans une espèce de petit temple dont les ornemens désignaient d'une manière très-claire la divinité qu'on y adorait. Il y avait plusieurs statues analogues à ce lieu charmant ; le groupe le plus remarquable était une Vénus caressant une Grâce. Toutes deux étaient dans l'attitude la plus voluptueuse. Le parquet était jonché de feuilles de roses, ainsi qu'une ottomane extrêmement basse, qui se trouvait en face de la belle Vénus. Caroline, un bras passé autour de ma taille, me faisait admirer chaque tableau en particulier, sous prétexte que j'étais grande connaisseuse ; mais son véritable motif était d'émouvoir mes sens, et de m'accoutumer par degrés à recevoir ses singuliers hommages.

— Ces peintures sont délicieuses, m'écriai-je ; mais une chose m'étonne, je n'y vois que des femmes ! N'est-ce pas l'unique moyen, répondit vivement Caroline, d'allier la décence à la volupté ? Ici, rien ne blesse la vue, et tout embrase les sens !

— Mais un homme qui viendrait ici serait jaloux de l'hommage exclusif que l'on y rend aux femmes.

— Un homme ! et croyez-vous qu'un homme ait jamais souillé par sa présence ce temple de la volupté !

— Quoi ! jamais !

— Non, jamais, reprit Caroline avec une nouvelle vivacité ; ce réduit est consacré à mes plus chères délices, et des objets dignes de mon culte y ont seuls pénétré. Qui peut, ma chère Julie, ajouta-t-elle, en me plaçant devant une glace, qui peut ne pas préférer une femme, ce modèle de grâces et de perfections, à ces êtres grossiers et jaloux, qui ne nous recherchent que pour nous tromper et nous perdre ! Comment les femmes, qui peuvent trouver entr'elles des sources si fécondes des plus vives jouissances, se livrent-elles à un sexe qu'elles devraient éviter sans cesse !

— Je pourrais me laisser entraîner par ces singuliers sophismes, répondis-je, si votre conduite même ne les démentait pas ; mais, si les plaisirs que vous vantez avec tant d'emphase surpassaient ceux que nous promettent les hommes, Caroline, auriez-vous un amant ?

— L'apparence est contre moi ; mais cela ne détruit pas la bonté de mes principes. Si j'ai fait l'insigne folie de tirer quelques hommes de la foule, ce n'est pas qu'aucun d'eux m'ait jamais inspiré ni d'amour ni de désirs. J'ai vingt-cinq ans, je suis veuve et très-riche, je ne puis me passer d'un *sigisbé* ; c'est sous ce rapport que je considère mes amans. Le besoin d'avoir un homme à mes ordres peut seul me décider à l'honorer de ma bienveillance ; aussi le plus laid magot me conviendrait-il autant qu'un Adonis, si je ne retirais de la possession de ce dernier le plaisir d'exciter l'envie. C'est cette même raison qui m'engage à ne choisir mes amans que dans le rang le plus élevé. Plus un homme est chéri des femmes et plus je trouve de plaisir à me l'approprier exclusivement ; mais le triomphe qui m'est le plus doux, c'est de séparer deux cœurs unis par l'amour.

— Vous m'étonnez. Puisque vous aimez tant les femmes, quel plaisir pouvez-vous trouver à les affliger ?

— Celui qu'un roi trouve à punir des sujets rebelles. J'adore les femmes que je soumets à mon empire ; l'aveuglement des autres les rend indignes de ma pitié. Mais, ma bien-aimée, à quoi nous occupons-nous ? Je puis vous convaincre facilement de la bonté de mes préceptes ; viens, mon cher amour, viens, que je t'initie à nos délicieux mystères !... À ces mots, Caroline m'attire doucement sur la couche de roses ; elle écarte le voile qui couvre mon sein, elle y colle sa bouche, et, après en avoir caressé les deux charmans boutons, elle vient cueillir sur mes lèvres les plus brûlans baisers. Mes bras deviennent bientôt l'objet de ses voluptueuses caresses ; elle les presse, elle les baise avec fureur ; ma jambe attire ses regards, et n'excite pas moins de transports. Pressée de jouir de charmes encore plus précieux, sa main indiscrète effleure une cuisse blanche et potelée, qui devient à son tour l'objet des hommages de la voluptueuse Caroline. Enhardie par ses succès, elle ose pénétrer jusqu'au secret asile des plaisirs.

Elle jette sur moi des regards enflammés ; le pourpre du désir colore son visage, son sein palpite avec une violence extraordinaire. Elle se couche entièrement sur l'ottomane, et s'emparant d'une de mes mains, elle la pose sur le foyer de ses désirs.

Je compris son intention ; mais, trop novice dans cet art pour compléter sa jouissance, ma maladresse ne fit que l'exciter, au lieu de la satisfaire. Caroline, hors d'elle-même, m'attire sur elle, sa gorge est sur la mienne, et par un mouvement circulaire semble la caresser. Les jolies fraises qui couronnent son sein, jalouses d'en rencontrer d'aussi belles, cherchent à leur livrer le combat ; elles se touchent, elles se pressent ; ce léger frottement les durcit et me cause le frémissement le plus voluptueux !

Caroline s'aperçoit de mon trouble et cherche à l'augmenter par les titillations les plus délicieuses. Elle passe une de mes cuisses entre les siennes ; je la sens s'agiter avec plus de violence ; sa main officieuse redouble de vivacité, l'éclair du plaisir brille en même temps à nos yeux, et nous perdons, dans l'ivresse qui le suit, jusqu'au souvenir de notre existence.

Hé bien ! me dit Caroline en sortant de son extase, as-tu partagé mes plaisirs ? Ces sensations délicieuses que nous venons d'éprouver l'une et l'autre, ne sont pourtant qu'une faible esquisse de celles que je puis te faire goûter. Viens, ma chère âme, viens donner un dernier baiser à ton amie. Il faut nous séparer ; mais nous nous reverrons bientôt, n'est-ce pas ?

— J'y consens volontiers, lui dis-je ; cependant j'y mets une condition : quel que soit le titre auquel vous prétendiez dans ces amoureux ébats, celui de *maîtresse* est le seul que je veuille avoir, et ce titre me donne sur vos actions des droits incontestables. Accoutumée à me faire obéir, je ne renoncerai jamais à cette douce habitude. Attendez-vous donc à de nombreux caprices, et surtout soyez prête à tous les sacrifices qu'il me plaira d'exiger.

— Je n'hésite pas à vous le promettre, répondit Caroline avec feu, pourvu qu'à votre tour vous preniez l'engagement de vous soumettre à toutes mes amoureuses fantaisies.

— D'accord, mais je veux m'assurer de suite de la sincérité de vos promesses ; le congé de Versac sera le prix de mes nouvelles faveurs.

— Le congé de Versac ? Qu'exigez-vous ? En quoi cela peut-il intéresser nos plaisirs ?

— Caroline, vous oubliez mes conditions : je veux bien vous les répéter encore ; mais gardez-vous, après cela, d'hésiter à me satisfaire ! Je vous l'ai dit, quiconque aspire à me plaire, doit payer le plus léger espoir de l'abnégation de ses volontés. Plus j'accorde de faveurs, et plus je deviens exigeante. Je sais que c'est m'écarter de la route ordinaire ; mais un bienfaiteur n'est-il pas toujours au-dessus de celui qu'il oblige ? Pourquoi les femmes seules perdraient-elles le fruit de leur bonté ? Tant que je daignerai couronner vos désirs, je prétends régner seule. Choisissez maintenant entre Versac et moi.

— Tu m'enchantes, me dit Caroline en m'embrassant, tu es la première femme qui ose me parler ainsi ; toutes n'étaient que de viles esclaves qui étouffaient mes désirs dès leur naissance, par l'empressement qu'elles montraient à s'y soumettre. Leur basse flatterie m'inspirait presque du dégoût ; elles me traitaient comme une femme ! Une beauté fière, voilà ce que j'ai vainement cherché jusqu'alors, voilà l'objet que j'aimerai toujours ! Oui, ma bien-aimée, dès aujourd'hui je romps avec Versac, je ne veux plus vivre que pour toi !

Je quittai Caroline, enchantée d'avoir si bien réussi dans mes projets ; je me vengeais de Versac, et je soumettais ma plus grande ennemie ; quel triomphe !

Lorsque je fus rentrée, ma tante me dit qu'elle avait été très-surprise de me voir accepter la proposition de Caroline. Vous ne pouviez souffrir cette dame, ajouta-t-elle ; d'où vous vient donc cette amitié subite ? Je lui répondis que Caroline était en effet plus aimable que je ne l'imaginais, et que j'étais revenue avec plaisir de la prévention que j'avais contr'elle.

J'ai reçu pendant votre absence, ajouta Rosa, des lettres de Paris ; Saint-Albin me mande entr'autres choses, que Céline, cette fille abominable, sur le compte de laquelle je m'étais si fort abusée, vient de trouver, dans les suites de son libertinage, une mort digne de sa vie. Je frémis en écoutant ce récit. Voilà pourtant, me dis-je, où conduit le désordre des passions. Si je m'étais livrée à la violence des miennes, peut-être aussi coupable que Céline aurais-je été punie d'une manière non moins terrible ! Mais tirons un voile sur cet affreux tableau, le souvenir m'en est trop pénible.

Il y avait aussi des lettres pour moi ; je reconnais l'écriture d'Octave, je rompis le cachet avec empressement. J'ai déjà dit que sa correspondance était charmante ; elle était remplie d'anecdotes piquantes, dont le plus souvent il était le héros. Cette lettre ne contenait que peu de choses relatives à lui ; mais il m'en dédommageait bien en m'apprenant l'heureux changement qui venait de s'opérer dans la fortune de Mélanie.

« Un singulier hasard, me disait Octave, m'a fait enfin connaître cette jolie prêtresse de Vénus, qui se piquait de délicatesse, cette innocente victime de l'amour d'un frère qui ne pensait pas à elle, cette pieuse pénitente, qui s'enfuit du couvent, ce charmant démon qui fit succomber M. Dorset, enfin cette fameuse Mélanie dont je vous ai si souvent entendu parler, et qui est maintenant une dame comme une autre.

» Vous vous souvenez sans doute du charmant jeune homme qui fut cause de sa rupture avec M. Dorset ; mais vous ignorez son nom : c'est un fis naturel du duc de N***. On l'appelle Camille (ici la lettre me tombe des mains). Il y avait au moins dix-huit mois que Mélanie vivait avec lui en fort bonne intelligence (où la constance va-t-elle se nicher !), lorsqu'elle apprit la mort de son frère. Celui-ci avait encore beaucoup augmenté la fortune que lui avait laissée son père. Cet heureux coup du sort fit de Mélanie une riche héritière, et la mit à même de faire connaître toute la bonté de son cœur. Au lieu de profiter de son indépendance pour voler à de nouvelles amours, elle offrit sa main à Camille, qui, malgré la semi-noblesse de son origine, et les espérances de fortune dont il ne cesse de se flatter, n'a pour vivre qu'une assez modique pension. Il a accepté avec empressement les offres de Mélanie, qui, pour le récompenser de son amour, lui a fait présent, quatre mois après leur mariage, du plus joli enfant du monde. Ils vivent ensemble d'une manière très-édifiante, c'est-à-dire, qu'ils se passent mutuellement ces petites fantaisies auxquelles l'espèce humaine est sujette ; mais ils ont des retours de passions tout-à-fait drôles. Leur maison est délicieuse ; ils reçoivent la meilleure, compagnie. On a déjà oublié les erreurs de Mélanie, ou plutôt on feint de ne les pas connaître, ne voulant pas avoir de prétextes pour se priver des plaisirs nombreux que l'on trouve rassemblés chez elle.

» Mon aimable amie (poursuivait Octave) est sûrement impatiente d'apprendre où j'ai fait la connaissance de Mélanie ; c'est au milieu d'une onde transparente qui seule servait de voile à ses charmes, que j'ai vu pour la première fois cette nouvelle Cypris. J'allais me baigner ; après avoir pris un billet à la porte, j'entrai (par pure distraction, je vous jure) du côté où se baignent les femmes. J'ouvre un cabinet, et le premier objet qui frappe ma vue, est le corps le plus beau, le plus blanc, j'aurais dit le plus parfait, Julie, si en me rendant le plus heureux des hommes vous ne m'aviez pas fait connaître la véritable perfection ; mais enfin, après vous, c'est ce que j'ai vu de plus admirable. Vous sentez bien que ce n'était pas le cas de me retirer, d'autant plus que la jolie baigneuse, dont je ne pouvais voir la figure, me dit avec un son de voix enchanteur : Coralie, fermez donc la porte ; mon déjeûner est-il prêt ? Je commençai par obéir. J'aurais bien voulu pouvoir emprunter la voix de cette Coralie, pour prolonger l'illusion de sa charmante maîtresse. Un reste de crainte m'empêchait d'avancer ; on répéta la question en détournant le plus joli minois... Dieu ! qu'elle était ravissante ! Quelle audace ! s'écria la dame en m'apercevant.

» — Daignez me pardonner, madame, lui dis-je avec une assurance peu commune, une erreur dont j'ose m'applaudir.

» — Monsieur, reprit-elle avec vivacité, sortez de suite, ou je vais sonner.

» — Imprudente Mélanie, il fallait sonner tout de suite, au lieu de m'en menacer. Cette réflexion, plus prompte que l'éclair, m'empêcha de sortir.

» Je capitulai donc, et je ne m'en allai qu'après avoir obtenu mon pardon, un baiser et la promesse de la revoir. Tout cela ne dura pas une minute. Pour se débarrasser de moi, il n'y avait rien que l'on ne consentît à m'accorder.

» Vous voyez, ma chère Julie, que ce timide Octave, dont l'ingénuité vous amusait tant, a acquis une furieuse dose de ce qu'on est convenu dans le monde d'appeler *assurance*, ce qui n'est au fond que de l'effronterie ; je ne rougis plus que quand je le juge utile à mes intérêts : le bruit le plus effrayant ne me ferait pas lâcher prise ; enfin, ma charmante amie, si j'ai le bonheur de vous revoir et de vous être cher encore, vous pourrez, en me restant fidèle, jouir du plaisir de l'infidélité.

» Craignant de laisser échapper ma belle inconnue, je me mis en sentinelle, regardant sous le nez toutes les femmes qui sortaient du bain ; mais je les examinais en vain l'une après l'autre, mon adorable ne venait pas. Enfin je vis paraître deux femmes, dont l'une était cachée sous un voile épais qui laissait à peine deviner les traits de son visage. Toutes les autres m'avaient fixé, celle-ci détourna la tête : c'en fut assez pour me convaincre que c'était celle que je cherchais. Encore incertain, je l'abordai comme si j'en étais sûr ; je ne me trompais pas, c'était elle.

» J'en fus assez mal reçu d'abord ; mais comme en pareille circonstance, une colère vraie ou feinte est indispensable, je ne m'en effarouchai pas. Un joli cabriolet attendait la dame, elle y monte lestement ; non moins alerte qu'elle, je me place à ses côtés, l'étonnement lui ôte l'usage de la parole. La mine friponne de Coralie exprime le désir de faire plus ample connaissance. Le jockey, qui nous croit d'accord, ferme le cabriolet et monte derrière. Je fais entendre le claquement du fouet, et voilà le cheval qui galope.

» Madame, dis-je à la belle stupéfaite, de l'air le plus soumis que je pus prendre, si l'offense involontaire que j'ai commise ce matin, n'était pas de nature à m'ôter tout espoir de pardon, je me serais bien gardé de me rendre une seconde fois coupable. L'idée de vous perdre pour toujours a pu seule me porter à une action aussi hardie. Vous voyez, madame, ce que l'on risque à prendre le parti de la rigueur. Si vous ne vouliez pas me pardonner, vous deviendriez responsable de tous les excès que je pourrais commettre. Serai-je assez malheureux pour ne pouvoir vous toucher ?

» La dame trouva mon excuse fort bizarre. Au vrai, malgré mes efforts, je n'avais pas l'air assez humble ; la singularité de ma position me donnait certaine envie de rire que j'avais peine à dissimuler. La dame ne répondit pas ; et, comme j'ignorais son adresse, je m'étais dirigé vers les Champs-Élysées.

» Il serait fastidieux de vous raconter notre conversation ; il vous suffira de savoir qu'après quelques jolies mines, on m'accorda mon pardon de fort bonne grâce. Ce qui contribua surtout à faire renoncer aux voies de rigueur, plus vîte que la décence ne le permettait, c'est que mon envie de rire s'était communiquée à ma belle captive. Coralie se tenait à quatre pour ne pas éclater, ce fut elle qui rompit la glace. Sa maîtresse voulut se fâcher ; mais un éclat de rire involontaire la trahit. Autorisé par son exemple, je ne me contraignis plus. Vous sentez bien qu'après une scène aussi comique, la colère n'était plus de saison.

» Coralie me trouvait charmant, adorable ; ses éloges ne tarissaient pas. Je cherchais dans les yeux de sa belle maîtresse la confirmation de ces propos flatteurs, et je n'y voyais rien qui pût les démentir. Enfin Coralie me dit sans plus de façon le nom de l'adresse de sa maîtresse, et celle-ci me donna la permission d'aller lui faire ma cour : j'en profitai avec empressement.

» Vous savez, ma belle amie, qu'un excès de hardiesse ne nuit jamais auprès des femmes. J'eus le bonheur de plaire, et, comme mon audace m'avait réussi, je menai l'affaire lestement. Je suis maintenant *l'ami de la maison*, et je me trouve fort bien de ce titre. Mélanie est adorable ; je la trouve seulement un peu trop languissante, une maîtresse vive est plus de mon goût ; cela prévient la monotonie. Mais j'ai bien tort de me plaindre, tous les hommes doivent envier mon sort. C'est vous qui m'avez gâté, ma chère Julie. J'avais peu de mérite à vous aimer toujours avec la même ardeur ; vous m'offriez tous les plaisirs de la variété. Maintenant, pour être fidèle à l'idole de mon cœur dont vous êtes l'image, j'adore dans mille femmes les qualités que je trouvais réunies en vous seule. Vous voyez que je suis volage par excès de constance.

» J'ai rencontré Saint-Albin chez Mélanie ; c'est lui qui m'a mis au fait des détails que je vous ai donnés. Madame de Saint-Amand est toujours aussi folle qu'à l'ordinaire, j'aurais pu, sans vanité, la mettre au nombre de mes conquêtes ; mais je n'ai pas trouvé ce fleuron digne de ma couronne. »

Je fis part à Rosa de l'heureux événement qui concernait Mélanie ; elle s'en réjouit avec moi. Cette journée fut fertile en surprises agréables ; je reçus le soir même une visite qui me remplit de joie ; ce fut celle d'Adolphe qui voyageait depuis que j'étais à Marseille, et qui, apprenant à son retour que j'étais dans cette ville, était accouru m'embrasser.

Son retour inespéré me causa une joie inexprimable. Combien sont fortes et durables les premières impressions de l'amour ! J'ai toujours eu pour Adolphe un sentiment que je n'ai éprouvé pour nul autre, et qui me le faisait désirer, chercher et rencontrer toujours avec le même plaisir : maintenant même que j'ai renoncé à toutes ces aimables folies. Mais chut ! je ferais soupçonner le contraire.

Il y avait malheureusement beaucoup de monde chez ma tante, lorsque l'aimable Adolphe arriva, de sorte que je ne pus que *causer* avec lui, encore ce fut avec beaucoup de contrainte ; mais le lendemain même je m'en dédommageai. Que de caresses, de transports ! Quoi ! vierge encore ! me disait-il. En vérité, tes succès surpassent mon attente.

Il fallut lui raconter mes joyeux passe-temps ; il pensa mourir de rire, lorsque j'en fus aux efforts que j'avais faits pour *séduire* Bellegrade. Fais donc en ma faveur, me disait-il, une seconde répétition ; essaie de me tenter, que j'aie au moins l'honneur de la résistance !

— La fin tragique de mon malheureux amant mit un terme à la gaîté d'Adolphe ; il répandit avec moi quelques larmes sur le sort de cet infortuné… Puis Adolphe essaya de me consoler, et s'y prit si bien, que j'oubliai dans ses bras tout ce qui n'était pas lui.

Il ne manqua qu'une seule chose pour rendre ma confusion complète, ce fut ce qui s'était passé entre Caroline et moi. Je ne sais quelle honte secrète me saisit, lorsque j'en fus à cet endroit de mon récit ; elle fut si forte, que je ne la pus vaincre : je gardai ce secret pour moi.

Caroline ne me laissa pas longtemps en repos. Deux jours après elle vint me voir, sa mauvaise étoile voulut que j'eusse du monde chez moi. Quoique sa visite fut d'une longueur infinie, Adolphe, qui était du nombre des importuns, fut encore plus obstiné qu'elle. Caroline me quitta avec une humeur qu'elle pouvait à peine dissimuler ; les regards jaloux qu'elle lançait sur Adolphe, me divertissaient à l'excès. Elle me dit, en se penchant vers moi, que, puisqu'elle ne pouvait jamais me trouver seule, elle viendrait me chercher le lendemain pour dîner avec elle. — Et Versac ? lui demandai-je du ton le plus expressif. — Hier il a reçu son congé, me répondit-elle. — Demain j'irai chez vous. — Sa belle bouche se colla sur la mienne, et, après m'avoir fait répéter que je dînerais avec elle, Caroline, partit.

Cette femme est très-belle, me dit Adolphe, dès que Caroline eut disparu ; mais elle a l'air bien maussade, et ses visites sur tout sont d'une longueur impertinente. La manière dont elle nous regardait tour-à-tour m'a paru des plus bizarres. Lorsque ses yeux se tournaient vers toi, ils étaient tendres, animés ; mais si par malheur je les rencontrais ; ils n'exprimaient plus que la colère ou le dédain. L'as-tu remarqué, Julie ?

— Cette femme est fantasque, lui répondis-je d'un air distrait ; et ne voulant pas laisser Adolphe s'appesantir sur ce sujet, je changeai de conversation.

Le soir même je revis Versac, qui ne venait plus chez ma tante depuis qu'il était bien avec Caroline. Je lui fis un accueil aussi gracieux que si je n'avais pas eu à m'en plaindre. Il me conta ingénument l'infidélité qu'il m'avait faite. Vos derniers refus, me dit-il, m'avaient désespéré en proportion du désir que j'avais de vous posséder, c'est-à-dire, à l'excès. En vous quittant, je fus chez Caroline, sans autre intention que celle de me distraire. Elle était seule ; je fus galant par habitude ; elle fut faible par tempérament. Elle me rendit heureux, sans me donner de plaisir ; mais, comme les procédés exigent que l'on paraisse reconnaissant, je lui jurai qu'elle venait de combler mes vœux les plus chers. On n'aime pas à faire des ingrats : elle me crut.

Depuis un mois que cette liaison dure, j'ai vu fréquemment Caroline, toujours par procédé, et je n'ai cessé de penser à vous, malgré les nombreux efforts que j'ai faits pour vous oublier.

Hier Caroline m'a fait une scène, je ne sais à quel sujet ; mais, comme j'ai cru deviner que son intention était de rompre avec moi, je l'ai secondée de mon mieux, et j'ai si bien réussi, que sa porte m'est interdite. Débarrassé d'une chaîne que je n'avais prise qu'à contre-cœur, je revole à vos pieds avec tout l'empressement que donne un véritable amour. Daignerez-vous oublier un moment d'erreur, ou du moins le pardonner en faveur du repentir ?

La sévérité n'était pas de saison ; elle aurait pu rebuter Versac, et l'engager à porter ailleurs ses hommages. D'ailleurs son retour me causait trop de plaisir pour que je pusse entièrement le dissimuler. Non-seulement je triomphais de voir soupirer un infidèle ; mais j'acquérais la certitude que Caroline ne m'avait pas trompée. Je reçus donc Versac comme une brebis égarée, mais toujours chérie, dont le retour me comblait de joie. Je m'occupai beaucoup de lui toute la soirée, quoiqu'il y eût beaucoup de monde à la maison, et que j'eusse la bonne habitude de partager mes soins de manière à ne pas faire de jaloux ; ce jour-là je m'écartai de ma conduite ordinaire. L'aimable Adolphe était presque piqué de la préférence que j'accordais à Versac ; mais, comme il était plutôt mon ami que mon amant, je lui fis sans peine entendre raison.

Le lendemain, à l'heure du dîner, l'impatiente Caroline vint me chercher elle-même. Dès que nous fûmes dans sa voiture, elle fit éclater la joie qu'elle avait de me posséder. Elle me regardait, m'embrassait, me serrait dans ses bras ; je n'avais jamais inspiré de plus vifs transports.

Lorsque nous arrivâmes, elle me fit entrer dans son salon. Ce lieu n'était pas commode ; elle fut obligée de se contraindre un peu davantage. Après une demi-heure d'une conversation assez animée, pendant laquelle Caroline m'avait convaincue qu'elle n'avait pas moins d'esprit que de singularité, on avertit que nous étions servies. Nous nous mîmes à table, et là, Caroline parut abandonner presque subitement l'espèce de réserve qu'elle s'était imposée dans le salon. Je n'avais jamais fait de chère aussi délicate ; les mets étaient exquis, et les vins du vrai nectar. Caroline m'en versait avec abondance, et m'excitait à vider ma coupe par ses prières et son exemple ; une musique divine se fit entendre pendant tout le repas, Caroline me faisait à chaque moment de nouveaux larcins ; l'amant le plus passionné n'aurait pu mettre autant de prix à ces légères bagatelles.

Nous ne fûmes servies que par deux jeunes filles extrêmement jolies, qui sans doute étaient initiées aux doux plaisirs de leur maîtresse ; car celle-ci ne se gênait nullement devant elles pour me prodiguer les plus singulières caresses. La diversité des vins et des liqueurs que j'avais été forcée de boire, cette délicieuse harmonie dont les modulations variées inspiraient tour-à-tour les plus vifs transports et la langueur la plus voluptueuse ; les agaceries de Caroline, ses propos libres, tout enfin contribua à me faire partager son délire, et lorsque nous quittâmes la table pour entrer dans son boudoir, non-seulement son sexe n'était plus un obstacle à mes impétueux désirs ; mais la nouveauté de cette scène piquante et bizarre semblait les aiguillonner encore.

Des parfums exquis brûlaient dans une cassolette posée aux pieds de la principale statue : Vois-tu, me dit Caroline, en jetant sur ce groupe des regards enflammés, vois-tu avec quelle avide curiosité Vénus parcourt les charmes d'Aglaé, la plus belle des Grâces ? Le marbre semble s'animer à la vue de tant d'attraits ! Ah ! ma Julie, laisse-moi l'imiter, que mes mains, que mes yeux, que ma bouche s'enivrent tour-à-tour à la source des voluptés !

Mais quittons l'une et l'autre ces vêtemens incommodes ; que rien ne s'oppose plus à nos brûlans transports, chaque voile qui te couvre est un vol fait à mes plaisirs.

— En un moment Caroline me met dans un état de pure nature ; loin d'opposer de la résistance, j'imite son empressement ; les nouvelles beautés qui s'offrent à notre vue nous arrachent un cri d'admiration, et suspendent nos brûlantes caresses !

— Nos mains, qui pendant un instant semblaient avoir respecté tant d'attraits, s'égarent avec un nouveau délire, Caroline me prend dans ses bras, m'entraîne sur l'ottomane, et m'oblige à prendre l'attitude d'Aglaé. Je suis à demi couchée, ma tête repose sur l'un de mes bras, j'ai le pied droit sur l'ottomane, le genou élevé, la jambe gauche que rien ne soutient se balance avec mollesse. Cette heureuse position laisse voir à découvert mes plus secrets appas. Caroline, non moins curieuse que Vénus, en prend la posture, elle est précisément en face du trône de la volupté ; l'un de ses beaux genoux repose sur un coussin, l'autre me sert de marche-pied. Caroline contemple à son aise l'objet de ses plus chers désirs. Sa main délicate entr'ouvre la rose, et la nouvelle Sapho s'écrie avec des transports de joie, impossibles à décrire : Elle est vierge ! grand Dieu, quelle source de plaisirs !

J'avoue que je n'aurais jamais imaginé que cette découverte fût pour elle d'un aussi grand prix ; vierge ou non, que lui importait-il ?

— Mais on ne peut rendre compte de la bizarrerie des passions, et le plus singulier sans doute est de voir une femme amoureuse d'une autre.

Amour ! toi qui embrasais Caroline de tes feux les plus ardens, prête-moi tes brûlans crayons, que je décrive avec vérité cette scène voluptueuse, et que je prouve que même en se livrant à tes caprices, ton but est de nous rendre heureux !

Caroline se lève avec transport, me serre dans ses bras, me donne mille baisers, puis reprenant sa première attitude, contemple de nouveau le plus joli des bijoux. Oui, s'écrie-t-elle encore ; cette fleur est intacte ; quel coloris ! quelle fraîcheur ! semblable à l'abeille, je veux en extraire l'ambroisie ! je veux m'enivrer de son suc délicieux, je veux la dessécher à force de plaisirs !…

Aussitôt, par mille moyens que je n'ose décrire, mais qui me causaient des sensations aussi vives que délicieuses, Caroline me fit atteindre le dernier période du plaisir ; son but n'était pas seulement de me faire jouir, l'adroite abeille, privée de l'aiguillon nécessaire pour pomper le suc de la rose, se servait de cet heureux moyen pour en tirer l'amoureuse substance.

Je chercherais vainement des expressions qui puissent donner une idée du délire de Caroline ; elle semblait avoir perdu la raison à la source de la vie ; ses discours étaient aussi incohérens que sa conduite était extravagante. Mais que dis-je ! n'était-elle pas plus sensée que jamais, puisque tout ce qu'elle disait, tout ce qu'elle faisait, tendait à augmenter notre ivresse, et la portait jusqu'à la fureur !

Caroline, dont les désirs ne connaissaient plus de frein, me fit passer, pour les satisfaire, par toutes les gradations du plaisir. Je goûtai dans la même soirée les jouissances indicibles que je n'aurais connues qu'après un long noviciat, si la passion extraordinaire que je lui avais inspirée ne l'avait portée à m'initier de suite aux plus secrets mystères.

Quels charmans tableaux n'aurais-je pas à décrire, si je donnais un libre essor à ma plume indiscrète !

Mon imagination exaltée par ces souvenirs enchanteurs brûle d'en retracer l'image !... Mais hélas ! il faut renfermer dans mon sein ce secret prêt à s'échapper, et priver la plus belle moitié des humains d'une source féconde de plaisirs et de voluptés, dont l'expérience seule peut faire concevoir l'étendue.

Caroline, dont le goût pour les femmes était porté au plus haut degré, avait employé, pour faire partager ses fureurs amoureuses, un raffinement extraordinaire. Elle avait transformé cette passion en une espèce de culte. Son boudoir servait de temple, le plaisir en était le dieu. Elle avait rédigé, en manière de code, les lois auxquelles étaient asservies les femmes qu'elle initiait à ses mystères ; il y avait dans ce code des récompenses et des punitions. Les premières étaient réservées à celles qui inventaient quelque nouvelle manière de jouir, et les dernières à celles qui se rendaient coupables de désobéissance. Le plus grand crime était de fausser le serment que l'on faisait prêter à toutes les nouvelles initiées, de ne révéler aucune des choses qui se passaient dans le temple ; ce crime était puni par la perte de la réputation. C'est cet engagement solennel, dont je n'ai pas été plus exempte que les autres, qui m'empêche, mon cher Armand, de vous faire partager au moins en idée, les délices dont je me suis tant de fois enivrée dans cette charmante confrérie.

Notre secte était nombreuse : nous nous rassemblions une fois tous les mois chez Caroline, qui jouissait d'une autorité perpétuelle. Elle était à la fois prêtresse, dictateur et sultan. Sa favorite était presque toujours la dernière initiée ; cependant j'eus l'honneur de fixer très-long-temps Caroline en dépit des jeunes et jolies novices. Je fus fort surprise de trouver, dans ces réunions, plusieurs femmes que je connaissais particulièrement, et sur le compte desquelles le soupçon n'avait jamais plané. Entraînées d'abord par un mouvement de curiosité, le plaisir avait ensuite transformé une légère fantaisie en un véritable besoin.

Mais il est temps de m'arrêter, je n'en pourrais dire davantage sans violer mes sermens.

Revenons à Versac : cet homme volage et charmant se trouva pris dans ses propres filets. Il avait cru d'abord pouvoir me faire la cour sans conséquence, c'est-à-dire, m'inspirer beaucoup d'amour sans en ressentir pour moi ; c'était sa méthode ordinaire. Mais il fut doublement trompé, car je n'eus jamais pour lui qu'un goût, très-vif à la vérité, et j'eus le plaisir de le rendre amoureux tout de bon.

Notre liaison dura près de trois ans (vous voyez que j'acquérais de la constance), il est vrai que je lui faisais de fréquentes infidélités ; sans compter mes amours avec Caroline, Adolphe, pour qui j'ai toujours eu une préférence décidée, occupait une partie de mes loisirs. Je fis deux voyages à Paris pendant ces trois années ; Versac m'y suivit. De tous mes anciens amans, Octave seul obtint quelques faveurs ; mais elles ne furent que passagères. Il était impossible que parmi le grand nombre de mes adorateurs je n'en trouvasse pas quelques-uns à mon gré. Je me livrai avec d'autant moins de scrupules à mes nombreuses fantaisies, qu'outre le plaisir toujours piquant de les satisfaire, je me regardais comme entièrement libre, malgré ma liaison avec Versac. Je ne lui avais pas accordé la seule faveur qui, selon moi, puisse lier une femme. À quoi la résistance m'aurait-elle servi, si j'avais renoncé à ses prérogatives ?

— Je ne conservais Versac que parce que je ne trouvais aucun homme qui me convînt autant que lui ; peut-être l'aimerais-je encore, mon cher Armand, si je ne vous avais pas connu. Je vous vis, je vous aimai ; vous sûtes rallumer dans mon cœur une passion dont je ne me croyais plus susceptible. Tous les feux de l'amour m'embrasèrent en même temps ; si vous ne m'aviez pas aimée, je serais morte de désespoir ; mais votre délire fut égal au mien, je n'eus plus que la crainte de mourir de plaisir.

Je congédiai Versac un peu trop brusquement, je l'avoue ; mais voulant vous posséder seul, et vous appartenir toute entière, les obstacles qui s'opposaient à mon amour m'étaient insupportables. Le pauvre Versac, dont l'attachement s'était fortifié par l'habitude, fut si sensible à ma perte, qu'il en tomba malade ; j'en fus désespérée, mais était-ce ma faute ? Pourquoi se trouvait-il un homme qui l'éclipsât ?

Versac guérit (on ne meurt pas d'amour), il voyagea pour se distraire, et moi je restai à Paris pour m'enivrer de toutes les délices que procure une passion violente, lorsqu'elle est réciproque.

Pour la première fois je me piquai de fidélité ; j'eus bien peu de mérite, il est vrai, car vous réunissiez tous les charmes qui peuvent plaire et fixer. Chaque jour ma passion semblait s'accroître et mes plaisirs redoubler. Je ne vous retracerai pas ces plaisirs enchanteurs ; mais si votre mémoire est aussi fidèle que la mienne, les souvenirs délicieux de notre bonheur mutuel doivent encore exciter, dans votre âme, le feu le plus dévorant...

Vous cherchâtes, par tous les moyens que l'amour put vous suggérer, à obtenir la rose chérie, briguée par tant d'aimables candidats ; et, quoique plus aimable qu'eux tous, vous ne fûtes pas plus heureux. Cette bizarrerie vous, donna sans doute le désir de connaître les particularités de ma vie, et l'extrême amitié que j'ai conservée pour vous ne m'a pas permis de vous refuser.

Je ne sais sous quel point de vue vous considérerez mes nombreuses folies. L'amitié, toujours indulgente, les excusera sans doute ; mais si vous étiez tenté de les condamner, songez avant tout, je vous prie, que j'en aurais pu faire de beaucoup plus grandes sans pourtant être bien coupable. Mon penchant à l'amour, joint à l'extrême liberté dont je jouis depuis ma tendre jeunesse, auraient été des excuses suffisantes pour me faire pardonner les fautes les plus graves. Ma tante était seule responsable de mes premières fautes, et dans le chemin du plaisir on ne rétrograde jamais.

Mais je sus réprimer un tempérament de feu, mettre des bornes aux plus fougueux désirs, résister à l'amant le plus passionné et à l'amour le plus violent. Que mérité-je donc ? des louanges et non des reproches.

Si le sort de mes héros vous intéresse, vous saurez, mon cher Armand, qu'Adolphe a gardé le célibat, et vit maintenant dans une très-belle terre voisine de la mienne ; c'est le meilleur, le plus fidèle de mes amis. Je le vois très-souvent, et, bien que ce ne soit plus qu'*amicalement*, c'est toujours avec le même plaisir.

Saint-Albin s'accoutume avec peine à ses cinquante-cinq ans ; mais, comme il est encore bel homme, et qu'il sera toujours aimable, il se console en se répétant que les femmes se laissent plus souvent séduire par les oreilles que par les yeux. Il a perdu sa femme qu'il *adorait* toujours, et dans la vue de prévenir l'ennui de sa solitude, il a pris chez lui une de ses nièces, qui n'a pas encore quatorze ans ; elle est orpheline et sans fortune. Cette action est sublime ! et, comme il se charge *exclusivement* de son éducation, il y a tout lieu de croire qu'elle connaît déjà la *source du préjugé auquel on est convenu de donner le nom de vertu.*

Mélanie et Camille continuent à faire bon ménage. Les gens qui s'occupent de minuties sont fort embarrassés de savoir lequel des deux époux à fait à l'autre le plus d'infidélités. Les curieux en avaient d'abord tenu registre ; mais ils ne se sont pas trouvés assez versés dans les calculs pour en rendre un compte exact.

Madame de Saint-Amand est devenue dévote. Elle n'était que capricieuse ; maintenant elle est acariâtre. Son mari, qui s'est enfin réconcilié avec elle, dit en confidence à ses amis, qu'il s'était fortement trompé sur le compte des femmes, en croyant que la coquetterie était leur plus grand défaut. Lorsque ma femme était galante, ajoute-t-il, mon chagrin était de ne pas la posséder seul ; aujourd'hui qu'elle est dévote, mon désespoir est qu'elle m'appartienne.

Octave, le charmant, le timide Octave, après avoir joué l'un des premiers rôles parmi les plus fieffés libertins de Paris, a pensé payer de sa vie ses amoureux exploits. Sentant la nécessité d'une réforme, il s'y est enfin résigné, et, comme le sage sait tirer parti de tout, il a persuadé à une riche veuve, déjà sur le retour, que la passion qu'il avait conçue pour elle avait produit cet heureux changement. Touchée d'une preuve d'amour aussi convaincante, elle l'en a récompensé par le don de sa main et de sa fortune.

Versac, après avoir parcouru une grande partie de l'Europe, est venu retrouver ses dieux pénates. Il ne m'a pas revue sans émotion, il avait conservé contre moi un ressentiment qui ressemblait presque à de l'amour. Je lui ai démontré clairement qu'il avait tort de m'en vouloir, puisque je n'avais fait que céder à un sentiment qui, de son aveu même, était irrésistible. Il a senti la bonté de mes raisons, et m'a voué l'amitié la plus tendre ; sentiment que je partage beaucoup plus sincèrement que je n'ai partagé son amour, Après Adolphe, c'est l'homme que je vois avec le plus de plaisir.

Caroline et toujours à Marseille ; son goût pour les femmes n'a fait que s'accroître avec les années. Je la vois peu maintenant ; je n'ai pas besoin de vous dire que depuis long-temps il n'existe plus aucune liaison entre nous. Après avoir eu le courage de renoncer à votre sexe, le mien devait me coûter peu de regrets.

Mon père, depuis son retour à Naples, ne l'a pas quitté. Nous recevons rarement de ses nouvelles ; il est toujours le même.

L'excellente Rosa, que j'aime comme la meilleure des mères et la plus tendre des amies, est toujours avec moi. Son âme pieuse et fervente partage également son amour entre deux objets, Dieu et moi.

Quant à moi, mon cher Armand, je jouis d'un bonheur presque parfait. J'ai connu tous les plaisirs, et jamais la satiété. Je pourrais me livrer encore aux goûts de ma jeunesse ; j'en ai conservé les grâces et la fraîcheur. D'un seul mot je pourrais rappeler les amours ; ce n'est qu'avec regret qu'ils se sont éloignés de mes traces. Mais le plaisir qu'ils me causeraient ne pourrait surpasser celui que j'éprouve à m'entendre accuser de bizarrerie pour avoir renoncé sitôt au monde.

Les agrémens de Marseille m'ont décidée à me fixer dans cette ville ; l'orgueil peut-être n'y a pas moins contribué. À Paris, malgré mes grandes richesses, j'aurais été confondue dans la foule ; ici, elles me mettent au premier rang. Outre la fortune de ma mère, dont je jouis depuis ma majorité, je dispose à mon gré de celle de Rosa. Comme je ne puis, à moins de faire des folies extraordinaires, dépenser plus de la moitié de mes revenus, j'emploie l'autre à faire des heureux, et c'est alors que je bénis mes richesses.

Me voilà donc au bout de la carrière ; car, quoique je compte à peine trente années, et que je sois encore, à certains égards, passablement mondaine, je me regarde comme une cénobite. Me voilà ! dis-je, au bout de ma carrière, avec une conscience paisible et une réputation intacte, malgré mes nombreux travers. J'ai régné sur les hommes, je les ai fait servir à mes plaisirs, et je puis les délier tous. D'où me viennent ces avantages inappréciables ?

Du talisman précieux que toutes les femmes reçoivent en naissant des mains de la nature, c'est de sa conservation que dépendent la réputation, la tranquillité, le bonheur.

Semblables au jeune prodigue qui dépense en un moment, avec de vils parasites, l'immense fortune amassée par son père, et devient, dès qu'il l'ont ruiné, l'objet de leurs sarcasmes et de leurs dédains ; telles, dis-je, les femmes n'écoutant que l'impulsion de leur cœur, qui les porte à faire des heureux, et méconnaissant la valeur du trésor qu'elles possèdent, s'en laissent dépouiller par les hommes qui, pour les payer de ce bienfait, les abandonnent à leurs remords

Printed in July 2023
by Rotomail Italia S.p.A., Vignate (MI) - Italy